Journal Intime d'une Femme Soumise

Publié en Grande-Bretagne par Penguin Books sous le titre
The Diary of a Submissive

Photo de couverture : Omer Knaz

ISBN : 978-2-8246-0258-5
Code Hachette : 51 0443 5

Rayon : Roman
Collection dirigée par Christian English & Frédéric Thibaud.

Catalogue et manuscrits : www.city-editions.com

Dépôt légal : premier trimestre 2013
Imprimé en France par France Quercy - Mercuès - N° 30195/

Journal Intime d'une Femme Soumise

SOPHIE MORGAN

Traduit de l'anglais
par Hélène Tordo

City
Témoignage

Prologue

Lorsque vous nous avez repérés, vous veniez peut-être de sortir pour répondre à un appel sur votre mobile ou peut-être étiez-vous en train de terminer une cigarette, avant de retourner dans la chaleur du bar. Dans tous les cas, depuis l'autre côté de la rue, nous avons attiré votre attention. Pas tout en fait en face de vous, non, un peu plus loin : il vous a fallu tourner légèrement la tête pour nous apercevoir, là, debout dans l'allée qui sépare deux bâtiments.

Ce n'est pas parce que je suis belle à couper le souffle ou qu'il est d'un physique époustouflant : non, nous ressemblons à tous les autres couples qui sortent le soir, pour aller au restaurant ou au cinéma, pas spécialement sur leur trente-et-un, pas spécialement originaux, rien de particulièrement remarquable.

Mais il y a entre nous une intensité, un crépitement qui vous incite à nous regarder en dépit de l'impatience que vous avez à retourner rejoindre vos amis.

Sa main serre mon bras avec une telle force que, même à cette distance, vous vous demandez fugacement si je ne risque pas d'avoir un bleu. Il m'a repoussée contre le mur, et il a glissé son autre main entre les mèches de mes cheveux pour me maintenir en place, au point que si j'essaie de détourner la tête – pour demander de l'aide ? – cela m'est impossible.

Il n'est pas particulièrement grand ou fort. En fait, vous le décririez sûrement comme un individu normal, si on vous demandait de le décrire. Mais il a… nous avons quelque chose qui, pendant trente secondes, une minute tout au plus, vous incite à vous demander s'il y a un problème.

Moi, j'ai les yeux rivés sur lui, et la profondeur évidente de mon attachement vous pousse à le fixer vous aussi. Pendant quelques secondes, vous ne pouvez pas détacher vos yeux de lui pour tenter de percevoir ce que je vois.

Lorsqu'il tire sur mes cheveux pour rapprocher ma tête de la sienne, vous faites instinctivement quelques pas en avant comme pour intervenir. Juste avant de vous rappeler ces histoires que vous avez lues dans les journaux sur les bons Samaritains qui finissent par prendre un mauvais coup, ce qui vous arrête aussitôt.

Mais vous êtes plus près à présent, et vous entendez ce qu'il dit. Pas les phrases entières, non, vous n'êtes pas si près que cela, mais suffisamment de mots pour qu'ils aient un sens.

Car il s'agit de mots évocateurs, de mots brutaux. Des mots si laids que vous vous dites que vous allez certainement devoir intervenir à tout moment – si les choses vont plus loin.

Des mots comme « salope » ou « pute ».

Vous scrutez mon visage, si proche du sien, et vous remarquez des étincelles de fureur dans mes yeux. Vous ne me voyez pas répondre, parce que je ne réponds pas. Je me mords les lèvres, comme pour réprimer mes paroles, et je reste silencieuse. Sa main tord un peu plus mes cheveux et je grimace, mais c'est tout.

Je suis là, debout, pas vraiment passive : vous sentez l'effort tangible que je fais pour ne pas me débattre, et la tension palpable de tout mon corps qui encaisse sans broncher l'averse d'insultes.

Un silence. Il attend la réponse. Vous vous approchez davantage. Si on vous posait la question, vous répondriez à coup sûr que c'est pour vous assurer que je ne risque rien, mais, au fond de vous, vous savez parfaitement qu'il s'agit de curiosité pure et simple. Il y a quelque chose de sauvage, de primal, dans la dynamique qui nous lie et qui vous attire tout autant qu'elle vous écœure. Presque. Vous voulez voir comment je vais réagir, savoir ce qui va se passer ensuite. Il y a quelque chose d'à la fois sinistre et fascinant qui fait que, au lieu de l'horreur que cela devrait vous inspirer, vous êtes intrigué.

Vous me regardez déglutir. Je me passe la langue sur la lèvre inférieure avant d'essayer de parler. Je commence une phrase, j'hésite, je baisse les yeux pour échapper à l'emprise de son regard pendant que je murmure ma réponse.

Vous ne m'entendez pas, mais lui, oui :

— Plus fort !

À présent, je rougis. Mes yeux sont emplis de larmes, mais vous ne parvenez pas à décider si elles sont dues à la terreur ou à la fureur.

Dans la nuit fraîche, ma voix est plus claire, plus forte, et elle est teintée de défi, mais la rougeur qui s'étale sur mes joues et descend jusqu'à ma clavicule, que l'on aperçoit sous la veste ouverte, trahit une gêne que je ne peux dissimuler.

— Oui, Monsieur, je suis une salope. Je mouille depuis le début de la soirée à la seule pensée que vous allez me baiser et je vous serais reconnaissante de nous permettre de rentrer pour en finir. Pitié, Monsieur.

Mon ton de défi se brise sur le dernier mot qui sort de ma bouche comme une douce prière.

Il glisse paresseusement le doigt le long du bord de ma chemise – elle est assez décolletée pour laisser voir la naissance de mes seins, mais pas provocante à ce point – et je frissonne. Il recommence à parler d'un ton qui vous fait réprimer un frisson à vous aussi.

— On aurait dit que tu me suppliais. Es-tu en train de me supplier, salope ?

Vous me voyez commencer à hocher la tête, mais il m'arrête en me tirant les cheveux d'un geste vif. Alors, je déglutis et je ferme une seconde les yeux avant de répondre.

— Oui.

Le silence se prolonge un temps.

Puis, dans un soupir, vous entendez clairement :

— Monsieur.

Il laisse son doigt glisser sur la courbe de mes seins et ajoute :

— Tu as l'air d'être capable de faire n'importe quoi pour jouir tout de suite. C'est vrai ? N'importe quoi ?

Je ne dis rien. Mon expression est méfiante, ce qui vous surprend dans la mesure où vous n'avez pas encore tout à fait oublié la note suppliante qui voilait ma voix. Vous vous demandez ce que « n'importe quoi » signifie pour nous deux, ce à quoi il renvoie dans notre histoire.

— Tu pourrais te mettre à genoux pour me sucer ? Là, tout de suite ?

Nous n'échangeons plus une seule parole pendant un long moment. Il retire sa main de mes cheveux, recule légèrement. Il attend. Au loin, le claquement d'une portière de voiture me fait sursauter et je me déplace un peu pour jeter un regard dans la rue. Je vous vois. Pendant une seconde, nos yeux se croisent et les miens s'écarquillent sous l'effet du choc et de la honte avant de reporter le regard vers lui. Totalement impassible, il esquisse cependant un sourire.

Du fond de ma gorge monte un son, mi-gémissement, mi-prière, et je déglutis.

— Ici ? Ne préféreriez-vous pas que nous…

Il presse les doigts sur mes lèvres. Son sourire est presque indulgent, mais sa voix reste ferme, impérieuse.

— Ici.

Je jette un coup d'œil de votre côté. Vous l'ignorez, bien sûr, mais, dans mon esprit, je suis en train de jouer à la version adulte d'un jeu d'enfant : si je ne vous regarde pas, vous n'êtes pas là pour assister à mon humiliation ; vous ne voyez rien parce que je ne vous vois pas.

J'esquisse un geste nerveux dans votre direction.

— Mais il est encore tôt et il y a des gens qui se promènent…

— Maintenant.

Vous êtes pétrifié devant les émotions qui se heurtent sur mon visage. Gêne. Désespoir. Colère. Résignation. À plusieurs reprises, j'ouvre la bouche comme si j'allais parler, et je renonce et ne dis rien. Pendant tout ce temps, il reste là, simplement, à me scruter de son regard intense. Aussi intense que le vôtre. Enfin, le visage écarlate, je m'agenouille devant lui sur les pavés mouillés. Je penche la tête. Mes cheveux balaient mon visage et vous avez plus de mal à en être sûr, mais, dans la lueur des réverbères, vous pensez avoir vu les larmes briller sur ma joue.

Pendant quelques secondes, je reste là, immobile. Vous me voyez alors prendre une profonde inspiration. Une inspiration régulière. Je carre les épaules, je relève la tête et me rapproche de lui. Mais lorsque je touche de mes mains tremblantes la boucle de sa ceinture, il m'arrête en me tapotant la tête comme vous le feriez de votre fidèle animal de compagnie.

— Bonne fille. Je sais que ce n'était pas facile. À présent, tu peux te lever et on finira à la maison. Il fait un peu froid pour jouer dehors ce soir.

C'est d'une main pleine de sollicitude qu'il m'aide à me relever. Nous passons devant vous, bras dessus bras dessous. Il sourit, hoche la tête. Vous lui rendez son petit salut avant de vous reprendre – la situation vous paraît soudain irréelle.

Quant à moi, tête baissée, j'ai l'air d'observer scrupuleusement le sol.

Vous constatez que je frissonne, mais il vous est impossible de percevoir l'excitation qui gonfle mes seins contre l'étoffe de mon soutien-gorge. Vous ignorez que cette expérience a fait jaillir en moi des poussées d'adrénaline qui expliquent mes frissons incontrôlables. Vous n'avez vu que le froid et l'humiliation, et vous ignorez que je me nourris de cette humiliation, de la plénitude qu'elle me procure. Je ne saurais pas vous l'expliquer. Tout comme je ne saurais pas vous faire comprendre que je hais et que j'adore tout cela à la fois. Ce besoin irrépressible que j'en ai, ce désir, cette faim !

Vous ne pouvez pas voir tout cela. Tout ce que vous voyez, c'est une femme aux genoux souillés qui tremble et qui s'éloigne en chancelant.

Cette femme, voilà son histoire.

1

La première chose que je dois mettre au point, c'est que je n'ai rien d'une perverse. En tout cas, pas plus que n'importe qui. Si vous veniez me rendre visite, dans mon appartement, vous seriez certainement plus choqué par le tas de vaisselle dans l'évier que par mon donjon – ne serait-ce que parce que le prix des logements à Londres est si prohibitif que j'ai de la chance d'avoir pu trouver un appartement dans mon budget sans avoir à le partager avec personne. Disons que le donjon n'était pas vraiment à l'ordre du jour.

Par conséquent, pour régler une fois pour toutes la question casse-pieds des stéréotypes, je ne suis ni un paillasson ni une midinette.

Je ne passe pas mon temps à rêver que je concocte quelque bon petit plat tout en entretenant le feu dans la caverne pendant que mon homme chasse et cueille pour nourrir sa famille – en l'occurrence moi. Ce qui est aussi bien parce que, à part un rôti que l'on peut coller dans le four, je suis plutôt du genre cuisinière du dimanche.

Autre chose : je ne ressemble absolument pas à Maggie Gyllenhaal dans *La Secrétaire*.

Hélas.

Je suis tout simplement, lorsque l'envie m'en prend et que j'ai sous la main quelqu'un en qui j'ai confiance, une femme soumise. Ce n'est pas marqué sur ma figure, non, et ce n'est qu'une facette de ma personnalité.

Si vous voulez le savoir, des facettes, j'en ai pléthore, dont mon goût pour les fraises, ma tendance à ergoter bec et ongles même quand j'ai tort, ma fichue tête de mule, ainsi qu'un mépris pour 99 % des émissions de télé, assorti d'une obsession pathologique pour le 1 % qui reste (ce qui m'inquiète aussi).

Je suis journaliste dans un quotidien régional. J'adore mon boulot et – même s'il n'est pas nécessaire de le préciser – le fait d'être une soumise n'a aucune influence sur mon travail ou mon poste. Franchement, si c'était le cas, je ne serais bonne qu'à la préparation du café et à écouter les histoires gnangnan sur la semaine des livres à l'école maternelle ; bref, un destin pire que la mort.

De plus, sachez que les salles de rédaction sont des nids de ragots. Le monde est une jungle. Et vous êtes bien obligé de donner ce que vous avez de mieux. C'est exactement ce que je fais.

Par ailleurs, je me considère comme une féministe. Indépendante, c'est sûr ; compétente aussi. Je contrôle la situation. Pour certains, cela peut paraître saugrenu quand on connaît mes préférences sexuelles, ce qui me fait grimper aux rideaux.

Pendant un temps, cela m'a ébranlée moi aussi. En fait, cela me perturbe encore parfois, mais j'ai fini par arriver à la conclusion qu'il y a des choses plus graves. Je suis une femme adulte, possédant un esprit généralement sensé. Si j'ai envie de me laisser manipuler par une personne en laquelle j'ai totalement confiance afin que nous puissions nous livrer à des jeux qui nous procurent excitation et plaisir, on peut admettre que, tant que nous ne jouons pas en public et que nous ne risquons pas d'effrayer les enfants et les animaux, nous en avons le droit. J'assume l'entière responsabilité de mes actes et de mes choix.

Il m'a fallu un certain temps pour arriver à ce stade, cependant. Si le mot n'avait pas été dépossédé par les émissions de téléréalité et n'évoquait pas un monde écœurant avec montage vidéo sur fond de soft rock, j'irais jusqu'à dire que ce fut un long voyage.

C'est d'ailleurs de cette manière que ce livre est né. Il ne s'agit pas d'un manifeste ou d'un manuel, bien que j'aime assez l'idée que, si vous êtes intéressé par ce genre de choses, et que vous avez envie d'en savoir davantage, il pourrait vous donner quelques pistes.

Pour moi, ce n'est pas du tout ainsi que les choses se sont passées. Demandez aux autres soumises de vous expliquer ce qu'elles pensent et ce qu'elles ressentent, et vous obtiendrez un livre très différent.

À présent, si je regarde en arrière, je peux dire que ma facette de soumise s'est manifestée tôt, mais, à l'époque, je ne savais pas de quoi il s'agissait. Je savais simplement qu'il y avait des choses qui me faisaient de l'effet et pas d'autres, que je me retrouvais en train d'y penser avec mélancolie sans savoir exactement pourquoi.

Bien sûr, enfant, j'étais totalement ignorante de tout cela. La plupart du temps, je m'occupais de mes oignons et je me contentais de grandir dans une jolie petite maison de banlieue au sud-est de Londres, dans une famille de la classe moyenne.

Navrée de briser vos fantasmes les plus fous, mais il n'y a dans mon passé aucun traumatisme profondément enfoui ni rien qui manque à mes années de formation et qui aurait pu exacerber l'attrait que le SM a pour moi aujourd'hui. Pas de père absent, d'inceste ou autre, et, pas de pathologie familiale : mon enfance fut tout ce qu'il y a de plus heureuse – pour les lecteurs, c'est peut-être moins fascinant. J'avais (et j'ai toujours) une famille aimante et tout simplement merveilleuse. Certes, nous ne nous ressemblions guère, mais notre amour et le sens de l'absurde continuent de nous lier d'une manière inexorable.

J'ai donc grandi dans une jolie maison avec Maman, Papa et Sœurette.

Avant ma naissance, ma mère était comptable, mais elle s'est arrêtée de travailler pour nous élever ma sœur et moi, y consacrant chacune de ses journées. Le cœur de la famille, c'est elle. Elle nous a nourries véritablement, consacrant beaucoup de temps à nous aider à grandir, qu'il s'agisse de s'intéresser à nos devoirs ou d'aller jouer dans le jardin avec nous. Ma mère n'est pas du genre à rester sur le banc de touche : quand nous allions à la patinoire, elle chaussait les patins. Son autre passion était le bricolage et elle s'attaquait tour à tour à chaque pièce de la maison, comme si elle avait eu l'intention de repeindre Forth Bridge (quatorze kilomètres de long quand même) ou la Tour de Londres, mais plutôt avec du papier à fleurs Laura Ashley.

Mon père dirige sa propre affaire et c'est l'homme le plus travailleur qui soit, un soutien de famille pur et dur, qui a toujours veillé à ce que notre enfance soit remplie de bicyclettes et de tous les gadgets dont les enfants ont besoin (qu'il me soit donné ici de remercier ma mère qui veillait aussi que lesdits gadgets restent sensés, sinon, nous aurions été insupportables), de voyages et d'une maison extraordinaire.

Drôle et intelligent, il possède un sens de l'aventure dont je pense avoir hérité, ainsi qu'une indépendance d'esprit et une manière de s'affirmer sans fausse modestie, trait qu'il encourageait chez ses enfants, d'autant qu'il avait eu parfois maille à partir avec ses propres parents quant à leur vision de ce qu'il *devrait* faire de sa vie, par opposition à ce qu'il *voulait* faire.

De bien des manières, ma sœur est mon strict opposé. Alors que je suis généralement plutôt discrète et plus à l'aise avec quelques amis proches, elle est le joyeux drille de la soirée, celle qui a assez d'énergie pour entraîner toute la bande, et qui arrive toujours à ses fins. J'ai une chance incroyable, car cette femme, qui va sans doute demeurer à mes côtés plus longtemps que n'importe qui d'autre, est une personne magnifique.

En dépit de nos différences, c'est la première personne que j'appellerais à trois heures du matin si j'avais des problèmes, ne serait-ce que parce qu'elle est un oiseau de nuit. Nous nous adorons, même s'il suffit de trois jours de cohabitation, par exemple lors des fêtes de fin d'année, pour que nous nous retrouvions à nous chamailler comme des adolescentes pour savoir qui occupe la salle de bains trop longtemps (c'est elle).

Notre confortable maison jumelée accueillait également toute une ménagerie, de Sonson le poisson rouge (pas la peine d'en faire un plat, je n'avais que trois ans lorsque je l'ai baptisé) à Chichi le hamster et Henri le chien. (Je disais toujours : « Pourquoi les chiens ne pourraient-ils porter des noms d'êtres humains ? » ; une question à laquelle j'ai rapidement trouvé une réponse lorsque mon pauvre père a dû parcourir tout le parc en hurlant « Henri ! », ce qui, sans nul doute, troublait un certain nombre de personnes). J'ai toujours aimé les animaux et l'un de mes plus vifs souvenirs d'enfance est l'enterrement d'un oiseau mort que j'avais trouvé dans le jardin et dont j'ai organisé les funérailles contre l'expresse interdiction de ma mère qui (surprise !) se préoccupait de problèmes d'hygiène. Lorsqu'elle découvrit que je n'avais pas seulement désobéi en ramassant ledit oiseau pour l'emporter vers son dernier repos, mais que je dirigeai un service funèbre en présence de ma sœur et des enfants des voisins – qui vole un œuf vole un bœuf – je fus consignée dans ma chambre. C'était pour moi une punition agréable. En dépit du fait qu'il s'agissait-là de la principale stratégie de mes parents pour sanctionner nos bêtises (pas de punition corporelle chez nous, ça non), j'adorais être consignée dans ma chambre.

C'était l'un de mes endroits favoris, rempli de tous les livres, achetés avec mon argent de poche, et j'y passais des heures délicieuses, assise sur l'appui de la fenêtre à lire et à observer le monde.

Le jour des funérailles, j'eus cependant le sentiment qu'une injustice irréparable venait d'être commise, et j'écrivis une lettre indignée au défenseur de la nature David Bellamy afin de lui faire part du régime dictatorial *et* anti-écologiste auquel j'étais soumise, où les adultes égoïstes se contentaient de jeter les oiseaux défunts à la poubelle.

Je n'ai jamais reçu de réponse, ce qui était sans doute préférable parce que je crois bien qu'il m'aurait simplement dit d'écouter ma mère, ce qui m'aurait mise encore plus en colère.

Quoi qu'il en soit, le fait qu'il s'agisse de l'événement de mon enfance qui s'apparente le plus à un affrontement est une preuve, s'il en faut, que je n'ai jamais été très rebelle. Je faisais ce que j'avais à faire, sans faire de vagues, ni tenter de repousser les limites, d'autant que j'avais le droit de faire pratiquement tout ce que je voulais. D'ailleurs, je n'étais pas insolente ni du genre à ergoter pour le plaisir.

Évidemment, c'est une des choses qui ont changé quand je suis devenue adulte.

Mon intérêt pour l'écriture a commencé tôt : je me souviens d'avoir écrit et illustré des histoires en petits livrets A5 que j'assemblais avec des attaches élastiques. Mes récits s'inspiraient généralement des émissions de télé pour enfants, de livres et de films que j'aimais. J'ajoute que ma plume était bien meilleure que mon crayon, mais, à cette époque, cela ne signifiait pas grand-chose. Je me suis lancée dans l'art très jeune parce que j'avais vu au journal télévisé un reportage sur un enfant précoce qui vendait ses œuvres pour des milliers de dollars.

Lorsque j'eus réussi à bricoler une ou deux œuvres aux crayons de couleurs et au feutre, ma mère, ravie de recevoir mon premier dessin, alla jusqu'à me donner cinquante pence pour une deuxième œuvre originale.

Mais lorsque je montais les prix jusqu'à une livre – je pense qu'étant donné les circonstances, c'était parfaitement raisonnable – elle répondit par un ferme mais gentil « non », brisant ainsi tout net mes espoirs de songer à vivre de mon art. Je retournais donc à mes mini-livres et illustrés.

Dès que j'en avais l'occasion, j'entraînais ma famille et mes amis dans le monde de Narnia, la Terre du Milieu ou, plus près de chez nous mais d'une manière quelque peu obscure, car je l'avais découvert via le câble, la ville de Newcastle telle qu'elle est représentée dans *Les Géants de Jossy*, une série télé (confidentielle pourrait-on dire, d'autant qu'il n'y en a eu que dix épisodes) qui racontait les péripéties d'une équipe de foot scolaire dont le coach s'appelle Joswel, dit Jossy.

Mon goût pour *Les Géants de Jossy* et le foot en général, me venait certainement de mon côté garçon manqué. J'étais (et suis encore) assez éloignée du stéréotype féminin : j'ai horreur du rose – ça frise le pathologique – et je n'ai jamais eu envie de me maquiller, d'acheter des vêtements (ou des chaussures) à la mode (chers). Perchée sur des talons, j'ai l'air de Bambi en train d'essayer de traverser la banquise. Quoique, ce que je ne dépense pas en chaussures, je le laisse en vernis à ongles et en sacs à main.

En grandissant, je ne m'intéressais pas vraiment aux garçons, ce qui, paradoxalement, signifiait que, au lycée, j'avais beaucoup d'amis parmi les garçons, d'autant que j'aimais jouer au foot avec eux à l'heure du déjeuner, et que je ne me souciais guère des cancans.

Si vous voulez savoir ce que je préférais à l'âge de dix ans, je vous dirais la lecture, le roller, le vélo et grimper à l'arbre au fond du jardin (qui me donnait une vue parfaite sur les lotissements voisins : une source de fascination infinie pour des raisons qui, à l'époque, me paraissaient importantes). L'arbre était mon coin à moi, ma sœur n'étant guère attirée par les égratignures et les tâches de résine qui faisaient partie de l'aventure, même lorsque je lui avais proposé d'utiliser le système de poulie avec une corde que j'avais inventé et qui permettait d'atteindre la première branche.

À bien des égards, j'étais une enfant plutôt solitaire, heureuse en sa propre compagnie, qui aimait lire ou rêver, ce qui n'a certainement rien de surprenant quand on considère le portrait que je viens de vous brosser.

Bien entendu, aucune femme n'est une île, même si elle passe son temps cachée dans un cerisier (quand on le lui permet). À la maison, c'était ma sœur qui était ma compagne, ma complice ; à l'école – élémentaire mixte jusqu'à onze ans, puis une école privée de filles après ça – j'avais un cercle d'amies, que je continue à fréquenter.

Si je ne faisais pas partie du groupe des filles « populaires » (j'avais plutôt tendance à aller vers les bizarros, qu'ils soient fous de musique, de théâtre ou de technologie), je m'entendais généralement bien avec tout le monde et, lorsqu'il y avait des problèmes, j'avais recours à l'humour pour calmer le jeu.

Au lycée, j'étais, disons, une élève moyenne. Il m'a fallu un peu de temps pour retomber sur mes pieds parce qu'à l'école primaire, j'étais parmi les premières. Au lycée, dans la plupart des matières, il me fallait fournir plus d'efforts et travailler davantage. Par bien des aspects, ce fut comme un choc culturel, ce qui n'était pas plus mal quand on considère qu'à la maison, tout le monde croyait que j'étais un génie parce que je lisais tout le temps.

Alors, j'ai trouvé d'autres repères, plus concrets, d'autant que je n'étais jamais la plus intelligente ni la plus jolie de la classe. Mais j'ai vite compris que cela jouait en ma faveur parce qu'il me semblait que les filles les plus intelligentes et les plus jolies étaient celles qui attiraient le plus de vacheries.

Non, moi j'étais consciencieuse et je travaillais dur, ce qui dérivait sans doute d'un besoin intrinsèque de plaire. En dépit des sentiments occasionnels de culpabilité, parce que j'avais parfois l'impression de laisser tomber mes parents ou mes professeurs, la plupart du temps, j'aimais vraiment l'école. Je sais, c'est lamentable.

Côté amourettes, j'ai mis un peu de temps à m'épanouir, ce qui paraît paradoxal vu le nombre de garçons que je connaissais. J'avais douze ou treize ans lorsque j'ai embrassé un garçon pour la première fois et, pour être honnête, je n'ai pas été impressionnée.

Il n'y a pas eu de trompettes ni d'applaudissements, ni sentiment de pétard mouillé – sans jeu de mots – après. Je crois même que l'un de nous deux a dit quelque chose comme « Bon, et alors ? » : vous voyez bien que personne ne s'était enflammé !

Ceci étant dit, je lisais *Just Seventeen* et *Minx*, preuve que je n'étais pas totalement ignorante de la mécanique du sexe, même si, à l'époque, cela ne m'intéressait guère de passer aux travaux pratiques. J'avais quand même appris que, lorsque je n'arrivais pas à dormir, le fait de frotter ma main entre mes jambes m'apportait un plaisir qui me détendait et que, lorsque je laissais mon esprit vagabonder pendant ce genre d'activité, il en revenait toujours aux mêmes sujets.

J'ai toujours été fascinée par les légendes et les mythes, et j'adorais Robin des Bois. Je regardais tous les films, les séries télé – pas de panique, je ne vais pas me lancer dans les anecdotes antérieures à ma première dent – et j'avais lu tous les livres sur lesquels je pouvais mettre la main. Mais, chaque fois, j'avais du mal avec Marianne. Je détestais cette habitude qu'elle avait d'aller se fourrer dans des galères stupides, ce qui obligeait Robin à la sauver. Elle ne savait pas se battre, et elle n'avait même pas la dignité relative d'être le fidèle bras droit de Robin. Non, la Belle Marianne passait la majeure partie de son temps à soigner les blessures des Joyeux Compagnons tout en fixant l'horizon d'un œil morne lorsqu'ils disparaissaient pour de nouvelles aventures.

Malgré tout, les passages que je préférais dans l'histoire étaient justement ceux qui commençaient par susciter mon mépris. Sans vraiment se débattre, Marianne était capturée (toujours pour servir d'appât, sa seule raison d'être, afin que Robin tombe dans le piège et se fasse prendre à son tour), mais alors, les choses devenaient plus excitantes car la Belle Marianne se mettait à défier Guy de Gisborne et le shérif de Nottingham et déchaînait mon imagination. On la tenait prisonnière dans une espèce de donjon froid et humide, où les images la montraient souvent ligotée, voire retenue par des chaînes. Elle était impuissante, mais jamais elle ne cédait : dans l'humiliation, elle savait rester digne – et faisait battre mon cœur.

C'est comme lorsque, enfant, on est si profondément ému par un passage, un livre ou une image, une scène de film, que l'on est littéralement transporté par son imagination. Soudain, vous êtes dans ce donjon, sur ce navire en perdition, en train de vivre le moment, de sentir chaque odeur, de toucher la pierre rugueuse ou le bois patiné par les tempêtes. En fait, je dis « enfant » mais, pour ma part, il m'arrive encore d'éprouver cela lorsque je lis ou que je regarde quelque chose de surprenant, même si cela se produit moins souvent.

Bref, toutes les scènes que je rejouais dans mon esprit, avec moi dans le rôle principal, étaient celles où Marianne (certes un peu nunuche) faisait preuve d'insolence et de défi. Ensuite, je sautais les passages ennuyeux où, après que Robin l'eut sauvée, elle retournait dans la forêt pour entretenir le feu.

Voilà les histoires auxquelles je pensais lorsque j'étais dans mon lit le soir, jusqu'à ce que je découvre la pornographie.

L'année de mes quatorze ans, il y eut toute une affaire au sujet d'un magazine qui offrait avec l'un de ses numéros un livre érotique destiné aux femmes. Je n'avais pas Internet dans ma chambre et, franchement, même si je savais qu'on y trouvait toutes sortes de trucs érotiques, je n'étais pas spécialement intéressée par des photos de nichons parce que j'avais les miens et je ne les trouvais pas si captivants.

Mais ce livre, c'était différent, parce qu'il suscitait bon nombre de rumeurs sur la décrépitude morale et le reste. Je passais tout un mois à tenter de trouver une solution pour m'en procurer un exemplaire, d'autant que j'avais commencé à me dire que j'étais plus obsédée que mes camarades d'école – ou du moins que ce qu'elles voulaient bien admettre. En outre, hormis le fait que je voulais savoir vraiment si ce livre était vraiment choquant, cela pourrait, pensais-je, me servir de baromètre en matière de détails scabreux.

Sauf qu'il y avait un problème.

Notre voisine d'à côté travaillait dans la seule maison de la presse suffisamment importante pour vendre ce magazine dans notre petite ville, et je savais : a) qu'elle ne me laisserait pas l'acheter puisqu'elle connaissait parfaitement mon âge (moins de dix-huit ans) et b) qu'elle se sentirait obligée d'en parler à ma mère, ce qui me conduirait tout droit à l'une de ces conversations si écœurante qui donne envie de s'arracher les oreilles pour que ça s'arrête.

Donc, pas question. Point barre. Alors, un après-midi, j'ai pris un autre bus pour rentrer à la maison, celui qui me faisait faire un détour par la grande ville la plus proche, et j'y achetai le magazine en question, les mains moites, dans mon uniforme d'écolière, terrifiée qu'à tout moment la vendeuse – qui n'en avait strictement rien à faire – réalise que j'étais mineure et que j'étais en train d'acheter « sans honte aucune » ce que le *Daily Mail* avait décrit comme « une vraie saleté » et exige que je le rende avant d'être corrompue à tout jamais. Rien de tout cela n'arriva. Je fourrai la revue dans mon sac à dos et, le cœur battant à toute berzingue, je parcourus à pied les trois kilomètres pour rentrer chez moi et expliquer à ma mère que j'étais en retard à cause de l'entraînement de hockey.

Quand je feuillette ce livre, que je n'arrive pas à jeter malgré le fait qu'il a été si souvent manipulé que les pages menacent de tomber, le scandale et l'indignation qu'il provoqua à l'époque me paraissent vraiment risibles. Mais lorsque je le parcourus pour la première fois, ce fut une véritable révélation. Mes chapitres préférés sont encore marqués par les pliures des pages que j'avais cornées pour les retrouver plus facilement. L'un d'entre eux évoquait notamment une femme à la fois combative et vulnérable qui se disputait sans cesse avec l'homme qui lui plaisait. Elle finissait ligotée à un arbre avec du lierre (je sais, c'est invraisemblable, mais faites comme si c'était du lierre grec, une variété spéciale qui devait certainement posséder des qualités jusqu'alors inconnues en matière de bondage) pendant qu'il lui faisait tout ce dont il avait envie : l'attraper à pleines mains, l'embrasser profondément, l'insulter, etc. Elle, elle restait là, excitée malgré elle, et il l'amenait jusqu'à l'orgasme pendant 'qu'elle appuyait sa tête contre le tronc d'arbre et gémissait de plaisir.

Aujourd'hui, cela me paraît d'un ringard absolu, un peu comme les romans à l'eau de rose qu'Harlequin publiait à l'époque, mais, à l'âge de l'adolescence, cela avait un sens pour moi.

Soudain, c'était ce que je rejouais dans ma tête dès que je me retrouvais au lit, en me caressant entre les jambes avant de sombrer dans un sommeil béat.

Bien sûr, il y a toujours un moment dans la vie où les vrais garçons, en chair et en os, prennent le pas sur les Guy de Gisborne de notre imagination (je n'étais pas fan de Robin). Mon premier petit ami digne de ce nom, plus vieux mais pas plus sage, sembla d'abord capable de repérer les signes dont je n'étais pas consciente. Contrairement aux autres garçons que j'avais embrassés avant, il maintenait fermement ma tête en place, ma queue-de-cheval enroulée dans sa main, lorsque nous nous disions bonsoir. Et j'adorais ça. J'adorais sentir son pouvoir, immobile tandis que nos langues luttaient.

Je rêvais aux possibilités – au potentiel – de ces baisers, ce qu'ils pouvaient annoncer, quels préliminaires, l'indice qu'il existait une face sombre, différente, chez ce garçon, une face que le monde ordinaire ne voyait pas mais que j'avais décelée. Comme si cette face appelait en moi une face complémentaire !

Un soir, il me mordit si violemment la lèvre inférieure que je laissais échapper dans sa bouche une sorte de gémissement surpris de plaisir. Il recula aussi sec – emportant presque une mèche de mes cheveux dans sa hâte – et s'excusa de m'avoir fait mal. Je me sentais gênée de devoir lui expliquer que j'avais aimé ça, alors, j'ai accepté ses excuses, déclaré que cela n'avait aucune importance et je suis rentrée chez moi. Déçue, les seins durs et la culotte moite.

À ce stade, je ne comprenais pas encore la signification de ce baiser par rapport à mon excitation. Tout ce que je savais, c'est que les gentilles filles ne sont pas excitées par ce genre de choses ou que, si c'était le cas, elles n'en parlaient pas.

Donc, je continuais mon petit bonhomme de chemin, en franchissant toutes les étapes.

Pour finir, mon premier amant et moi (qui profitions de ce que sa mère devait aller travailler pour remplacer une collègue souffrante) perdîmes notre virginité ensemble. Nous n'avions donc aucune expérience et nous étions intimidés. Ajoutez à ça que nous devions être aux aguets de peur que sa mère ne rentre sans prévenir, et vous saisirez toute l'ampleur du désastre : technique, pas désagréable, mais pas de quoi noyer un chat !

Par la suite, je me suis dit que ce n'était pas aussi agréable que lorsque je me caressais toute seule dans mon lit, mais, à l'époque, je ne fis pas le lien avec l'absence d'orgasme. En réfléchissant à quel point nos tâtonnements étaient hésitants et naïfs, c'est un miracle que nous ayons réussi à avoir un quelconque rapport d'ordre sexuel cette fois-là.

Toutefois, nous découvrîmes que la pratique rendait les choses, sinon parfaites, du moins suffisamment agréables pour que nous continuions à nous sourire bêtement pendant des heures après ça, et ce même si l'absence d'intimité signifiait que nous étions constamment en train de craindre de nous faire prendre *in flagrante delicto.* D'ailleurs, nous sommes tous devenus imbattables au rhabillage express : je suis sûre que Clark Kent serait fier de nous. Peut-être un peu perturbé aussi.

2

Ma première idylle tourna court lorsque nous partîmes de la maison pour nos universités respectives de part et d'autre du pays. Au début, il me manquait et je lui manquais, mais nous fûmes rapidement entraînés dans la vie académique et dans les activités, disons, extrascolaires qui vont avec.

Ceci étant dit, pendant un sacré temps, mes activités extrascolaires consistaient à faire du pain dans la cuisine que je partageais avec mes colocataires – ma mère n'appréciait guère qu'autrui utilise sa cuisine et je me plaisais à être enfin en mesure de cuisiner toute seule. Il y avait aussi les verres de fin de journée ponctués par le genre de débats qui, quand on y pense, ne sont que des fadaises prétentieuses mais qui, lorsque vous avez dix-huit ans, sont les meilleurs moments du monde et prouvent que vous êtes enfin adulte.

C'est au cours de l'une de ces soirées de beuverie que je rencontrais Ryan. Si Ryan ne me guida pas exactement sur les chemins du péché (à ce stade, j'étais plutôt sûre que j'étais capable de pensées louches bien à moi, même sans l'accès à Internet directement depuis ma chambre – un à-côté non négligeable de la vie universitaire), il ouvrit certainement la porte d'un monde que je n'avais pas vraiment envisagé de visiter, même si j'avais été vaguement consciente de son existence. Je dois donc admettre que toutes ces heures passées à évoquer Foucault, le féminisme et Chomsky (je vous ai dit que j'étais prétentieuse) en valaient finalement la peine.

J'avais repéré Ryan à la bibliothèque au cours de ma troisième année de licence. Il aimait s'asseoir (et travailler) toujours au même endroit et en face de moi, ce qui donne l'impression que nous étions plus assidus que nous l'étions réellement. Nous en étions à nous saluer poliment (juste en hochant la tête), voire à nous demander : « Tu peux surveiller mes affaires pendant que je file aux toilettes ? » Moi, j'emportais toujours mon sac avec moi : je ne suis pas le genre à me laisser embobiner par un mec, aussi beau soit-il. Et Ryan l'était.

Un soir, au pub, ma copine Catherine arriva avec le fameux Ryan. S'il se joignit à notre groupe de buveurs, je remarquais qu'il se contentait généralement d'observer les autres plutôt que de participer à la mêlée. Lorsqu'il intervenait, il parlait lentement et soigneusement ; il était clair et ne se laissait pas dominer par le brouhaha.

Je le trouvais d'autant plus impressionnant et très différent de la plupart des autres types qui étaient assis à notre table. Légèrement plus vieux que moi, il était venu des États-Unis pour suivre les cours de sciences politiques dans le cadre d'un échange trimestriel entre universités. Il était plutôt agréable, avait de l'humour, et il abordait ses études (et la plupart des choses) avec le plus grand sérieux. Cela me plaisait. La vie universitaire était sympa, mais je n'étais pas très attirée par les activités d'intégration ou le fait de boire jusqu'à vomir sur le trottoir. J'appréciais sa manière d'étudier, son éthique, et j'avais l'impression qu'il ressentait la même chose que moi. En outre, je ne pouvais m'empêcher de remarquer que son côté rêveur, presque illuminé, le rendait sexy en diable. Et son accent était du genre à vous donner des frissons – lorsqu'il ouvrait la bouche, bien sûr.

Les choses ne se déroulèrent cependant pas à la vitesse de l'éclair. Un soir, au pub, il y eut un grand débat à propos d'un projet organisé par l'une des équipes féminines de sport : pour récolter des fonds, les filles posèrent nues avec juste ce qu'il faut pour préserver leur pudeur.

Un locataire de mon étage n'arrêtait pas de geindre en affirmant à quel point c'était dégradant, surtout parce que sa petite amie apparaissait dans l'une des photos. J'étais en train de lui expliquer que ce n'était pas si dégradant que ça, d'autant qu'il n'avait aucun droit de se mêler de l'affaire du moment que sa petite amie était d'accord. La dispute commençait à s'envenimer, et le geignard s'énervait de plus en plus parce qu'il imaginait tous les séducteurs qui allaient se précipiter sur les charmes opulents de la jeune fille, sans parler des cinq pintes de bière qu'il venait d'ingurgiter et qui n'arrangeaient pas son raisonnement. Ce qui lui faisait défaut en clarté, il le compensait par le volume de ses hurlements, ses gesticulations sauvages et un sens étonnant de l'hyperbole.

J'avoue que je ne pus m'en empêcher : je me fichais pas mal du sujet, mais j'adorais discuter et, franchement, avec ce type, la joute oratoire tenait plutôt de la pêche aux canards flottant dans un bac plein de bière.

Très vite, il apparut que je n'étais pas la seule à m'amuser de la discussion. Ryan vint renforcer le maigre rang du type de mon étage en me traitant d'antiféministe, insista sur la nature et l'objet de l'image, en passant par l'évocation des anciennes cartes postales grivoises pour atterrir des deux pieds dans le pour et le contre de la pornographie.

Au bout d'un moment, le cercle des gens qui intervenaient se resserra, et les autres finirent par s'éloigner pour aller racheter de la bière ou (plus probable) se planquer.

Ryan et moi n'avons pas lâché le morceau. Il critiquait la pornographie en bloc ; j'affirmais que les personnes concernées étaient consentantes et payées à leur juste prix. Pendant ce temps, Catherine suivait le débat avec des mouvements de tête dignes des spectateurs d'un match de tennis particulièrement rapide.

Au beau milieu de tout ça, je me mis à sourire. Intérieurement je veux dire. Ma théorie sur le porno est plutôt (dans la mesure où la légalité le permet) du genre « chacun se mêle de ses oignons », et je ne me souciais guère du pour ou du contre.

Mais je ne pouvais pas lui laisser le dernier mot et je voulais voir combien de temps il pouvait encore tenir. En outre, pour être franche et un peu futile, j'aimais assez la manière dont toute l'attention de l'Américain sexy était centrée sur moi, même s'il se prenait de temps en temps la tête entre les mains devant mon intransigeance rhétorique.

Il lui fallut un peu de temps, mais je repérais exactement le moment où il comprit que je discutais pour l'amour de l'art. Je le vis dans ses yeux. Il avait à nouveau la tête dans les mains et il redressa les épaules, me lança un long regard, surprit mon sourire que je n'arrivais plus à dissimuler, puis se pencha pour me serrer la main.

— Bien joué, Miss. Bien joué.

Je lui souris franchement et je lui payai une bière. Par pure politesse.

Lorsque le barman finit par mettre tout le monde dehors et que nous reprîmes le chemin de la résidence, Catherine et moi étions un peu chancelantes et nous n'arrêtions pas de glousser. Ryan proposa de me raccompagner. Je glissais mon écharpe autour du cou de Catherine et j'attrapais le bras de Ryan.

— Tu peux nous raccompagner toutes les deux. On habite dans la même résidence.

C'était peut-être mon imagination, mais l'idée n'eut pas l'air de le rendre fou de joie. D'ailleurs, à dire vrai, je ne l'étais pas non plus – le type que je reluquais depuis des semaines dans la bibliothèque s'avérait plutôt sympa et j'espérais qu'il pensait la même chose de moi. Toutefois, avec dans la tête le souvenir d'un gars un peu coincé lorsqu'il n'avait pas avalé la quantité nécessaire de liquide, et je n'étais pas sûre de retrouver une aussi bonne occasion.

Le lendemain matin, je me réveillai avec une migraine à se cogner la tête contre les murs et une envie de bacon grillé pour découvrir un e-mail qui me demandait si je voulais le retrouver au cinéma. J'étais si contente que je répondis avant même de me mettre en quête de la tasse de thé qui me remettrait l'estomac en place.

Nous allâmes donc au cinéma. Il me demanda galamment de choisir le film – grossière erreur – ce qui fait que j'entraînais un type qui avait horreur du suspense, des films d'horreur et du manque de réalisme de la science-fiction, voir justement le seul film qui conjuguait les deux. Même dans la pénombre de la salle, je distinguais la légère expression de mépris sur son visage à la lueur tremblotante de l'écran (lorsqu'il retira enfin les mains de son visage).

Après le film, nous allâmes dîner. La conversation fut animée, je me moquais de lui parce qu'il était pire poltron que moi, tandis qu'il décriait les gaffes du film et soulignait les lacunes de l'intrigue d'une manière qui me faisait rire sans complexes. La soirée avait été vraiment agréable et, lorsqu'il proposa de recommencer, j'acceptai sans hésitation ni arrière-pensée.

Nous passâmes ainsi une soirée dans un café-théâtre, une autre à écouter un groupe au foyer des étudiants, puis il m'invita chez lui pour regarder des DVD, ce qui, même dans mon esprit relativement innocent, m'apparut comme un premier pas vers une sorte de flirt. J'avais fait des brownies et, bien que je ne sois pas sûre qu'ils méritent la comparaison avec ceux de ma mère, il les dévora pendant que nous buvions des litres de café et que nous zappions d'une chaîne à l'autre.

Puis, alors que j'avais pratiquement arrêté de me prendre la tête pour savoir s'il était intéressé, il se pencha vers moi. Soi-disant pour retirer les miettes des commissures de mes lèvres, mais ses doigts furent vite remplacés par sa bouche qui se pressait contre la mienne. Je souris (intérieurement), mais je n'allais pas chicaner. Cela faisait des semaines que j'attendais ce moment.

Il commença, d'une manière hésitante, par m'embrasser délicatement, posant baiser après baiser sur mes lèvres puis, encouragé par ma réaction positive, il glissa sa langue dans ma bouche et m'embrassa correctement.

Je ne fus pas déçue. Il avait le goût du chocolat et du café, et sa bouche était douce. Tandis qu'il poursuivait son exploration, j'ouvris plus grand la bouche en l'incitant à aller encore plus loin.

Il passa les mains derrière moi et se mit à me caresser le dos tout en me rapprochant de lui. La sensation de ses doigts sur ma colonne vertébrale me fit frissonner d'excitation.

Chacune de mes extrémités nerveuses réagissait à ses caresses ; il suffisait qu'il m'effleure et je sentais le désir monter en moi tandis que ses mains, sa bouche et ses hanches s'avançaient inexorablement vers moi.

Pendant longtemps, nous ne fîmes que nous embrasser, nous boire mutuellement. C'était vraiment quelqu'un qui savait embrasser, à la fois passionné et patient, et tandis que nos mains fouillaient nos vêtements, il semblait heureux de continuer à me titiller de sa langue d'une manière qui commençait à me faire craindre de sombrer dans la folie.

Dans ce brouillard de désir, une pensée diffuse commença à prendre forme : *s'il arrive à me faire partir comme ça seulement avec des baisers, qu'est-ce que ça sera quand on fera l'amour ?*

Quand il se pencha davantage pour déboutonner mon jean, je me dis que j'allais le savoir tout de suite. Mes mains allèrent directement à sa ceinture, mais il les arrêta, déplia mes doigts pour les amener à sa bouche en les embrassant très doucement avant de les repousser pour remettre ses mains sur mes boutons. Il fit glisser mon jean sur mes cuisses, dévoilant ma culotte bleue à pois d'une manière qui me fit rougir.

Il sourit.

— Ravissant !

Je bafouillai pour me justifier quant à mon choix inattendu de sous-vêtements, mais il m'arrêta d'un regard.

— Redresse-toi une minute.

Je me déplaçai et il retira d'un seul mouvement mon jean et ma culotte.

J'étais nue devant lui.

Pendant un moment, il se contenta de me regarder. J'essayais de ne pas me tortiller bêtement, mais n'est-il pas toujours gênant d'avoir quelqu'un qui vous regarde comme ça pour la première fois ? Je vis qu'il souriait et qu'il jetait un regard vers son bas-ventre, apparemment soulagé de voir ce qu'il voyait. Je m'avançais vers lui, les mains tendues pour le toucher, mais il m'arrêta.

— Tout va bien. Attends.

— Je ne suis pas très patiente, comme fille, grommelai-je.

— Imagine qu'il s'agit d'une leçon pour te forger le caractère, dit-il en s'agenouillant devant moi.

Je lui donnai un coup sur le genou, plutôt doucement, avec mon pied nu, puis je me mis à gémir tandis qu'il faisait courir son doigt sur l'intérieur de ma cuisse, si près de l'endroit où je voulais qu'il aille, mais pas assez près.

Bon, on pouvait jouer tous les deux au jeu de la patience. Je patientais donc, réprimant les tremblements de mes cuisses, tandis qu'il caressait les bords de ma vulve, de haut en bas, de bas en haut, et que moi j'espérais furieusement qu'il allait se déplacer de quelques centimètres – millimètres – pour me toucher là où je le voulais.

Je fermais les yeux afin de retrouver une certaine maîtrise de moi. Je pense que j'aurais pu y arriver, au moins jusqu'au moment où j'ai senti sa bouche sur ma chatte, sa langue qui dessinait la moindre de mes courbes, jusqu'à ce qu'il glisse sa langue en moi pour me goûter. Je poussai un gémissement auquel il fit écho, et son cri de plaisir me fit trembler de bonheur. Puis, il se remit à m'embrasser, explorant ma fente de la même manière qu'il avait exploré ma bouche. Je me tortillais sur le canapé, tentant désespérément de me rapprocher de lui, tandis qu'il me faisait frissonner en me léchant, alternant entre des coups de langue doux et plus fermes et insistants. Je sentis l'orgasme monter, redescendre, puis monter à nouveau et, lorsqu'il prit mon clitoris entre ses dents et l'aspira, je me laissais totalement aller à la jouissance, et mon orgasme fut d'une telle force que je vis des étoiles. Ce fut comme une révélation mystique qui déclencha un rire de bonheur pour la sensation de joie pure que cela m'apportait. Tout ce que je voulais, c'était retrouver mon souffle pour recommencer.

Je baissais les yeux vers lui. Il me rendait un regard si sérieux. Je pris son visage entre mes mains et je caressais ses joues. Il sourit et tourna la tête pour embrasser mes mains et je me penchais pour l'embrasser avant de plonger vers le sol à côté de lui. Je m'enroulai autour de lui, suffisamment près pour qu'il entende mon cœur qui continuait à battre la chamade. En reprenant mon souffle, je repris mes esprits et appuyai ma tête contre son érection. Cette fois, lorsque je tendis la main, il ne m'arrêta pas. Je défis sa braguette, dégageai son sexe, et me penchai pour le prendre dans ma bouche, mais il me repoussa.

— Je veux seulement te pénétrer.

Je hochai la tête et me rallongeai sur le dos pendant qu'il attrapait une capote. J'avais l'impression d'être égoïste parce que mon propre orgasme était en train de se dissiper. Il s'enfonça en moi et ce premier instant de connexion me fit serrer les cuisses. Il laissa échapper un râle et enfouit son visage dans mon épaule. Je bougeais les hanches pour l'enfoncer plus profondément en moi, mais, avant de se mettre à suivre mon rythme, il retira mon haut et dégagea mes seins de mon soutien-gorge avec un grognement.

De ses yeux avides, il regarda mes mamelons durs et ne résista pas à un commentaire moqueur :

— Pas de haut à pois assortis ? Je suis déçu.

Je lui tirai la langue et je me mis à bouger de manière plus insistante sous lui, en faisant sans le vouloir rebondir davantage mes seins. Il se pencha et les prit en coupe dans ses mains pour les caresser et les embrasser, prendre chaque téton dans sa bouche tour à tour tout en bougeant – enfin – les hanches.

Nos souffles se firent plus saccadés. Rien d'autre ne comptait plus que nos mouvements, nos corps liés et notre plaisir. Le fait de regarder le visage de Ryan perdre son sérieux, de le voir totalement sans défenses, comme s'il avait baissé sa garde, m'excitait au plus haut point, et le regarder tandis qu'il jouit me fit me sentir si proche de lui qu'il me suffit de le sentir glisser son doigt entre nous et toucher mon clitoris pour me faire à nouveau grimper au bord de l'abîme.

Le lendemain matin, le seul nuage à l'horizon était de savoir que notre relation – même à ce stade précoce –

serait loin d'être éternelle. J'étais déçue, presque fâchée, mais après avoir passé toute la soirée nue dans sa chambre à regarder la télé et à boire en ne faisant des pauses que pour nous embrasser, nous caresser et faire l'amour, j'étais catégorique : j'allais tirer le meilleur de chaque seconde de sa présence avant son départ. Faire feu de tout bois.

Nous nous mîmes à sortir ensemble d'une manière décontractée, d'autant que, avec la perspective de son retour aux États-Unis, nous n'avions pas besoin de faire des projets sérieux. Il fut l'amant le plus respectueux qui soit, d'une patience infinie à la fois pour donner et recevoir du plaisir. Il me laissa l'explorer et je pris de plus en plus d'assurance lorsque je léchais ou que je suçais sa queue, que je le caressais aussi longtemps que j'en avais envie, que j'apprenais ce qu'il aimait, ce que j'aimais. Cependant, je n'aurais jamais au grand jamais imaginé qu'il pouvait avoir des goûts particuliers.

Au temps pour les idées préconçues sur les gens !

Comme beaucoup, je suppose, ma première expérience en matière de goûts particuliers vint d'une bonne fessée.

J'aimerais pouvoir croire que j'ai une imagination originale. J'ai certainement, et je ne le dis pas avec vanité, mais c'est un simple constat, un esprit extrêmement vicieux, ce qui signifie que j'ai toujours les idées les plus saugrenues sur la manière d'utiliser des objets parfaitement innocents. Apparemment innocents. Si on rapproche ce trait de caractère de mes priorités financières de l'époque – livres et bière, pas nécessairement dans cet ordre – cela signifie que nombre de mes sex-toys favoris étaient des articles ordinaires détournés de leur usage.

Ainsi, j'aimais croire que dans ma chambre, entourée de mes affaires, il n'y avait aucun instrument que l'on puisse utiliser pour me blesser sans que je n'y aie pensé moi-même ou que je l'aie déjà utilisé.

C'est la raison pour laquelle la brosse à cheveux me prit au dépourvu.

J'ai des cheveux épais et la pilosité qui va avec. Pas dans le genre louve, au moins pas lorsque j'ai le temps de m'occuper des parties importantes, mais dans le genre qui signifie que ma coiffure peut évoquer l'enfant sauvage, par exemple, le matin, lorsque je suis encore toute chaude au sortir du lit ou après une bonne partie de jambes en l'air.

À ce moment-là, Ryan et moi n'en étions pas encore arrivés là. Nous venions de nous embrasser pendant des heures, les baisers de deux personnes qui ont envie de laisser monter la tension encore un peu, chaque baiser et chaque mouvement des lèvres comme un prélude et une promesse pour quelque chose de plus.

Enfin, sans prononcer un mot, nous émergeâmes de nos préliminaires pour répondre à l'appel du désir. J'avais le visage irrité par sa barbe de la journée, mes mamelons pointaient dur sous mon pull et son érection tendait le devant de son pantalon.

En s'écartant légèrement de moi, il emmêla ses doigts dans mes cheveux. J'essayai alors de remettre un peu d'ordre dans mes mèches, mais il me repoussa la main et embrassa chaque doigt en esquissant un sourire qui évoquait l'avidité du loup.

— Laisse tomber, on va les emmêler encore plus après. Et c'est super. J'aime quand tu es décoiffée.

Je lui tirai la langue tout en commençant à déboutonner ma chemise.

— Je n'y peux rien. Et tu peux parler ! Ta coiffure est loin d'être impeccable à l'instant.

J'ajoutais en effectuant un geste vague derrière mon épaule :

— Il y a une brosse là, si tu veux t'en servir aussi.

Les cheveux de Ryan étaient aussi sombres et au moins

aussi indisciplinés que les miens – même avant nos ébats. Ils étaient évidemment beaucoup plus courts que les miens, mais ils retombaient sans cesse devant ses yeux, ce qui lui donnait une sorte de tic quand il les ramenait en arrière d'un geste inconscient, surtout quand il voulait dire quelque chose d'important. Je trouvais ça adorable.

Je me retournai pour faire descendre mon pantalon en me penchant pour le tirer sur mes chevilles quand je reçus le premier coup.

Je crois que c'est le bruit qui déclencha tout. Lorsque quelqu'un vous frappe si fort sur les fesses que le claquement se prolonge comme un écho et que vous ne vous y attendez pas, cela vous fait mal. Même si, dans un coin de votre tête, vous vous dites « ce n'était qu'une claque, bon sang ! », vous ne pouvez pas résister à l'envie de vous frotter les fesses. Moi pas en tout cas.

Je me retournai, les doigts encore posés sur ma fesse brûlante, pour découvrir qu'il arborait un large sourire, les yeux écarquillés dans une expression d'innocence totale, tout en agitant la brosse devant moi.

— Tu as dit que je pouvais m'en servir aussi.

Première leçon, Sophie : fais gaffe à la manière de tourner tes phrases.

Avec l'impression d'être au bord d'un gouffre merveilleux dans lequel j'attendais de plonger depuis des années, je lui rendis son sourire en rassemblant mon courage pour lui donner la permission qu'il suggérait.

— C'est vrai, c'est ce que j'ai dit.

Quand on a des cheveux comme les miens, il faut une brosse digne de ce nom et la mienne l'était. Ryan descendit ma culotte, me fit allonger sur le ventre sur ses genoux et se mit à me frapper avec la brosse. Les claquements qui ricochaient dans la pièce me firent un instant m'inquiéter de ce que ma voisine d'à côté allait penser. Pendant quelques secondes au moins parce qu'après, je n'en eus vraiment plus rien à faire.

Je m'étais souvent demandé quelle impression pouvait donner une bonne grosse fessée, mais jamais je n'aurais pu imaginer ce que j'allais éprouver.

Cela faisait mal, bien sûr, et bien plus mal que ce à quoi je m'attendais – moi, je fais partie de la génération qui a échappé à la punition corporelle à l'école.

Pendant les premiers coups, l'air sortait bruyamment de mes poumons, et tout ce à quoi je pouvais penser, c'était à la douleur : rien à voir avec la fessée excitante de mes fantasmes les plus chauds. Dans un monologue intérieur affolé, j'étais en train de me demander s'il était temps ou non de mettre un terme à la plaisanterie ou d'essayer de supporter les coups jusqu'à ce qu'il se lasse quand, brusquement, la sensation fut différente.

C'était comme si quelque chose s'épanouissait.

C'était encore douloureux, mais la piqûre sur mes fesses se fondait en une douleur agréable dans les secondes qui suivaient l'impact et, tandis que l'adrénaline se déployait en moi, même la douleur des premiers coups se mêlait à la chaleur du plaisir que j'en retirais.

Ryan avait commencé par la fesse gauche en me frappant à une cadence régulière jusqu'à ce que mon cœur se mette pratiquement à battre au rythme de son tempo, que mon corps réagisse à chacun des coups qu'il me donnait. Il changeait légèrement de cible, progressivement, jusqu'à ce que toute la fesse soit chaude et que je me torde sur ses genoux comme un paquet de nerfs pris de frénésie. Alors, mon monde se réduisait à lui et à moi, à la chaleur cuisante de mes fesses, l'humidité entre mes cuisses et la sensation de sa queue dure contre mon ventre tandis que je me tortillais contre lui. S'il m'avait demandé à ce moment-là ce que je voulais qu'il fasse, si j'avais été capable de former des mots, je l'aurais supplié d'arrêter cette souffrance qui frôlait l'insupportable. Cependant, la chaleur qui se diffusait entre mes jambes signifiait que je savais avec une certitude absolue que, s'il avait cessé de me frapper, il n'aurait fallu que quelques secondes pour être plongée dans un sentiment d'abandon et le supplier de continuer. Je n'eus pas réellement le choix et, pour être honnête, ce fut aussi bien car, à ce stade, je n'aurais pas pu prononcer un mot.

Il changea de fesse et recommença, encore et encore. Alors que je me concentrais pour réguler ma réaction à la douleur, je sentis qu'il glissait son doigt dans ma fente, et avec une facilité si déconcertante que je fus soulagée qu'il ne puisse pas voir mon visage et la rougeur qui l'envahit brusquement.

Je me tordais comme une folle sur ses genoux, le souffle rauque, les larmes prêtes à surgir derrière mes paupières closes. Mais il ne cessa d'asséner ses coups de brosse, et, lorsque je me retournais enfin pour le regarder, je vis la rougeur du désir voiler ses joues, et une expression qui me fit gémir. Il avait l'air si sexy. L'expression de ses yeux, la manière dont il penchait la tête. Ce n'était plus le Ryan que je connaissais et il me fascinait : il était devenu la puissance même, un être de pur contrôle. Il me donnait l'impression d'être à la fois chaude et glacée, excitée et honteuse, comme si le monde avait basculé et que le seul lien qui me retenait à la réalité était cette chevauchée avec pour seul guide cet homme qui me cinglait.

Nos yeux se croisèrent et le charme fut rompu. Il était temps d'en finir, mais Ryan n'était pas homme à se contenter d'un travail à moitié fait et les trois derniers coups de brosse furent plus rapides et suffisamment forts pour que j'en aie le souffle coupé. Entre deux, je n'arrivai même pas à reprendre haleine pour me préparer au coup suivant, et mon esprit tourbillonnait à toute allure. Je surfais sur les vagues de douleur et j'en étais encore à tenter de respirer normalement que Ryan me glissait à quatre pattes entre ses jambes et me pénétrait enfin.

Dès que je le sentis en moi, je poussai un gémissement de soulagement, mais le soulagement se transforma en confusion lorsque je compris que ce n'était pas sa queue qui m'emplissait ainsi. Je tournai le visage en clignant des yeux afin de mieux me concentrer et je découvris qu'il souriait en me montrant la brosse dont la poignée dégoulinait de mon jus. Sans cesser de sourire, il ramena une mèche de cheveux derrière son oreille, vision fugace de l'autre Ryan, celui qui aimait jouer.

— Désolé, mais je n'ai pas pu résister.

Je hoquetai en ouvrant la bouche pour essayer de formuler une réponse, mais il m'arrêta en s'enfonçant profondément en moi. Pendant qu'il m'écrasait sous ses coups de boutoir, que je me tordais sous lui avec la même fièvre qu'il mettait à me pilonner, heurtant mes fesses à chaque poussée, la douleur cuisante me rappelait la punition.

Il se pencha davantage pour caresser mon clitoris tandis que nos mouvements se faisaient encore plus frénétiques, presque désespérés. Nous étions tous deux sur le point de jouir, mais pas tout à fait.

J'avais l'impression de ne pas pouvoir aller plus loin, de ne pas supporter davantage de stimulation, mais il se mit à passer les poils drus de la brosse sur toute la largeur de mes fesses. Sur la peau encore frémissante de douleur, ce fut comme une explosion d'aiguilles et je ne pus réprimer un hurlement.

J'aurais pu implorer sa pitié, le supplier de cesser, ne serait-ce que parce que j'étais persuadée de finir en lambeaux, mais, malgré la vitesse soudain époustouflante de mon esprit qui savait que je ne pourrais en supporter davantage, l'orgasme déferla si violemment en moi que j'oubliai tout. La chaleur se déploya jusqu'à chacune de mes extrémités, et je n'arrivais pas à croire ce que je ressentais.

Nous restâmes allongés un moment sous les draps, à laisser les gouttes de sueur s'écouler doucement pendant que notre souffle se calmait peu à peu.

Lorsque je le regardai, il avait les yeux fermés et ses longs cils lui donnaient un air si angélique que j'avais du mal à croire que c'était le même homme qui venait de m'infliger de quoi me rappeler la soirée pendant des jours (et chaque fois que je voudrai m'asseoir). Je me demandais aussi comment il était possible de n'avoir jamais pensé à la brosse à cheveux auparavant.

En tout cas, depuis, je n'ai jamais oublié ses possibilités.

De même, je n'ai jamais plus regardé Ryan de la même manière. Lorsque nous reprîmes nos esprits, il y eut un moment de gêne entre nous. Il passa très délicatement la main sur mes fesses, comme pour évaluer les dégâts en me demandant si je souffrais beaucoup.

D'une manière qui semblait tout à coup très britannique, je lui répondis que j'allais bien, merci, et nous demeurâmes silencieux. Je pense qu'il était déconcerté du plaisir qu'il avait eu à me frapper. Et, quand j'y repense, je me demande s'il ne fit pas, lui aussi ce soir-là, en frappant encore et encore avec la brosse, une découverte de taille quant à une chose qu'il ignorait de lui-même.

Cela m'aida en tout cas à caler l'une des pièces du puzzle qui me taraudait depuis le début. Lorsqu'il commença à préparer son retour aux États-Unis quelques semaines plus tard, la brosse – et la main de Ryan – connaissait mes fesses sur le bout des doigts, puis-je dire. Nous avions, en effet, réitéré l'expérience à plusieurs reprises, notamment le jour où il fut si excité par le fait de me punir qu'il éjacula directement sur mes fesses et qu'il se mit à étaler son sperme sur ma peau douloureuse.

Nous avions entamé un jeu de domination et de soumission, mais nous n'étions pas sûrs, pas plus l'un que l'autre, de ce que devait être l'étape suivante. Ni comment l'expliquer. Au cours de notre dernière nuit avant son départ, j'eus enfin cependant un indice sur ce qu'elle aurait pu être avec lui. Aujourd'hui encore, après des années d'expériences, je crois encore que notre relation possédait un potentiel époustouflant.

Cette dernière nuit, il me sortit le grand jeu.

Je n'étais pas vraiment fan de fringues. Pour une soirée disco au lycée, j'avais sorti mes vieux leggings gris de gym et une jupe de tennis et, pour les fêtes costumées qui avaient lieu de temps en temps, j'assurais moyennement, mais, dans l'ensemble, j'étais bien trop timide pour avoir du plaisir à m'habiller. Je me sentais toujours ridicule et il n'est pas utile d'avoir un doctorat pour savoir que, quand vous vous sentez ridicule, c'est difficile d'avoir l'air sexy.

Mais le corset, c'était différent.

Cette dernière nuit, lorsque je me fus débarrassée de mes chaussures et de mes clefs, je me dirigeai vers ma chambre pour me préparer pour notre dîner d'adieu et je me rappelais la boîte sur le lit. C'était une de ces grandes boîtes sobres et élégantes qui, malgré l'absence de logo, hurlait « boutique ridiculement chère ».

Tandis que je passais les doigts sous le ruban crème qui la traversait, Catherine, qui m'avait accompagnée à la réception pour la récupérer plus tôt dans la journée, s'installa sur le tabouret de ma coiffeuse, une tasse de thé à la main, bien décidée à assister au spectacle.

Ryan m'avait parlé d'un cadeau d'adieu qu'il ne voulait pas que je trimballe au restaurant, mais je n'avais aucune idée de ce dont il s'agissait.

À la fois impatiente comme un enfant devant le sapin de Noël, qu'il s'agisse de donner tant que de recevoir des cadeaux, je ne risquais pas d'attendre la fin de la soirée pour ouvrir la boîte. Et, comme je l'expliquai très rationnellement à Catherine, il ne serait pas fâché sinon il ne l'aurait pas fait livrer si tôt. Bon, c'était une excuse bidon mais j'y croyais.

Lorsque je retirai le couvercle, tout ce que je vis fut du papier de soie. J'écartai donc les feuilles et, nichés entre les plis, je découvris avec un soupir émerveillé le plus ravissant des corsets.

Il était d'un beau vert vif, le genre de vert qui évoque la campagne luxuriante, l'été et l'amour dehors dans l'odeur de l'herbe coupée et dans le soleil.

— Sophie ! C'est superbe. Vas-tu le porter ce soir ?

C'était un cadeau aussi époustouflant de beauté que par la surprise qu'il me procurait. Avec mon cœur de garçon manqué, ce n'était normalement pas le genre de dessous que j'aurais choisi de porter, mais, pour être honnête, cela me paraissait un cadeau particulièrement attentionné de la part de Ryan.

Bien sûr, ce n'était pas là le plus important.

Tandis que je caressais délicatement le tissu, je jetai un regard vers Catherine.

— Comment résister ?

Avec une quarantaine de minutes avant l'heure de mon rendez-vous avec Ryan, je n'avais cependant pas vraiment le temps de pinailler. Je choisis une paire de pantalons ajustés que je savais flatter mes fesses, filai sous la douche et je fus prête à être corsetée en l'espace de vingt minutes.

Le bustier était raide et maintenu par des baleines, avec des lacets noirs qui passaient dans les œillets du dos. Comme il n'y avait aucun moyen que je puisse m'en tirer toute seule, j'appelai Catherine et, une fois que j'eus enfilé le vêtement en essayant de le placer du mieux possible, elle commença à tirer sur les lacets pour fermer le dos.

Pendant que Catherine glissait les lacets dans chaque œillet, je sentis mon corps s'altérer : mes courbes semblaient s'épanouir et se contracter en une forme étrangère à tout ce que j'aurais pu imaginer possible, ma posture changea pour évoquer un sablier, ma respiration se fit plus saccadée, mes mouvements étaient entravés.

Mon état d'esprit aussi évoluait : soudain, la journée que je venais de passer à courir, la fatigue du retour à la maison, même la soirée douce-amère qui se profilait devant moi, s'effaça dans l'obscurité. Tout ce que j'éprouvais, c'était des picotements au bout de chacune de mes terminaisons nerveuses, et un rugissement dans ma tête.

Mes seins se gonflaient au contact des baleines, comme prêts à exploser, ma taille serrée semblait directement reliée à ma fente. Le simple fait de porter le corset me faisait déjà mouiller en diable et je regrettai momentanément le choix du pantalon dont la couture d'entrejambe ajouterait au sentiment d'entrave.

Même si je l'avais voulu, je n'avais plus le temps de me changer. J'avais heureusement pensé à me maquiller (genre minimaliste) et à me coiffer avant parce que Catherine avait lacé le dos avec une efficacité qui signifiait que mes mouvements étaient gravement – et étonnamment – contrariés. D'une certaine manière, le corset me rehaussait et m'écrasait au point que mes seins débordaient, pâles et doux contre le vert vif, en haut du bustier. Soudain, je me retrouvais avec un décolleté qui me troublait – sans parler de l'effet qu'il aurait sur celui qui s'installerait en face de moi. Je me fis la réflexion de penser à prendre une veste qui se boutonnerait jusqu'au cou pour le trajet en métro.

Quand Catherine agrafa ma taille et me fit faire volte-face pour admirer le résultat, elle passa sans réfléchir un doigt le long du bord supérieur du bustier, au-dessus de l'un de mes seins, en se reprenant dès que je fus traversée par un léger frisson dû à la sensation supplémentaire. Elle rougit et nous éclatâmes toutes deux de rire.

— Désolée, c'est le velours. On dirait qu'il supplie qu'on le touche.

Lorsque l'aube se lèverait, ce n'était pas la seule chose qui supplierait.

Le trajet jusqu'au restaurant fut intéressant. Nous nous retrouvâmes à la station de métro d'Oxford Circus et, hormis le regard d'admiration suffisamment lubrique pour que je rougisse lorsque Ryan m'aperçut, il ne fit aucun commentaire sur ma tenue.

Nous allâmes à pied au restaurant et on nous conduisit à notre table. Au moment où je tentais de trouver une manière relativement confortable de m'installer, il réprima un sourire. Je compris que le corset n'était pas aussi anodin qu'il en avait l'air. C'était une superbe mais diabolique forme de contrôle.

Le dîner était délicieux, mais pas question d'avaler quoi que ce soit. Lorsque je m'excusai pour me rendre aux toilettes, Ryan sourit à ma manière de me mouvoir, si différente de ma démarche habituelle (genre décontractée à cent kilomètres à l'heure). Mes gestes étaient lents, précautionneux, et j'avais l'impression d'être devenue une autre : plus consciente de ma féminité, consciente de toutes mes extrémités nerveuses, plus docile, voire plus sobre – et ce n'est pas un truc que j'adore.

D'un autre côté, cela me donnait aussi l'impression surprenante d'être super excitante. Franchement, ce n'était qu'un vêtement. Vous ne pensiez pas que j'allais vous dire que cela changeait totalement ma personnalité, non ? Bref, j'étais en train de réaliser à toute allure que c'était une subtile et totalement inattendue forme de bondage.

Ce dîner fut l'un des repas les plus sensuels de toute mon existence, ce qui en dit long quand on sait qu'il se déroulait dans un petit restau italien qui offrait une réduction aux étudiants, dans une ruelle derrière Oxford Street. J'ai passé toute la soirée tellement excitée que je ne pensais qu'à une chose : rentrer et en finir tant ma peau me brûlait et mes yeux brillaient dans la lueur des chandelles.

Une fois chez moi, enfin, Ryan retira mon pantalon et ma culotte, m'attacha les mains dans le dos avec le ruban de la boîte que j'avais laissé traîner par terre dans ma hâte à essayer le corset, et nous fîmes l'amour. Il s'installa sur le tabouret et je le chevauchais en me tortillant sur lui jusqu'à ce que nous n'ayons plus de souffle.

Il libéra mes seins de leur prison du corset, mais le répit ne dura pas car il caressa et mordilla les mamelons rendus douloureux par les frottements. Pendant que je haletais, le souffle entravé par la cruelle beauté des baleines, il caressa mon clitoris et suça mes mamelons jusqu'à ce que je jouisse, tremblante et gémissante dans le désir et la souffrance mêlés.

Les frissons continuaient de me parcourir le corps et les membres, et je m'écroulais sur le sol pour le faire jouir à son tour avec ma bouche tout en le regardant à travers mes cheveux en bataille. Je plongeai mes yeux dans les siens pour l'observer en train de contempler avec gourmandise l'anachronisme d'une élégance digne d'un film en costumes de Merchant Ivory et l'allure de débauchée que je devais offrir ainsi agenouillée à ses pieds.

Il glissa les doigts dans mes cheveux pour mieux rythmer les derniers coups de boutoir qu'il assénait à ma bouche, et je le suçais profondément avant de le boire avec avidité.

Le lendemain, lorsque nous fûmes sur le point de nous séparer, nous étions tous deux épuisés mais repus. Mon corps était couvert de bleus, non seulement sur les fesses mais aussi autour de mes seins et de mon torse en raison de l'enthousiasme que Catherine avait mis à serrer les lacets. La brosse par laquelle tout avait commencé (et avec laquelle j'avais reçu ma plus dure punition cette dernière nuit) repartit aux États-Unis dans les bagages de Ryan, comme cadeau d'adieu.

Je pense souvent à lui, mais je ne l'ai jamais revu. J'ai parfois envie de le chercher sur les réseaux sociaux, puis je me dis à quoi bon puisqu'il n'a pas cherché non plus à me retrouver. Peut-être vaut-il mieux laisser les choses comme ça. Peut-être qu'il ne s'agit que de bêtises New Age, mais je pense que les rencontres ne se font pas sans raison.

Quand je repense à tout ça, Ryan ne m'a pas fait sombrer dans le vice, mais il m'a offert un avant-goût des jeux auxquels je me livrerai bientôt avec d'autres.

J'avais eu la chance de découvrir le jeu de la domination et de la soumission avec une personne qui ne me jugeait pas, qui se souciait de moi, et qui me laissait voir la profondeur de ce qui lui donnait du plaisir. J'ai gardé pour Ryan un sentiment de gratitude mêlé d'une nostalgie qui m'arrache toujours un sourire.

J'ai aussi gardé le corset, preuve que les vêtements recèlent des bonheurs surprenants. Il m'arrive même de le porter, mais il est si empreint des souvenirs de cette nuit-là que, même au bout de toutes ces années, le simple fait de l'enfiler et de me sentir serrée dedans fait gonfler mes seins, me coupe le souffle et fait jaillir des fontaines entre les jambes.

Le reste de l'année passa vite. Après le départ de Ryan, je réalisai que j'éprouvais pour lui quelque chose de plus profond que ce que j'avais bien voulu admettre. Àce sentiment de perte se mêlaient la panique des examens finaux et mon mémoire à écrire, alors je me plongeai dans le travail sans penser à autre chose.

Même si je rencontrais des gens qui auraient pu me tirer de mon exil volontaire, nos interludes n'étaient que broutilles, et toute tentative de les améliorer se terminait pas un désastre. Quand je demandais à l'un de mes partenaires (Graham, géographie) de me donner la fessée alors que nous étions en train de baiser, il me regarda, horrifié, puis me donna quelques claques sans entrain pour reprendre aussitôt les choses où il les avait laissées. Inutile de préciser qu'il ne me rappela pas.

Une autre fois, alors que je questionnais un autre partenaire potentiel (Ian, mathématiques), d'une manière que j'estimais pleine de coquetterie au sujet de ses fantasmes, il rougit légèrement en me répondant qu'il aurait bien aimé faire l'amour avec moi en portant mes propres vêtements. Je pense que je parvins à dissimuler ma surprise horrifiée – j'ai des penchants assez bizarres comme ça pour ne pas me montrer choquée par ceux des autres – mais je n'eus guère envie de le revoir.

Pour être honnête, Ryan me manquait beaucoup, mais je trouvais moins difficile de m'asseoir sur les chaises en bois de l'amphi après son départ.

3

La fin de ma vie d'étudiante se déroula dans une rafale d'échéances – dissertations, articles pour le journal de la fac, et, bien trop tôt et bien trop inévitables, avalanche d'examens. Dans un désespoir frénétique, je bachotais en me concentrant chaque fois sur l'examen suivant, mémorisant des faits et des chiffres, lisant et relisant les textes pour les régurgiter sur un nombre infini de pages blanches avec des mots qui, du moins je l'espérais, auraient un sens, avant de passer au sujet suivant. Trois semaines après les examens de fin d'études, j'avais déjà pratiquement oublié tout ce que j'avais appris, et alors que cela aurait rendu mes parents fous d'inquiétude, je ne m'en faisais pas plus que ça.

Je pense que ce que l'université m'a appris de plus important, c'est l'assurance. Pas nécessairement la confiance en soi mais plutôt le sentiment que j'étais capable d'affronter n'importe quoi de ce que la vie me réservait en gardant la tête froide et en faisant preuve d'un certain sens de l'humour.

L'étape suivante consistait à trouver ma place dans le monde. Je savais que cela devait faire intervenir l'écriture, mais j'avais les pieds sur terre. Les gens travaillaient pendant des années avant de devenir romancier, et comme je possédais autant de temps de concentration qu'une particule de plancton, et que le truc le plus long que j'avais jamais réussi à écrire était un mémoire, je décidai que la première chose à faire était de trouver un job.

Quelques jours après la remise des diplômes, je rentrai chez mes parents et je déposai mon CV dans les agences d'intérim pour des emplois administratifs ou de secrétariat (l'un des effets secondaire de toutes les dissertations que j'ai dû remettre à la fac, c'est aussi que j'étais capable de taper vraiment vite). Un recruteur me montra comment utiliser un dictaphone à pédale, et testa ma vitesse de frappe. Lorsque les résultats lui revinrent avec un soixante-quinze mots minute (avec deux doigts, s'il vous plaît), il fut fou de joie et, pendant plusieurs mois, il m'envoya sur des missions différentes, pour dactylographier, classer, et, de manière générale, faire tout ce qu'un sous-fifre est censé faire. Et pendant tout ce temps, je mettais de l'argent de côté en réfléchissant à ma prochaine étape.

Le fait de revenir dans la maison de mon enfance – avec tous les rôtis du dimanche et les chamailleries – me procurait un sentiment merveilleux, mais, vers Noël, j'avais déjà compris qu'il fallait que je prenne le large.

J'avais pris l'habitude de l'indépendance et, en dépit de la routine confortable dans laquelle j'étais retombée, je regrettais mon espace à moi, ou le fait de pouvoir manger des céréales pour le dîner à vingt-deux heures si j'en avais envie, ou prendre un bain à trois heures du matin si je me réveillais et que je n'arrivais pas à me rendormir.

À peu près à la même époque, je commençais à trouver que mes boulots temporaires prenaient des allures permanentes qui m'étaient pénibles. Ce n'était pas que le travail me pesait, mais il y avait toujours un moment où je me disais que mon cerveau allait couler entre mes oreilles. C'était toujours répétitif, souvent ennuyeux, et, dans un bureau en particulier, où on m'avait demandé de transcrire une lettre que l'on ne pouvait que qualifier de blabla, je me retrouvais quasiment en plein désespoir. Il devait y avoir mieux. Il fallait que je décide de ce que j'allais faire, et vite. Et puisque mes vœux d'écrivain avaient été sacrifiés sur l'autel des jeux sur Internet et des séances de cinéma, il fallait absolument que j'accomplisse quelque chose en rapport avec l'écriture. Je suis allée voir du côté de notre journal local. J'ai eu une longue et riche conversation avec le rédacteur en chef sur la vie d'un écrivaillon. Quand je repense à tout ça avec l'optimisme béat de la jeunesse, je réalise qu'il était simplement en train de me parler de la paie minable, des longues heures de travail et des interminables réunions. Mais il finit par me proposer d'accompagner le photographe du journal, et que je revienne avec quelque chose à raconter. Je pris à peine le temps de lui emprunter un calepin que déjà je trottinais derrière ledit photographe.

Personne n'a jamais abordé l'histoire du festival des moissons de l'école primaire aussi sérieusement que je l'ai fait ce jour-là. J'ai noté le nom et l'âge de chacun des enfants – ce qui paraît simple mais qui ressemble à essayer de regrouper un troupeau de chats. Je posais à la directrice, plutôt perplexe, au moins une dizaine de questions, dont certaines étaient pour le moins confuses. J'étais Woodward. J'étais Bernstein. J'étais les deux journalistes qui avaient dévoilé le Watergate. Rien que ça.

Lorsque nous regagnâmes la voiture, Jim, le photographe, souriait.

— Tu as vraiment aimé ça, hein ?

Je hochai la tête tout en ayant l'impression d'être une sainte-nitouche sortie de son couvent.

— Oui, vraiment.

Lorsque je rentrais au bureau, j'étais sur un petit nuage et je pensais que j'allais écrire l'article le plus fascinant de tous les temps au sujet d'une fête des moissons. Lorsque je lui remis mon papier, le rédacteur en chef se contenta de hocher la tête.

— C'est parfait. Nous n'avons plus besoin de rien.

Par la suite, j'appris que les salles de rédactions ne sont pas vraiment des lieux de louanges expansives, mais même cette réaction apparemment tiède – *Parfait. Seulement parfait ? Et le moment où j'ai persuadé la directrice de parler de la chose la plus bizarre que les enfants avaient apportée pour la fête de la Moisson ?* – ne pouvait altérer mon enthousiasme.

J'avais rédigé des articles pour l'école et pour les journaux de l'université, mais ce n'était pas la même chose. Là, c'était le sommet. Je rentrais chez mes parents, mais rien n'était plus pareil : je serai journaliste.

Il suffisait que je sache comment on y arrivait.

Sept mois plus tard, je déménageais, mais de manière permanente, cette fois. J'avais fait des recherches sur les écoles supérieures de journalisme respectées dans tout le pays, horrifiée par le prix des études dans la région de Londres, et j'étais parvenue à la conclusion qu'une école à quatre heures de route de chez mes parents était le meilleur choix. D'autant qu'elle coûtait le cinquième des écoles plus proches et, avec mes économies et un petit boulot le week-end, je devais pouvoir survivre tout en étudiant.

Mes parents me conduisirent en convoi dans mon nouvel appartement, avec mes affaires les plus précieuses entassées dans les deux voitures. Après avoir déchargé les cartons, ils m'emmenèrent dans le supermarché voisin pour faire le plein (suffisamment pour tenir jusqu'à la fin du premier trimestre au moins !) et ma mère insista pour que nous déjeunions dans un café. Elle avait l'air vraiment inquiète de la manière dont j'allais me nourrir ! Une fois que mon père eut vérifié que les portes et les fenêtres fermaient bien et qu'il eut fait le tour du quartier pour s'assurer que les voisins avaient une tête « comme il faut », ils me quittèrent, et je pus enfin commencer à déballer mes affaires. Pour la première fois de ma vie, j'allais vivre seule et j'adorais ça.

L'année passa à toute allure. Chaque semaine, je me rendais compte que j'avais fait le bon choix. J'adorais le défi que représentaient les interviews, la créativité de l'écriture, voire les aspects les moins agréable du cursus de l'école (Droit et cours interminables sur le fonctionnement des collectivités territoriales). Tout me fascinait. Comme si j'apprenais à me servir de la clef qui m'ouvrirait toutes les portes d'une carrière de rêve.

Notre promotion accueillait des élèves provenant de tous les pays du monde, depuis ceux qui voulaient travailler pour le journal télé jusqu'à un type dont le rêve était de devenir l'attaché de presse de l'équipe de foot de Tranmere Towers de Liverpool.

Dans tous les cas, nous étions heureux d'être là, ce qui donnait à notre groupe une cohésion solide, à peine tempérée par un joyeux esprit de compétition, qui donnait lieu notamment à des disputes hilarantes (alimentées par de nombreux verres) sur la manière dont il fallait rédiger tel ou tel devoir. Comme nos profs nous l'avaient suggéré, nous avions fait de notre mieux pour ajouter des expériences professionnelles tout au long de l'année, dans le vague espoir que les stages déboucheraient sur un emploi rémunéré lorsque nous aurions décroché notre diplôme.

Dans ce domaine, c'est moi qui gagna le gros lot. Un gros lot mal payé et pas très glamour, mais un gros lot quand même. Le journal dans lequel j'avais fait la plupart de mes stages de l'année m'offrit un poste. Mon père fut horrifié par le montant du salaire de départ (rien à voir avec le salaire d'un diplômé, encore moins avec celui d'un diplômé sorti d'une grande école) mais il me permettrait de manger – un avantage d'être si loin de Londres. Bon, il ne faudrait pas compter sur quelques petits à-côté luxueux, genre chauffage ou sorties, mais cela m'était égal : j'étais journaliste, une vraie.

Un jour, en rentrant chez moi, j'ai même aperçu quelqu'un qui lisait la page où s'étalait mon nom. J'en fus si étourdie que je faillis rater l'arrêt de bus. Je n'aurais pas été plus fière si j'avais été pigiste dans un grand journal national. En outre, comme j'étais chargée des critiques gastronomiques et culturelles, cela signifiait que je pouvais m'accorder de temps en temps un peu de luxe, même s'il ne s'agissait que des miettes qu'on réservait au bleu de service.

La vie d'un jeune reporter ne vous laisse pas une minute. J'étais loin de chez moi et je n'avais guère l'occasion de rencontrer des gens (si l'on ne compte pas les soirées au bar, après le lancement des rotatives, avec les collègues du bureau, soirées au cours desquelles nous reconstruisions nos articles que le rédac' chef avait sabrés).

Ella, ma meilleure amie du lycée, avait trouvé un boulot dans un journal situé à trente kilomètres de là, et je la voyais le plus souvent possible, mais avec les missions du week-end, les soirées et tout le reste, je finissais pas passer beaucoup de temps seule.

Toutefois, alors qu'un petit radiateur électrique ne me paraissait pas faire partie des nécessités vitales, une connexion Internet, oui. Je pouvais communiquer par e-mails ou par les réseaux sociaux, avec mes amis de fac ou de l'école de journalisme, garder le contact avec ma famille, jouer en ligne et, quand je souffrais trop de la solitude ou que j'avais envie de flirter, cela me fournissait un espace pour chatter avec des gens qui s'ennuyaient autant que moi et qui voulaient bavarder, mais aussi discuter de choses que je n'aurais jamais osé formuler face à eux.

Je pense vraiment qu'Internet a totalement modifié le paysage de la sexualité. Aussi pervers que soient vos goûts, vous pouvez parier qu'il y a quelqu'un de l'autre côté qui les partage.

Malheureusement, il y en a sûrement aussi au moins trois autres qui trouvent que vous n'êtes pas assez pervers et qui se feront une joie de vous expliquer comment rendre les choses : a) plus intenses ; b) plus excitantes ; c) simplement mieux que vous. Ce qui est frustrant, c'est que dès que vous mettez un doigt dans l'engrenage de la sous-culture BDSM[1] en ligne, vous vous retrouvez avec les mêmes rengaines moralisatrices, qu'il s'agisse ou non d'adeptes d'un mode de vie différent.

Ceci étant dit, une fois que vous avez éliminé les plus bizarres, Internet est plein de gens charmants. J'ai ainsi eu des conversations étonnantes, érotiques et intelligentes avec des personnes rencontrées sur différents sites, qui ont fait travailler mon imagination, qui m'ont rassurée, et dont certaines sont devenus d'excellents amis dans la vraie vie.

Malgré tout, il faut être prêt à marcher dans la boue.

Je me suis inscrite sur mon premier site érotique pour femmes l'année où j'ai commencé à travailler. Hormis les séances avec Ryan, qui ont nourri mes fantasmes masturbatoires pendant des années, je n'avais pas trouvé de partenaire sexuel, sans parler d'un dominant compatible avec mes tendances de soumise en herbe. J'étais cependant tellement concentrée sur mon travail et sur mes activités quotidiennes que l'idée même de dégoter un complice me paraissait exiger efforts insurmontables et perte de temps.

Ajoutez ça à mon penchant pour *literotica.com*, qui était à la fois aussi hot que le nom du site l'annonçait et très irréel pour mon esprit pragmatique, mes fantasmes demeuraient

1. Bondage, Domination, Soumission, Sadomasochisme.

au stade des fantasmes. Au fil du temps, j'ai même fini par me demander si je n'avais pas idéalisé mes expériences avec Ryan. La douleur pouvait-elle réellement m'avoir apporté tant de plaisir ou étais-je en train de regarder une période sexuellement active de ma vie avec des lunettes roses ?

Puis, un jour, alors que nous prenions un verre, une amie me parla d'un site sur lequel elle était tombée par hasard et qui consistait simplement en *chats* et en rendez-vous pour les gens spéciaux (une expression qui me hérisse toujours, mais passons). Elle ne me fournit que de vagues détails (et je me gardai bien de poser des questions précises qui risquaient de trahir mon intérêt), mais j'avais assez d'infos pour, dès mon retour à la maison, me connecter sur Google et faire quelques recherches.

Aujourd'hui, il y a des gens qui prétendent que ce genre de sites est la porte ouverte aux imposteurs, aux pervers et à ceux qui cherchent à vous soutirer de l'argent. Je ne repérai pas beaucoup de professionnels mais, comme je sortais de la fac et que je vivais avec le salaire d'un reporter débutant, si quelqu'un cherchait à se faire du blé, je ne risquais pas grand-chose. J'avais l'impression de voir se déployer tout un monde nouveau de gens qui se connaissaient et qui parlaient une langue que je n'arrivais pas tout à fait à comprendre, où les pronoms étaient utilisés à l'envi (toujours en majuscule pour le Dominant, en minuscule pour le dominé, et ce même lorsqu'il s'agissait du début d'une phrase). Une chose que je trouvais ridicule. Je décidai rapidement que les crimes contre la grammaire étaient la limite pour moi.

Les forums étaient bourrés de gens qui parlaient de trucs où ils étaient allés, de trucs qu'ils avaient achetés, de trucs qu'ils avaient faits, dont certains me firent mouiller et d'autres frissonner de peur. Je lus les discussions sur le *shibari*, l'art du bondage japonais, les supplices sur la croix de Saint-André, des jeux d'aiguilles, des pony-boys et les pony-girls, et un millier d'autres idées qui ne me seraient jamais venues à l'esprit.

Pendant un moment, sans faire de bruit, je me contentais de rôder dans les parages virtuels, comme une petite souris des champs effarouchée, qui serait allée rendre visite à la souris des villes pour le week-end et qui serait tombée sur une pièce pleine de rats équipés de cuir et de fouets. C'était irréel mais également grisant. Ces gens pouvaient-ils vraiment exister ? Faire tous ces trucs tout en continuant à aller au boulot le matin, à payer leurs impôts à temps et assumer toutes les complexités de la vie ? Cela me paraissait à des millions de kilomètres de ma vie à moi.

Je ne pouvais cependant nier que cela avait piqué ma curiosité.

Après avoir ouvert mon compte et inscrit quelques détails basiques sur mon profil et sur mes raisons d'être là (j'avais parlé de « tremper un orteil » ou quelque chose d'approchant, sélectionné une photo peu caractéristique et un message court disant que j'étais en quête d'amis et peut-être d'une relation en ligne, car je ne me voyais pas rencontrer quelqu'un dans la vraie vie pour le moment), je commençais à recevoir des messages dans ma boîte de réception chaque fois que je me connectais. Lorsque les gens voyaient que vous étiez connecté, ils vous envoyaient des messages aussitôt, souvent, apparemment, sans avoir lu votre profil ou pris le temps de se préoccuper de concepts aussi désuets que la ponctuation ou l'orthographe.

— *T chau2 salope tu ve suC ton maitre*

— Non, car vous employez un langage phonétique et vous ignorez que le mot « maître » prend un accent circonflexe sur le i et que, pour ma part, je suis un tyran de la grammaire qui, d'après ce que je constate, n'a aucune envie de se soumettre à vous. Navrée.

— *Jcroi kjv bl m'amuser ac toi ma ptite pute vil à bournemouth chz moi*

— Premièrement, Monsieur, je déteste Bournemouth ; deuxièmement, je ne suis pas sûre que vous vouliez vraiment qu'une personne qui vous est totalement étrangère se présente à votre porte. Parce que si tel est le cas, vous êtes complètement DÉBILE et, ceci étant, je crois que je vais passer mon tour. Merci quand même.

— *T la ? tu ve parler Q ?*

— Hem, je suis effectivement connectée, mais non, vraiment, non merci.

Ne vous méprenez pas : il y avait des interlocuteurs qui maniaient un discours élaboré, des gens intelligents qui pouvaient être intéressants, mais, dans l'ensemble, la plupart d'entre eux étaient décevants tant ils paraissaient déséquilibrés ou complètement tordus.

Bien sûr, j'aimais imaginer un homme en train de me fesser, et je fantasmais même à l'idée d'aller plus loin, de le laisser me faire mal, mais – comment dire – je ne pense pas qu'il soit déraisonnable de s'assurer d'abord que ce n'est pas un cinglé.

Dans l'ensemble, cette expérience fut plutôt décevante, même si je recevais de temps en temps un e-mail auquel je répondais au lieu de le supprimer sans hésiter.

Puis, je me mis à *chatter* avec Mark.

Nous avons commencé à parler parce que j'avais visité son profil. J'avais lu les détails, que j'avais trouvés intéressants, mais il était tard et je n'étais pas sûre de vouloir lui envoyer un message, alors je l'ai coché en me disant que je lui écrirai plus tard.

Bon, jusqu'au moment où il m'envoya le message suivant :

C'est sympa de me sélectionner, mais à quoi cela sert-il si vous ne me dites même pas bonjour ?

Je fus mortifiée. Je n'avais pas compris que le réseau permettait de voir qui visitait votre profil. Au cours des premiers messages, je commençai par m'excuser d'être une techno-attardée et il me rassurait tout en prenant avec humour mes réactions choquées. Puis, nous avons commencé à échanger des banalités. C'était un technicien plus qu'un intellectuel, mais un type intéressant, et qui savait écrire. Nous avons pris le temps de parler de tout et de rien, et pas de nos goûts spéciaux.

Mais, au fil du temps, les choses ont évolué.

Au départ, nous sommes allés lentement. Très lentement, en fait. J'aimais bien Mark, mais j'étais encore peu rassurée à l'idée de le rencontrer réellement. Je suis déjà plutôt cynique et méfiante en matière de relations, même sans ajouter le facteur Dominant/soumise. Cela ne nous a pas empêchés, Mark et moi, d'avoir des échanges vraiment drôles (et idiots) sur le Net et au téléphone.

Il avait l'esprit mal tourné et une voix sexy et nos échanges dégénéraient parfois en véritable sexe par téléphone au cours desquels nous atteignions tous les deux une certaine satisfaction, tandis que nous bavardions sur ce que nous pouvions nous faire l'un à l'autre si nous étions dans la même pièce. Mais je restais délibérément distante. Je ne me sentais pas très à l'aide à l'idée d'envoyer des photos de moi nue, même s'il y avait une manière de les prendre qui ne me rendait pas difforme ou comme une secrétaire qui aurait photocopié ses seins après un excès de gin tonic au déjeuner. D'ailleurs, il faut bien l'admettre, il n'est pas aussi facile qu'on le croit de se prendre en photo nue avec un téléphone portable et des bras d'une longueur normale.

Nous ne nous sommes jamais vus. Nous n'habitions pas très loin l'un de l'autre, mais le timing n'allait jamais et, comme c'est souvent le cas, les connexions forgées avec intensité online s'enflamment pour mourir aussi vite.

Cela ne l'empêcha pas de m'envoyer des boules de geisha que j'étais censée porter au cours d'une longue séance d'élection du maire. Je commençai à sept heures du matin afin de rencontrer la tête de liste de la majorité pour la regarder mettre son bulletin dans l'urne, travaillai toute la journée et demeurai jusqu'à la fin du dépouillement – le tout avec les boules dans le vagin. C'était une élection ridicule, gagnée d'avance, mais toute la journée me procura une excitation sans pareille, que mes confrères trouvèrent sans doute suspecte.

Au cours des mois suivants, je bavardai avec plusieurs autres personnes sur le Net. Je fus tentée d'en rencontrer certaines, alors que j'aurais plutôt traversé la rue pour ne pas en croiser d'autres. J'ai partagé des fantasmes stupéfiants, mieux cerné ce que je trouvais érotique – et ce qui ne me faisait absolument rien – mais je finissais toujours par être trop anxieuse pour passer à l'étape suivante.

Parce que, malgré toutes les rumeurs qui courent sur les hallucinés qui surfent sur Internet, ceux qui se cachent derrière leur écran et n'osent rien entreprendre dans la vraie vie, pour moi, c'était l'endroit idéal où démarrer. Un endroit qui me paraissait sûr et me donnait l'occasion d'explorer certains de mes fantasmes et de réfléchir à mes sentiments dans un environnement sans jugement moral. Pour finir, ce n'était pas sur Internet que j'allais rencontrer un homme avec lequel je pourrais échanger les idées sur l'humiliation ou la douleur. C'est dans la vraie vie, que je fis la connaissance d'un homme en chair et en os, avec lequel je me sentis suffisamment à l'aise pour commencer mes explorations.

4

Tout commença dans une file d'attente. Je sais, ça a l'air ridicule et tellement british, mais la file d'attente était si longue que nous y passâmes un temps infini. Et si vous qualifiez jamais une file d'attente de fructueuse (par opposition à l'agacement et la perte de temps), je peux vous assurer, avec le recul, que c'était le cas. Au premier coup d'œil, je lui ai trouvé une tête de crétin, et si j'avais eu un endroit où me réfugier, je me serais éloignée sans jamais plus lui adresser la parole, ce qui, avec tout ce qui se passa ensuite, aurait été vraiment dommage.

J'avais retrouvé Ella au cinéma à mi-chemin pour aller voir une séance unique de *La Dame du vendredi* avec Cary Grant, une histoire de journalistes. Nous étions en train de bavarder, quand Thomas (le gars de la file d'attente) nous interrompit. Il était seul et, visiblement, mort d'ennui. Je me souviens avoir pensé qu'il était vraiment grossier, arrogant et devait se prendre pour Dieu le Père, mais aussi que mon irritation fut légèrement compensée – paradoxalement – parce que je le trouvai beau. Après une conversation pré et postséance de ciné, et une quantité surprenante de fous rires, je me sentais attirée par lui, et, lorsqu'il nous proposa d'aller prendre un café dans bar plutôt prétentieux du cinéma, nous acceptâmes. Après tout, il n'avait pas l'air d'un meurtrier à la hache et il serait de compagnie tolérable pendant un moment – après ça, qui s'en souciait ?

De manière plutôt ironique, au bout d'un moment, je m'aperçus que je m'en souciais. Lorsqu'il nous quitta, ce fut bardé de nos adresses e-mail, et nous finîmes par échanger des messages timides et courts au sujet de films et de la vie en général. Il était drôle, intelligent, et venait de sortir d'une longue relation. Son ex avait eu la garde de la plupart de leurs amis communs et il paraissait plutôt solitaire. Assise seule dans mon appartement le soir, j'imaginais parfois qu'il faisait la même chose que moi. La différence semblait être qu'il n'était pas aussi satisfait de sa propre compagnie que je l'étais de la mienne.

Moi, lorsque je refermai ma porte – sans oublier de mettre la chaîne pour obéir aux injonctions de mon père – j'avais l'impression d'être revenue dans mon sanctuaire où je pouvais traîner en pyjamas et jouir d'un peu de paix, alors qu'il n'avait pas vraiment l'air de ressentir la même chose. Avec Ella, nous allâmes une ou deux fois boire un verre avec lui, dîner ou voir un film, mais comme nous étions toutes deux obligées de travailler le week-end, et qu'Ella habitait beaucoup plus loin de chez lui que moi, nous nous mîmes à aller voir des films en semaine à la séance à tarif réduit, rien que nous deux. C'était quelqu'un d'attentionné. Il posait beaucoup de questions à mon sujet et se souvenait des réponses, et je lui fis ainsi des confidences au sujet de ma vie. Lorsque quelque chose de drôle ou d'intéressant arrivait au boulot, ma première réaction fut bientôt de lui envoyer un e-mail ou un texto.

Nous avions beaucoup de choses en commun. J'aimais l'idée d'avoir un ami masculin honnête et direct. Parfois, cela se traduisait par un certain franc-parler, me faisant une ou deux fois recracher mon thé sous le choc lorsqu'il évoqua des femmes qui lui plaisaient et comment il prévoyait de leur demander de sortir avec lui, mais j'admirais sa manière de formuler les choses. Et il me faisait rire comme peu de gens que j'avais rencontrés. Nous citions des passages des mêmes films, aimions les mêmes groupes et, très vite, je passais beaucoup de temps chez lui.

Pourquoi chez lui ? On était en hiver et, si j'avais gagné assez d'argent pour m'installer dans un minuscule appartement à moi toute seule, il n'était pas question de me payer le luxe de le chauffer, ce qui finit par devenir un problème majeur.

Un week-end, lorsqu'il m'envoya un texto pour me demander ce que je faisais, je lui expliquais que je traînais chez Starbuck pour rester au chaud, et il proposa que je vienne chez lui et dorme dans sa chambre d'ami pour la nuit. Ce que je fis. Le week-end suivant, je travaillais, mais le week-end d'après, il refit la même proposition. J'arrivai le samedi après-midi et je repartis le jour suivant après m'être chargée du déjeuner du dimanche midi (merci, Maman, pour ta recette de pommes de terre rôties).

C'était confortable, paresseux, amusant. On promenait son chien et (j'avais apporté mon ordinateur portable et l'avais connecté à son Wifi) et on jouait à des jeux sur nos ordinateurs ensemble. Bien au chaud, on regardait des films et des séries sur DVD.

Des plaisirs simples mais merveilleux. Après Noël, puis la nouvelle année, surgit le printemps, et j'étais de plus en plus souvent chez lui en dépit du fait que la température de mon appartement avait retrouvé des valeurs agréables. Lorsqu'elle était libre, Ella nous rejoignait, mais quand elle n'était pas là, elle ne nous manquait pas vraiment.

Cela paraît probablement assez naïf quand on y pense, mais, à l'époque, je ne pensais pas vraiment à une relation sexuelle avec lui. Il était plutôt beau, avec des cheveux blond cendré, des lunettes et un style décontracté qui correspondait à mes goûts, mais, comme il avait tenu à le préciser lors de sa première invitation, mes visites devaient rester platoniques sans aucune attente sexuelle de son côté. Pour ma part, j'étais plutôt pragmatique et je me contentai de supposer que je ne l'attirais pas.

En outre, je n'avais aucune intention de gâcher notre amitié en allant trop loin. D'ailleurs, je savais qu'il pensait encore à son ex. Cela ne me dérangeait pas. J'appréciais son amitié sans ressentir le besoin de lui sauter dessus.

Puis, un soir, tout changea. Les choses avaient commencé très innocemment. Thomas, Ella et moi avions réservé des billets et des chambres d'hôtel pour aller voir un groupe ensemble, mais la semaine qui précéda le concert, Ella demanda que nous changions nos plans pour qu'une de ses amies puisse se joindre à nous. Elle voulait partager sa chambre avec cette amie et me demanda de bien vouloir dormir avec Thomas en ajoutant que cela réduirait d'autant le prix de l'hôtel. Le côté pratique l'emporta, d'autant que, puisque nous nous étions retrouvés en tête-à-tête sans arrêt depuis des mois, quelle importance cela aurait-il ? Aucune, vraiment, et nous passâmes une soirée fantastique au concert, qui était vraiment bon, et nous avions encore la tête qui tournait et la voix un peu rauque d'avoir tant hurlé lorsque nous revînmes à l'hôtel, sans parler de l'adrénaline qui pulsait dans nos veines au rythme de la musique.

Dans la chambre, nous nous servîmes de la salle de bains tour à tour avant de nous glisser dans nos lits. Pendant un moment, trop réveillés pour dormir, nous bavardâmes dans le noir, évoquant la soirée, la musique, notre semaine, la vie quoi. Puis, toujours dans l'obscurité, c'est d'une voix tranquille qu'il demanda :

— Sophie, as-tu déjà envisagé que nous pourrions coucher ensemble ?

Surprise, je laissais le silence se prolonger avant de pouvoir formuler une réponse. Plutôt que de mettre les pieds dans le plat en disant une chose qui risquait soit de blesser ses sentiments ou de le voir obligé de réaffirmer mes motivations quant à notre amitié, je préférais esquiver. Voulait-il réellement que je l'envisage ? Ou serait-il embarrassé que j'y songe ? J'optais pour le flou.

— Je ne vois pas pourquoi, vraiment. Je ne t'attire pas.

Il éclata de rire.

— Qu'est-ce qui te fait penser ça ?

Je lui jetai un oreiller.

— Tu ne m'as jamais fait d'avance. C'est très platonique, non ?

Le silence se prolongea si longtemps que je crus qu'il s'était endormi. Lorsqu'il parla enfin, ce fut d'une voix à peine plus audible qu'un murmure.

— Ce n'est pas indispensable que cela le reste.

— Oh, fut tout ce que je trouvai à répondre.

Pas des plus subtils, je l'admets, mais je ne savais vraiment pas que dire dans ces circonstances. Soudain, il fut en train de me caresser les épaules dans l'obscurité, au-dessus de la couette, une caresse timide, un signe.

Je le laissais faire sans bouger pendant une ou deux secondes avant de succomber, de l'agripper par le poignet et de l'attirer vers moi.

Nos mains dessinèrent nos corps, d'abord par-dessus nos vêtements – il se moqua de mon pyjama, trop relax lui-même pour porter autre chose qu'un t-shirt et un boxer, et je lui donnai une petite tape sur le bras. Lorsqu'il déboutonna lentement le haut, et glissa sa main sur mes seins avant de les envelopper et de jouer avec les mamelons, je laissai échapper un léger gémissement. Cela faisait si longtemps que personne ne m'avait touchée ainsi que la caresse me procurait déjà du plaisir, bien avant que Thomas ne fasse descendre sa main dans la ceinture du pantalon et entre mes cuisses. Alors, mes gémissements se firent plus forts tandis que j'écartais les jambes, incitant ses doigts à poursuivre leur ballet délicieux. J'accompagnais ses caresses des miennes, glissant les mains dans son caleçon pour envelopper son sexe.

Mes mouvements firent écho aux siens et il gémit à son tour. Nous laissâmes nos mains errer longtemps, de haut en bas, tout en nous laissant aller aux sensations qu'elles provoquaient en nous. Sa main ferme – confiante – pressait mon clitoris, le massant jusqu'à ce que je ne puisse plus me retenir. L'orgasme me recroquevilla littéralement les orteils. Lorsque j'eus repris mon souffle, je murmurai sans pouvoir dissimuler la faim dans ma voix :

— Je t'en prie, va chercher un préservatif.

Il y eut une pause abrupte.

— Quoi ?

— Quoi quoi ? Un préservatif. S'il te plaît. Je veux que tu me baises.

— Baiser ?

— Oui, baiser !

— Mais ce n'était pas mon intention.

— Quoi ?

Sa voix était si désespérée qu'en d'autres circonstances, j'aurais éclaté de rire.

— Je n'ai pas de préservatif. Je ne m'attendais pas à ce que nous fassions cela ce soir.

Après une pause, il continua :

— Je suppose que toi tu n'as pas de…

Je grognai :

— Je n'ai pas eu de relation sexuelle depuis plus d'un an et, je ne pensais pas que…

À présent, il avait l'air vraiment désespéré.

— Oh !

Je ne pus contenir l'amusement de ma voix plus longtemps – ou mon envie de me montrer un peu coquine.

— Écoute, ne t'en fais pas. Souhaitons-nous bonne nuit…

En disant cela, je sentis son sexe frémir dans ma main et il laissa échapper un cri étranglé que je pris pour de l'indignation mêlée de frustration. Mais je resserrais ma main et je me glissai plus bas sur le lit pour le prendre dans ma bouche.

Lorsque mes lèvres l'encerclèrent, ses grognements furent si profonds qu'ils me donnèrent l'impression d'être une déesse. Je le léchais langoureusement, en prenant mon temps et en appréciant le moment où ses mains agrippèrent la couette, la manière dont son corps se tendit et s'arqua lorsque j'encerclai son érection.

Cela faisait un moment que je n'avais pas pratiqué une fellation, et même si je n'avais pas l'intention d'être trop avare en matière de préliminaires, je n'avais pas plus l'intention de trop prolonger les choses.

Lorsqu'il jouit enfin, ses mains dans mes cheveux tandis qu'il murmurait mon nom, j'éprouvai un étrange sentiment d'accomplissement. Ne vous méprenez pas : je n'allais pas le mettre sur mon CV, mais cela me parut agréable et je m'endormis un sourire sur le visage.

Bien entendu, le problème avec ce genre de nuit est qu'elles se terminent toujours par un matin. Lorsque je me réveillai, je me retrouvai pratiquement nez à nez avec lui, nos jambes entremêlées. Il me regardait et je refermai immédiatement les paupières pour feindre de dormir.

— Sophie ? Tu es réveillée ?

Je ne bougeai pas. Bon sang, qu'allais-je faire ?

— Sophie ? Il faut que nous descendions pour le petit-déjeuner. Tu vas bien ? Parle-moi !

Je gardai les yeux clos.

— Tout va bien. Super.

Trop expansif ?

— Ça va.

— Tu vas ouvrir les yeux, alors ?

Sa voix avait adopté une nuance perplexe.

— Oui, une minute !

En revanche, la mienne chantait haut et fort, un peu comme celle de ma mère lorsque celle-ci veut paraître gaie alors qu'elle ne l'est pas. Ce qui, à y songer, était une image mentale qui ne m'aidait guère.

Il me prit la main avant d'ajouter :

— Tout va bien, tu sais. Cela ne signifie rien.

Sur ce, j'ouvris brusquement les yeux et les plongeai dans les siens, rassurants, calmes, étrangement doux. Je n'arrivai pas à décider si je devais me sentir offensée, mais mon regard dut me trahir car il soupira en signe de paix.

— Désolé, ce n'est pas vraiment ce que je voulais dire. C'était stupéfiant. J'ai beaucoup apprécié, vraiment. C'est merveilleux.

— Parfaitement, rétorquai-je un peu irritée mais en esquissant un sourire du coin des lèvres.

— Ce que je voulais dire, c'est qu'il n'est pas nécessaire que cela se reproduise si tu n'en as pas envie. Et cela ne change rien à notre amitié.

Je le fixais longuement.

— Tu en es bien sûr ?

Il hocha la tête.

— Vraiment.

Et à cet instant précis, mon estomac gronda et je rougis.

— OK, petit-déj. C'est moi qui prends la salle de bains la première.

Je bondis, m'emparai de mes vêtements et me dirigeai droit vers la douche en essayant d'avoir l'air le plus normal possible. Il ne bougea pas du lit, observant chacun de mes mouvements, sans se détourner ni faire un geste. Je me retournais brusquement.

— Arrête de mater mes fesses !

— Mais non, j'admirais ton pyjama.

Lorsque nous fûmes douchés et habillés, prêts à retrouver Ella et l'amie qui était la cause de ce bouleversement des événements (involontairement bien sûr), les choses étaient vraiment redevenues normales. Confortablement normales. Nous nous chamaillions comme d'ordinaire et le petit-déjeuner se déroula comme si je n'avais pas fait la connaissance intime de son sexe la nuit précédente. Nous n'en parlâmes plus. Au moins, jusqu'au soir, lorsqu'il m'envoya son texto.

Content que tu sois bien rentrée. Moi aussi. PS Regrette préservatif.

En y repensant, il était inévitable que, peu après, nous finissions par coucher ensemble correctement – et, cette fois-là, nous avions tous deux acheté des préservatifs. Mes visites n'avaient guère changé, à la différence que je dormais dans son lit au lieu d'occuper la chambre d'amis. D'abord, nous avons continué à être amis, à parler franchement de tout, y compris de notre relation sexuelle.

Nous nous aimions beaucoup, mais je n'étais certainement pas la femme de sa vie et, quant à lui, il était merveilleux, drôle, intelligent, et je le trouvais très attirant, mais, lorsqu'il entrait dans une pièce, je n'en avais pas l'estomac retourné. Je ne lui présentai pas la chose comme ça – d'autant que je craignais d'avoir l'air d'une idiote terriblement naïve – mais au cours des longues conversations que nous eûmes lorsque nous promenions le chien, nous arrivâmes à une sorte de consensus de ce qu'était notre relation, les termes de notre engagement. C'était pour le plaisir. Pas de responsabilités ni d'attentes. Si l'un d'entre nous voulait sortir avec quelqu'un d'autre, nous arrêterions. Sinon, tant que nous en retirions du plaisir, et que l'un n'avait pas des sentiments plus profonds que l'autre, nous pouvions nous laisser aller au rythme des choses.

Pendant un temps, tandis que nous apprenions à nous connaître, notre relation a vraiment fonctionné comme ça.

Je peux honnêtement dire que, même si je tiens compte de nos similitudes, je ne m'attendais pas du tout à me retrouver les poignets ligotés à la tête de lit de la chambre de Thomas tandis qu'il tournoyait au-dessus de moi avec un sourire mauvais qui me fit me demander pendant une seconde dans quelle galère je m'étais encore engagée.

Ce qui nous renvoie directement à la nature fructueuse de la file d'attente et – comme le disait toujours ma mère – qu'il ne faut pas juger un livre par sa jaquette (même si elle ne pensait sûrement pas à la même chose que moi).

Nous étions des *sex friends* depuis un certain temps, et il était donc inévitable que nous ayons une conversation sur nos fantasmes non réalisés. Mais, un soir, tout en dégustant un verre de vin, je lui fis un vague résumé de ce qui s'était passé avec Ryan et de mon incursion dans les spécialités virtuelles d'Internet, avant d'avouer timidement que j'aimerais déchaîner – aurais-je dû parler d'enchaînement ? – ma facette de soumise correctement avec une expérimentation dans le domaine du BDSM.

Je ne pensais vraiment pas que Thomas serait le type qui pourrait m'y guider. Pour ce que j'en savais, nous étions simplement en train d'avoir une petite conversation émoustillante en tant que préliminaire à une parfaite baise de fin de semaine au débotté. J'en étais venue à apprécier son intelligence et son esprit délicieusement cochon, mais j'ignorais totalement que j'avais croisé le chemin de quelqu'un qui allait s'avérer être le ying de mon yang soumis.

Avec lui, il était facile de parler. De par la nature même de notre relation, toutes les angoisses que j'aurais pu avoir à aborder ce qui m'excitait du point de vue sexuel avec un amant n'avaient pas lieu d'être. Il était mon ami, et je lui faisais confiance pour être respectueux et gentil, tandis que nous parlions de sujets aussi profondément intimes et potentiellement embarrassants.

Mais, comme nous n'étions pas réellement ensemble, je ne me sentais pas gênée par le fait d'évoquer ce qui m'excitait et ce que j'avais envie d'essayer. Je n'avais pas à m'inquiéter de ce que, contrairement à un petit ami potentiel, il pourrait penser, que j'étais bizarre – voire perverse – ou qui aurait pu s'avérer incapable de faire coïncider mon côté vanille (c'est-à-dire normal) avec ceux légèrement plus rudes ou osés de ma personnalité.

Parce que même si Thomas ne pouvait s'empêcher de me juger, cela n'aurait aucun impact sur une relation amoureuse que nous n'avions pas. Bien sûr, avec le temps, je réalisai qu'il n'allait pas me juger du tout, ne serait-ce que parce qu'il entretenait autant de pensées salées que moi – et que ses penchants complétaient parfaitement les miens.

Ce soir-là, il était encore vêtu, ce qui me fit me sentir encore plus vulnérable lorsqu'il se pencha sur mon corps dénudé pour atteindre l'un de mes seins. Au début, il se contenta de jouer avec la pointe, de la caresser du doigt et d'en dessiner les contours en la regardant gonfler. Peu à peu, je commençai à me détendre, et je fermai les yeux pour mieux jouir de la sensation.

Soudain, il pinça. Fort. La douleur soudaine me coupa le souffle et j'ouvris les yeux pour découvrir Thomas qui me fixait avec une intensité palpable. Il relâcha son pincement pendant une seconde, mais le répit fut bref, et il pinça plus fort encore mon mamelon avant de le tirer vers le haut pour soulever le sein.

La douleur se fit plus aiguë et mon souffle devint hoquetant. Je me mordis la lèvre et arquai le dos afin de tenter de soulager la tension, mais Thomas s'allongea sur moi et me maintint les poignets, ce qui m'empêchait tout mouvement.

Après avoir considéré mes tentatives de lutte avec un sourire amusé, il bougea légèrement la main et la douleur délicieuse revint aussitôt. Mon gémissement emplit toute la pièce, mais tout ce que j'avais en tête était que son geste était aussi excitant que dans mon souvenir de cette douleur/plaisir. Au moins jusqu'à ce que la chaleur de la douleur de mes mamelons envahisse mon esprit au point que je ne pus penser à rien d'autre.

Il passa ensuite à l'autre sein et se mit à lécher délicatement le tour de la pointe avant de la prendre entre ses lèvres pour l'aspirer à fond et la mordiller et la pincer entre les dents. La douleur me fit me cabrer sous lui.

Si j'avais eu les mains libres, je les aurais passées dans ses cheveux, mais tout ce que je pouvais faire pendant qu'il alternait entre la douceur et la cruauté était de serrer et desserrer les doigts, encore incertaine à ce moment-là de ce dont j'avais le plus envie.

Non, je ne dis pas la vérité. La douleur me rendait plus avide que ce à quoi je m'étais attendue. Plus que ce que j'avais ressenti de plaisir ou de possibilité de plaisir lorsque Ryan m'avait frappée à coups de brosse. Et lorsque Thomas fit courir ses mains sur tout mon corps, j'écartai sans complexes les cuisses afin qu'il puisse en voir la preuve luisante.

Il gloussa et passa délicatement les doigts sur mes gouttes de plaisir jusqu'à mon clitoris. Bien loin de la manière dont il avait traité mes mamelons, il avait adopté une touche légère, frustrante, et je soulevai les reins afin de l'inciter à plonger les doigts en moi. Mais il recula. Je lui adressai un regard plein de frustration et il releva les sourcils.

Je compris aussitôt ce qu'il voulait. J'avais passé une bonne vingtaine de minutes à jacasser sur l'excitation que procurerait une telle expérience, mais, d'une certaine manière, le fait de le supplier paraissait bien plus facile dans mon fantasme que dans la réalité. Que puis-je dire ? Je suppose que je suis paradoxale, mais après avoir passé des années à rêver d'abandonner tout contrôle, lorsque le moment fut venu, avec un homme qui m'attirait mais dont l'esprit demeurait un mystère total, je ne me sentais pas tout à fait disposée à m'abandonner totalement.

Dans le silence qui se prolongeait, notre échange se transforma en affrontement de deux volontés, ce qui était stupide dans la mesure où je savais que lorsqu'il me toucherait, la victoire serait pour nous deux. Il posa la main tranquillement sur ma vulve, l'un de ses doigts tapotant délicatement mon clitoris.

Une, deux, trois fois, comme s'il tambourinait de son doigt sur une table tout en me laissant décider de la suite. Alors, je gardais le silence. J'étais sans doute plus têtue que ce que je croyais, un thème récurrent qui m'a entraînée dans bien des situations difficiles, des dizaines de manières et des dizaines de fois depuis.

Après une longue pause, Thomas déplaça sa main et se retourna pour me regarder avant de passer le doigt sur les gouttes qui coulaient entre mes cuisses pour revenir dessiner mes lèvres. Je me mis à sucer son doigt humide, à le lécher pour le débarrasser de mes sécrétions, tout en essayant de reprendre une sorte de contrôle de moi-même. Oui, je sais que cela paraît contradictoire. Pendant des années, j'avais essayé d'arrêter, mais nous noterons simplement cela comme un autre thème récurrent de ma vie. Tandis que j'aspirai son doigt plus profondément dans ma bouche, il esquissa un sourire devant ma suggestion silencieuse – et évidemment peu subtile – et tira sur son pantalon pour en sortir son sexe. Avide, je m'arquai vers lui et il vint me nourrir. Je le suçais tout entier, esquissant un sourire autour de son érection lorsque je l'entendis gémir de plaisir.

J'ai toujours aimé donner du plaisir comme ça, mais jamais autant qu'avec Thomas. Même lors des séances de sexe les plus ordinaires, il paraissait toujours tout maîtriser et j'adorais l'idée de le secouer un peu, d'entendre son souffle s'accélérer, d'observer ses réactions, de le sentir durcir dans ma bouche et de goûter son jus lorsqu'il éjaculait. J'étais peut-être prête à abandonner tout contrôle, à me soumettre à son pouvoir, mais, ma bouche autour de son sexe me donnait une autre sorte de pouvoir qui faisait chanter mon cœur et mouiller ma chatte. Et à cet instant, sa verge poussant entre mes lèvres, ligotée sur le dos, vulnérable, je me sentais pleinement rassurée.

Lorsque je me mis à accélérer mes aspirations, il agrippa mes cheveux. Je gémis sur sa queue en levant les yeux vers son visage, mais sans cesser de le sucer, plus profondément, plus vite, très vite, avec avidité, sans relâche, jusqu'à ce que son sperme vienne heurter le fond de ma gorge. Il se recula alors sur les talons pour reprendre son souffle sans cesser de faire courir paresseusement ses mains sur mes cuisses. À ce stade, je haletais de désir.

J'avais fini par comprendre que le fait de manifester quoi que ce soit ne donnait jamais aucun résultat en ma faveur, alors je me contentais de rester autant que possible passive tandis qu'il passait le bout de ses doigts de bas en haut, de plus en plus près de l'endroit qui les appelait furieusement. Si je n'avais pas été attachée, je me serais tortillée à mort pour me libérer, mais non. Il fallait que je demeure ainsi, soumise, alors que son doigt effleurait mon clitoris pour concéder des assauts trop brefs de plaisir avant de revenir à ses caresses démentes autour de mes cuisses, et sans jamais se glisser en moi.

Soudain, toute la question de la supplication ou non n'eut plus aucune importance. J'étais si désespérée de jouir que j'aurais dit pratiquement n'importe quoi s'il m'avait laissé une chance. J'avais les poings serrés et je me mordais la lèvre inférieure quand, à travers ma gorge sèche, je fus enfin capable d'articuler : « S'il te plaît. »

Son doigt revint vers mon sexe, mais seulement sur mon clitoris qu'il se contenta une fois de plus d'effleurer. Son expression avait alors un air tout à fait suffisant

— S'il te plaît quoi ?

Le ton de sa voix était différent. Plus sombre. Et il me faisait frissonner tout en me laissant perplexe. Ce n'était pas le Thomas facile à vivre, décontracté que je connaissais. Il semblait que mon copain de sexe était plein de surprises, mais pas un homme patient.

Il pinça de nouveau mon mamelon en le tordant violemment et les larmes me montèrent aux yeux tandis que je haletais de douleur. Sa voix d'acier, autoritaire en diable, me fit mouiller encore davantage tandis que des papillons d'angoisse envahissaient mon ventre.

— S'il te plaît quoi ?

J'avais le cerveau bloqué. Je suis rarement à court de mots, mais je n'avais alors aucune idée de ce que j'étais censée dire et j'étais terrifiée à l'idée de faire une erreur qui l'inciterait à prolonger encore mes souffrances plus longtemps. Ou pis, arrêter tout. Pour finir, et en dépit de moi-même, je me lançais dans n'importe laquelle des variantes qui pourraient m'obtenir ce que je voulais.

— Je t'en prie, enfile tes doigts en moi. S'il te plaît, touche-moi. Fais-moi jouir, pitié.

Lorsque je prononçai les derniers mots, il enfila enfin deux doigts et se mit à me pilonner de plus en plus vite et de plus en plus fort, jusqu'à ce que je ne puisse plus réfréner mes hurlements. Dans un frisson, je poussai un gémissement rauque et je parvins à l'orgasme, en vagues frénétiques autour de ses doigts, tandis que mes mains frappaient la tête de lit dans la violence de ma jouissance.

Lorsqu'il relâcha les nœuds pour libérer mes mains, il sourit. Et tandis que je me frottais les poignets, je lui renvoyais son sourire en sachant que j'avais trouvé l'âme sœur là où je l'attendais le moins. Que nous recommencerions. Que cela valait la peine de supplier. En revanche, ce que je ne compris pas – en tout cas à ce moment-là – c'est que je ne suppliais pas du tout. Ce n'était que le début.

Nous ne nous considérions toujours pas comme un couple, mais, d'une certaine manière, nos rapports sexuels facilitèrent nos conversations au sujet de nos fantasmes : il est loin d'être facile à accepter d'avouer à votre amant que vous avez envie qu'il vous frappe avec une canne jusqu'à ce que cela vous tire des larmes avant de vous baiser violemment, tout en précisant que vous pouvez le repousser et avoir envie qu'il continue. Thomas écoutait avec attention tout ce que je lui racontais, et enregistrait avec soin les idées qui, dans un avenir à l'échéance indéterminée, allaient me faire tourner la tête – et mouiller comme une fontaine.

Cela débuta un samedi soir avec une punition pour une tonne de raisons bancales qui, si j'avais été dans un état d'esprit à ergoter, j'aurais reprises point par point. Sauf que sa voix et son comportement passèrent du complaisant à l'implacable et que notre objectif à tous deux devint alors évident : je n'allais vraiment pas ergoter. Je terminais entièrement nue, les fesses en l'air sur le bras de son canapé.

Pour commencer, ses fessées furent plutôt douces et me laissèrent une impression de chaleur et de picotements. Je savais depuis longtemps que Thomas adorait donner la fessée, et il y avait rapidement pris goût à m'allonger sur ses genoux pour me punir sans relâche tandis que son érection gonflait sous mon ventre qui se tortillait. Le fait qu'il descendit ma culotte à mi-jambe me paraissait plus embarrassant que s'il me l'avait entièrement retirée, d'autant qu'il entravait ainsi mes mouvements puisque je ne pouvais m'empêcher de me débattre. Dans les premiers temps, dès que mes fesses me cuisaient, il me jetait à terre pour me pilonner, ses hanches dures me bloquaient sur le sol tandis qu'il s'enfonçait en moi, et le frottement rugueux du tapis contre ma peau venait ajouter à la douleur et au plaisir.

Mais, ce soir-là, ce fut différent. Il me posa une question à laquelle je ne répondis pas avec le respect qu'il attendait, et j'entendis le bruit de sa ceinture qui glissait dans les passants de son pantalon.

Lorsqu'on a passé si longtemps à penser à une chose, à fantasmer à ce sujet, la perspective de la voir s'accomplir peut être terrifiante. Pas seulement parce que cela va vous faire mal, mais aussi parce que c'est une révélation : soudain, le charmant Thomas, le doux, l'attentionné Thomas, celui qui m'aidait à aller au bout de moi-même, se transformait en une version totalement inconnue de lui-même. Je n'étais pas seulement en train d'essayer désespérément de maîtriser mes nerfs, de m'assurer que je n'allais pas me défiler, que j'étais capable d'affronter ce qu'il avait en tête, je voulais lui plaire, le satisfaire, et m'en acquitter avec courage et stoïcisme. Oui, Marianne serait fière de moi. Pas même parce que, après avoir passé près d'une décennie allongée dans mon lit, le soir, à rêver de recevoir une bonne correction avec une ceinture, je me demandais si, en pratique, ce serait aussi excitant, et peut-être même trop douloureux pour que je le supporte. Allai-je devoir le supplier de cesser ? C'est ce qui me terrifiait : le fait de devoir lui demander d'arrêter correspondrait à une déception brutale d'un fantasme ancien, mais ce serait également une forme de reddition, un échec, une défaite.

Je tournai la tête, penchée vers le sol, en éprouvant un vertige qui venait s'ajouter à l'étourdissement de l'anticipation, pour le découvrir debout devant moi, encore entièrement habillé, la ceinture de cuir dans les mains sur laquelle il tirait, en faisant une boucle, pour se préparer à me frapper avec, à me faire souffrir, et le regard qu'il avait dans les yeux m'atteignit au creux de l'estomac avec le même mélange de peur et d'excitation que l'on ressent sur les montagnes russes. Il passa ensuite derrière moi et tout ce que je pus faire fut d'attendre et d'essayer de réprimer mes tremblements. Je n'eus pas à attendre bien longtemps.

Le premier coup ne fut pas si douloureux. Je fus davantage troublée par le claquement que par l'impact lui-même. J'éprouvais même un certain soulagement : la douleur était supportable. Puis, il me frappa deux fois de suite, très vite, et je hurlai – apparemment, le premier coup n'avait pas été suffisamment fort ou suffisamment calculé, et les suivants étaient bien plus douloureux.

Il déclara alors que plus je hurlerai, plus les coups seraient forts, et je me mordis les lèvres afin de ne plus laisser échapper un seul son. Je sentais le sang dans ma bouche. Sur mes fesses, le claquement de chaque coup résonnait comme un coup de fusil et la douleur qui suivait me plongeait dans les affres de l'agonie.

Sans le bras du canapé qui, sous mon ventre, seul contact qui me permettait de rester ancrée à ma place, mes jambes m'auraient entraînée sur le sol en rampant. Mais non, lorsque l'extrémité pointue de la ceinture se tordait sur l'une de mes fesses, à l'endroit même où les coups pleuvaient, la douleur blanche me faisait me tordre, et si je me sentais glisser vers le sol, Thomas me retenait par les cheveux, d'une manière douloureuse et implacable.

Lorsqu'il exigea que je compte les coups, mes gémissements s'étaient pratiquement transformés en sanglots. La douleur était pire que tout ce que j'avais pu imaginer, mais il ne me vint pas à l'esprit de lui demander d'arrêter. Non, je me concentrais sur l'impact et la manière de l'appréhender.

Étouffant les plaintes et les pleurs qui montaient dans ma gorge à chaque coup, j'essayais toujours de contrôler ma respiration, mais je n'y arrivais pas et mes hoquets avaient dû lui révéler à quel point je souffrais – même si les zébrures rouge sang sur mes fesses, les larmes qui inondaient mes joues ou mes jambes tremblantes n'y suffisaient pas.

Au bout de dix coups, il posa la main sur mon clitoris et le massa durement avant d'enfoncer ses doigts en moi, éclatant d'un rire satisfait lorsqu'il réalisa à quel point j'étais excitée.

— Oui, c'est ça. Tu aimes ça, ma petite salope, hein ?

Je fermai les yeux. Le son humide que rendait le mouvement de ses doigts en moi entre mes cuisses était une réponse suffisante.

Je commençai à gémir de plaisir, et il se mit à m'expliquer la métaphore de la carotte et du bâton pour conclure en disant que, étant donné mon absence de soumission, je n'étais certainement pas prête à recevoir la carotte orgasmique. Sans retirer ses doigts de ma fente, il me remit en position de fessée et, pendant quelques secondes, je sentis monter la fureur à l'idée d'être traitée comme une marionnette. Ses doigts toujours enfoncés, cruellement, en moi, je me réinstallai sur le bras du canapé et je comptai dix coups de plus et un « pour la chance ». La gorge sèche, je sentais qu'il avait asséné le dernier coup par jeu, parce qu'il était content de voir mon corps se détendre à l'idée de la fin de la punition, pour me surprendre par un dernier coup encore plus violent que les autres.

Avant d'avoir eu le temps de reprendre mes esprits, il remit les doigts sur mon clitoris et, d'un mouvement frénétique, se mit à le palper si fort que, malgré toute mon humidité, le plaisir le disputait à la douleur. Douce-amère. Je jouis d'un sursaut, et mes jambes se dérobèrent sous moi en me laissant affalée sur le bord du canapé.

Lorsque j'eus repris mes esprits, je m'agenouillai devant lui pour le prendre dans ma bouche et le sucer jusqu'à ce qu'il gicle. Je plongeai alors dans un sommeil épuisé, incapable de m'allonger sur le dos tant mes fesses me cuisaient, au point que les draps qui m'effleuraient me réveillaient de douleur. Il me fallut plusieurs jours avant que les zébrures ne s'effacent et, tous les matins, après la douche, dans le miroir en pied, j'en vérifiais la couleur qui évoluait, les caressant pour en retrouver la souffrance, me souriant à moi-même en même temps.

Je commençai alors à comprendre toute l'ampleur de mes penchants masochistes. Il me semblait avoir trouvé en Thomas quelqu'un qui était enfin capable de les reconnaître, mais aussi de les déployer. Toutefois, j'allais bientôt comprendre que ce n'était pas nécessairement la douleur qui constituait l'élément le plus stimulant du jeu Dominant/soumise.

5

Le jour qui suivit les coups de ceinture, je me rendis en ville avec Thomas pour déjeuner et aller voir un film, faisant l'expérience des joies d'une pause en plein milieu de la semaine, lorsque vous êtes encore plus joyeux en pensant que tout le monde est au charbon pendant que vous faites l'école buissonnière.

Avant d'entrer dans le restaurant, nous achetâmes les journaux puis allâmes nous installer à notre place. Pourquoi les bancs en bois dur sont-ils à la mode ? me demandais-je lorsque je posai mes fesses sur l'un d'eux en grimaçant, ils sont d'une laideur à faire peur.

Thomas remarqua ma grimace, mais il se contenta de sourire sans rien dire avant que la serveuse n'ait enregistré notre commande.

— C'est douloureux ?

La fierté – ou l'obstination ? L'envie brutale d'effacer l'expression certes sexy mais de pure vanité de son visage ? Peut-être.

— Ça va.

— Tu en es sûre ? On aurait dit que tu avais du mal à t'asseoir.

Nous échangeâmes un regard qui signifiait clairement

qu'il avait deviné mes pensées et que je savais qu'il le savait mais que j'allais faire de mon mieux pour l'ignorer.

Je n'eus guère le temps d'y réfléchir. Nous bavardâmes des films à l'affiche que nous pourrions aller voir dans l'après-midi, d'une collègue de boulot que j'appréciais, de la dernière saga amour/haine de deux de nos amis, tout en dégustant notre déjeuner. Lorsque nous eûmes terminé, il avala une gorgée de son verre et me regarda pendant de longues secondes sans dire un seul mot.

— Quoi ? demandai-je.

Il reposa son verre sur la table.

— Rien, c'est seulement que tu n'arrêtes pas de gigoter sur ce banc et que je vois sur ton visage que tu as mal.

Il esquissa alors un sourire. Le salaud.

Je fis comme s'il était parfaitement normal de discuter des coups de ceintures qu'il m'avait donnés après un déjeuner de club-sandwiches.

— En fait, je croyais que des coups de canne seraient plus douloureux mais, hier soir...

Spontanément, je me déplaçai légèrement sur mon siège afin de trouver une position plus confortable, et ce n'est qu'en voyant son sourire s'agrandir que je m'en rendis compte.

— Eh bien, la ceinture est beaucoup plus douloureuse. Je ne sais pas pourquoi, vraiment.

Je relevai le menton avant de continuer.

— Mais cela ne fait pas si mal que ça.

Il leva un sourcil et je compris que je lui avais tout juste involontairement offert un nouveau défi sur un plateau, défi qui reviendrait me hanter.

— Pour être honnête, je sais que j'ai frappé très fort, parce que je savais que tu étais capable d'encaisser et que, en fait, tu adores ça. Mais je ne t'ai donné que soixante-quinze pour cent de ce dont je suis capable. J'étais trop près du mur pour disposer de l'espace nécessaire pour travailler mon élan.

À la pensée de recevoir des coups de ceinture encore plus forts, mes fesses se serrèrent. L'objet du délit était redevenu des plus anodins autour de sa taille, mais, soudain, je ne pouvais plus le quitter des yeux.

— Bien entendu, je ne sais pas si tu es capable d'encaisser beaucoup plus. Tu avais les fesses plutôt abîmées après. Et tu avais du mal à te redresser pour t'éloigner du bras du canapé. Tes jambes tremblaient à un point ! J'aurais pu m'inquiéter, mais tu étais une vraie fontaine et j'ai compris que tu avais adoré. Tu es vraiment une petite cochonne.

Je ne trouvai pas les mots. Je crois me souvenir que je parvins à formuler une sorte de « Gah » mais ce fut tout. Je promenais les yeux autour du restaurant : des femmes qui déjeunaient avec une bande de petits enfants à la table voisine, deux adolescentes qui faisaient durer leur smoothie tout en fouillant dans leurs sacs de shopping. J'essayais de recouvrer une apparence de maîtrise de moi-même et d'ignorer la flaque chaude qui s'étalait entre mes cuisses. Cela marcha à peu près. Jusqu'à ce qu'il reprenne la parole.

— Ce que j'apprécie tout particulièrement avec la ceinture, c'est la manière dont elle épouse la courbe de tes fesses à chaque claquement. Je suis sûre que l'impact lui-même te procure une certaine douleur, mais le claquement de la pointe sur ta peau me paraît encore plus insoutenable. Et puis, cela laisse de superbes marques. J'adore la manière dont tu frissonnes lorsque je passe mes ongles sur tes zébrures. Le simple fait de contempler ton cul battu pourrait me faire jouir sur-le-champ. Sauf que cela risque de te laisser plutôt frustrée.

Il sourit d'une manière qui montrait qu'il ne s'en faisait pas tant que ça. J'essayais de retrouver la conversation plus cohérente que nous avions quelques minutes plus tôt.

— Tout va bien. Je suis sûre que je pourrais m'en sortir si besoin était.

Un autre de ces sourires de prédateur.

— Ah, voilà une bonne raison pour te ligoter. Comme si j'en avais besoin !

Mon souffle se fit de plus en plus court et j'étais trempée. Je croisais les bras sur la table, devant ma poitrine afin que personne ne puisse voir que mes seins tendaient mon pull.

Dans un petit rire qui ne parvenait pas à dissimuler un léger désespoir, j'insistai :

— Nous ne devrions pas aborder ce sujet maintenant.

Il sourit.

— Pourquoi pas ? Cela t'excite ?

Comme s'il l'ignorait ! Il posait justement la question pour avoir le plaisir de me voir rougir alors que je lui répondais.

Mon « Oui » fut très faible.

— Retire tes bras. Je veux voir tes seins.

Je murmurai son nom dans une supplication teintée d'une exclamation d'exaspération, sans bouger les bras qui dissimulaient la preuve de mon excitation.

Puis, tout changea et, le badinage oublié, sa voix se fit dominatrice.

— Ce n'était pas une suggestion, Sophie.

Je déplaçai lentement les bras.

— Recule-toi dans ton siège pour que je puisse mieux te regarder.

Le visage en feu, j'obéissai.

Il rit doucement.

— Ce n'était pas grand-chose, non ? Mais, c'est bien. Cela suffit.

Il fixa mes seins, sans même détourner les yeux lorsque la serveuse vint nous demander si nous prendrions des desserts. Il commanda pour nous deux et, lorsqu'elle s'éloigna, je lui fis remarquer qu'elle avait bien vu son petit manège.

— Mais je ne les fixai pas, répliqua-t-il. Je me demandais simplement à quoi ils ressemblaient sous ton pull, nus.

J'avalai mon verre d'une seule gorgée. Alors, tout allait bien, c'est ça ?

Pendant que nous attendions les desserts, nous reprîmes notre conversation au sujet de la collègue de travail qui pouvait ou non être intéressée par moi, mais tout espoir d'avoir l'occasion de me reprendre pour ne plus me sentir comme une flaque incohérente en face de Thomas fut bientôt vite effacé.

Comme il avait croisé cette collègue, il avait décidé qu'elle était bi, ce qui, dans notre jargon, désigne quelqu'un qui peut être dominant ou soumis selon son partenaire, et il se mit à m'expliquer en détail comment il pourrait lui montrer la manière de « tirer le meilleur parti » de moi.

Tandis qu'il évoquait une séance de ligotage au cours de laquelle je léchais la collègue, en lui montrant comment utiliser la canne efficacement sur mes fesses et sur mes seins, les regarder baiser, et bien d'autres choses, je recommençai à bouger sur le banc pour d'autres raisons. Et lorsque j'attaquai mon dessert, ce fut d'une main tremblante.

Rien de tout cela ne lui échappa, bien sûr.

Une fois que nous eûmes terminé et payé la note, je n'avais plus aucune envie d'aller au cinéma. Je voulais retourner chez lui pour me payer une séance de baise de cinq à sept. Lorsque je lui en parlais – OK, lorsque je l'en priais, j'étais totalement prête – il sourit.

— Oui, nous allons rentrer, mais pas tout de suite. J'ai d'abord plusieurs choses à faire.

S'il pouvait deviner la frustration que j'éprouvais rien qu'en me regardant, je n'allais pas continuer à me plaindre dans la mesure où je savais qu'il en profiterait pour prolonger sa torture. Nous réglâmes donc la note et commençâmes à nous éloigner. Je portais un jean et, à la demande de Thomas, pas de culotte, et le simple fait de marcher pendant que la couture me frottait la fente me rendait folle de désir.

Après être passés dans une boutique de DVD, deux librairies et un supermarché, je n'avais plus qu'une idée en tête : un orgasme !

Ce n'était pas comme s'il avait acheté quoi que ce soit. J'avais même fini par cesser de faire semblant de regarder les rayons et j'étais simplement concentrée sur l'idée de ne pas me ridiculiser en public, soit en le suppliant de me ramener à la maison pour me baiser, soit de me faire jouir avec la couture de mon pantalon. Enfin, alors que j'observais d'un œil vide un étalage de magazines, il s'approcha par-derrière et me donna une forte claque sur les fesses qui me sortit de ma rêverie en poussant un cri.

— OK, c'est bon. On rentre.

Enfin !

Dès que nous refermâmes la porte, je lui proposais de le sucer. J'étais dans un tel état que je voulais reprendre un peu de contrôle. La capacité de Thomas à deviner mes pensées m'avait totalement déstabilisée et je me disais que le fait de le prendre dans ma bouche allait me permettre de rééquilibrer la situation. Ce n'est pas tant que le fait de le sucer le laissait vulnérable, mais, de temps en temps, il laissait échapper un petit gémissement du fond de sa gorge ou serrait et desserrait les poings d'une manière qui révélait que, pour une fois, c'était lui qui luttait pour garder le contrôle et que c'était moi qui le dominais. Une pensée des plus gratifiantes, je dois le dire. Presque aussi gratifiante que le fait de le sentir réagir à mes coups de langue et gonfler dans ma bouche, jusqu'à ce qu'il soit prêt à me nourrir de son sperme dont je lécherai jusqu'à la dernière goutte. Parce que cela signifiait aussi que j'allais avoir un orgasme du tonnerre.

Tout en grimpant les marches, je lui fis part de mon envie de le sucer. Il se contenta de sourire.

— Je pourrais me laisser tenter, mais j'avais d'autres idées en tête.

Il prit mes poignets et me renversa sur le lit. Tandis que j'essayais de me redresser, ou tout au moins de reprendre une position plus confortable, il plia mon bras dans mon dos d'une main et tira sur mon jean de l'autre. Lorsque je cessai de lutter en me disant que je n'allais pas pouvoir bouger, il avait déjà attrapé la brosse à cheveux posée sur la table de chevet, et le bruit du premier coup résonna dans la chambre.

Il adopta un rythme implacable.

Il arrivait que les punitions de Thomas soient plutôt légères et taquines, mais cela n'avait rien à voir. Cela ne faisait que quelques heures qu'il m'avait corrigée à coups de ceinture, et je ne sais pas combien de temps les coups de brosses durèrent. Je ne pensais qu'à encaisser les vagues de douleur. Lorsqu'il s'arrêta enfin pour passer les ongles, puis les poils de la brosse sur les marques rouge feu de mes fesses, j'avais le visage aussi dégoulinant que ma chatte. Il me redressa vers lui d'une main, et, de l'autre, passa les doigts dans ma fente tandis que je me tenais debout devant lui sur mes jambes tremblantes.

En gloussant, il glissa ses doigts dans ma bouche pour que je les suce, comme pour me montrer ce que je ressentais malgré mes larmes et mes gémissements. Il m'avait punie, mais je goûtais alors la preuve du plaisir que j'en avais retiré. En rougissant, je léchais jusqu'à la moindre goutte de mes sécrétions, tout en haïssant la suffisance de Thomas, et le fait qu'une fois de plus, il avait eu raison.

Lorsque j'eus terminé de le lécher, il m'ordonna de me déshabiller entièrement et, dès que je fus nue, il me força à m'agenouiller. Il s'empara de mes mamelons et les pinça en les frottant entre ses doigts jusqu'à ce que je me morde les lèvres pour ne pas hurler. Enfin las du jeu, il retira son pantalon. J'étais si affamée de lui que j'avais l'impression de manquer d'air, mais il tenait à conserver le contrôle : il m'empoigna par les cheveux et se mit à me pilonner le visage, indifférent aux tiraillements sur mon crâne et à mes hoquets pour ne pas étouffer, faisant aller et venir sa queue sur moi. Soudain, il me repoussa.

— Je ne vais pas gicler dans ta bouche.

Je relevai les yeux vers lui d'un air perplexe.

— Je vais te l'envoyer sur les seins et, après, tu vas t'allonger sur le lit et je vais te faire ce que tu as attendu toute la journée, je vais te faire jouir.

— Mais il y a des règles, poursuivit-il. Si une seule goutte de sperme coule sur le lit, je cesserai immédiatement tout. Je te forcerai à te rhabiller et à rentrer chez toi. Trempée, gémissante et frustrée. Tu as bien compris ?

Je hochai la tête en fixant sa main qui montait et descendait autour de son érection. Il éjacula en longues giclées laiteuses qui s'étalèrent sur mes seins et sur mon ventre. En reculant, il m'adressa un sourire.

— Qu'est-ce que tu attends ?

Je m'allongeais délicatement sur le lit en haletant sous la douleur lorsque mes fesses touchèrent les draps.

— Tu as mal ?

Je hochai de nouveau la tête. Il m'était impossible de feindre encore.

Sans cesser de sourire, il s'empara de mes poignets et les guida jusqu'à la tête de lit pour que je m'y accroche.

— N'oublie pas ce qui va se passer si tu laisses couler une seule goutte.

Lorsqu'il passa la main à l'intérieur de mes cuisses, je ne pus m'empêcher de trembler.

— J'ai l'impression que tu n'as pas envie de rentrer chez toi insatisfaite.

Lorsqu'il plongea ses doigts en moi, je m'abandonnais. Il commença par les introduire doucement, tout au bord, avant de les enfoncer profondément pour me baiser à mort, sans relâche, tout en massant mon clitoris de son pouce. Je poussais des gémissements de plaisir en me tortillant, mais chaque mouvement provoquait une douleur cuisante lorsque mes fesses frottaient les draps. Les sensations se mêlaient jusqu'à ce que douleur, plaisir et humiliation ne fassent qu'un et que mes hurlements déchirent le silence.

Thomas cessa un instant, reculant pour m'observer sans parler. Je rougis en me demandant quel spectacle je devais lui offrir, là, les jambes écartées et suppliant l'orgasme de venir. Puis, je compris qu'il vérifiait simplement si son sperme avait coulé pendant que je me tortillais.

J'étais au désespoir. Je faillis avancer les mains vers lui, mais son « Tut, tut » m'arrêta aussi net. Pendant une demi-seconde, nous échangeâmes un regard, mes yeux plissés dès que je réalisai ce qu'il voulait dire, tandis que les siens pétillaient et que ses lèvres s'élargissaient en un immense sourire moqueur de voir comment je réagissais lorsque je compris ce qu'il me restait à faire pour avoir mon orgasme.

Étais-je en train de me mentir à moi-même ? Alors que mon cerveau traitait l'information pour que je comprenne ce que Thomas attendait, et qu'il se demandait si j'allais m'exécuter, j'étais déjà en train de me mettre en position. Je me tordis maladroitement sur le lit et chaque frottement des draps sur mes zébrures me faisait haleter, mais je gardais les dents serrées.

Quand j'aperçus une goutte de sperme qui coulait inexorablement sur la courbe de ma hanche, je fus emplie d'une telle panique que je fis un mouvement plus brusque en enfonçant la fesse correspondante si fort dans le matelas que j'en laissai échapper un gémissement.

Mais je continuai à avancer sous le regard implacable de Thomas devant le spectacle futile de ma tentative à déjouer les lois de la gravité.

Il eut enfin pitié de moi.

— Tu peux te servir de tes mains.

Dieu soit loué !

Je fis désespérément courir mes mains le long de mon torse et jusque sur les bords de mes seins pour retenir son foutre, puis je me léchai avidement les doigts avant de reposer les mains sur ma poitrine à présent luisante et écarlate. Le fait que je me nourrisse de son sperme parut lui plaire – Dieu merci – et il se remit à me pilonner avec ses doigts.

J'avais l'impression de nager à contre-courant. Le frottement inlassable de ses doigts, leur va-et-vient implacable dans ma fente, la douleur encore cuisante de mes fesses qui allaient et venaient au même rythme contre le drap tandis que j'accompagnais son mouvement.

Toutes ces sensations différentes, ajoutées à la concentration qu'il me fallait pour veiller à ce que je ne laisse pas une seule goutte couler, repoussèrent longtemps, en dépit de mon envie désespérée, mon orgasme. Et lorsque le désir prit le pas sur toutes les craintes que j'aurais pu entretenir à ne pas jouer correctement le rôle que Thomas m'avait imposé, inutile de dire que ma chatte était en feu.

Je jouis enfin, avec une force inégalée et dans un concert de gémissements et de hurlements qui résonnèrent longtemps à mes oreilles. Je fus prise d'un tremblement incontrôlable dont l'intensité me coupa le souffle. Thomas me caressa les épaules jusqu'à ce que je retrouve mon calme et, lorsque je levai les yeux vers lui, toujours entièrement vêtu, je me souvins comme j'avais pu le sous-estimer.

C'était aussi ma première véritable expérience des défis d'une relation Dominant/soumise, qui ne s'appuyait pas seulement sur la douleur, mais qui engendrait également une perte de contrôle et de dignité.

À ma grande surprise, je réalisai bientôt que c'était cette dernière qui me faisait le plus rougir, que je trouvai plus difficile à surmonter. Mon seuil de résistance à la douleur me permettait de supporter la force, mais l'aspect psychologique de l'avilissement demeura longtemps dans mon esprit, bien après la disparition des zébrures.

De temps à autre, ces moments surgissaient dans mes pensées et m'apportaient à la fois un sentiment de gêne et d'excitation, mais aussi une certaine confusion. Il m'était parfois difficile de comprendre exactement ce qui m'excitait – et il était encore plus difficile de l'accepter lorsque l'intensité de la scène et la poussée d'adrénaline avaient disparu et que je me retrouvai à considérer « rationnellement » les limites que j'avais accepté de franchir en matière d'humiliation. Cela m'excitait énormément, mais cela m'inquiétait aussi : comment saurais-je trouver l'équilibre entre douleur et plaisir ? Ne risquais-je pas d'aller trop loin ?

6

Le problème avec le masochisme c'est que, en pratique, si votre dominant n'est pas un sadique pur et dur, les punitions dans le sens courant du mot n'ont pas un effet suffisamment dissuasif.

Je sais bien que c'est paradoxal, ne serait-ce que parce que, il faut bien l'admettre, nous ne parlons pas de « punitions » au sens courant du mot.

Je ne suis pas un enfant récalcitrant ou un chien qui doit être dressé, et je me sentirais vraiment mal à l'aise avec quelqu'un qui envisagerait ce genre de métaphore comme la partie intégrante de la dynamique de notre relation.

Chacun fait ce qui lui plaît, et je suppose que tant que les deux parties concernées sont satisfaites, tout va bien, mais, pour moi, cela ne fonctionne pas.

De plus, j'ai une fâcheuse tendance aux oublis, je suis maladroite et je suis très (très) insolente : si on essayait de me dresser, a) je serais punie nuit et jour et b) je deviendrai barbante au possible et plus vraiment ce que je suis.

Ceci étant dit, je réalisai rapidement que j'aimais vraiment beaucoup la douleur. Sa piqûre, sa brûlure, le défi qu'elle contenait, les poussées d'adrénaline, et, après, l'effet de catharsis. Et si Thomas souhaitait trouver des raisons arbitraires de me punir, pour jouer, je n'allais pas ergoter.

Après tout, le flux et le reflux de la douleur tandis que la canne fouette la courbe de mes fesses, juste à l'endroit où commencent mes cuisses, me font mouiller. Les drogues ne sont pas mon truc, mais l'adrénaline qui jaillit dans mes veines correspond à l'équivalent légal (et gratuit) de ce genre de trip. Je plane au moins aussi longtemps que les marques mettent à disparaître, avec des poussées de plaisir qui surgissent dans mes pensées parfois plusieurs jours après une séance, qui me surprennent tandis que je m'adonne à mes activités quotidiennes ou professionnelles. L'éclair d'un souvenir va faire durcir mes mamelons, s'arquer mon corps, pétiller mes yeux d'une manière qui pourrait inciter mes collègues à se demander à quoi je pense à cet instant précis où je donne l'impression d'être ailleurs.

Dans l'ensemble, cependant, la douleur n'était pas ce que l'on peut qualifier de punition, et il s'est finalement avéré que, du point de vue de Thomas, ce n'était pas vraiment un défi. Pourquoi m'imposer cela lorsqu'il pouvait m'humilier d'une autre manière, d'une manière que je n'avais jamais imaginée, et qui brisa quelque chose en moi lorsqu'il m'en parla pour la première fois.

Lorsque vous jouez avec un dominant aussi sagace que Thomas, il vous étudie soigneusement pour découvrir l'acte que vous ne trouvez pas excitant. L'acte que vous effectuerez sur son ordre tout en grinçant des dents, comme un acte de soumission pure. L'acte que vous haïssez, et que vous n'exécuterez que pour lui plaire, parce que vous savez que s'il mesure à quel point cela vous fait horreur, il vous demandera de recommencer simplement pour son plaisir. L'acte que vous ne voulez pas commettre. Et que vous n'êtes pas sûre de pouvoir commettre. Celui qui vous laisse les yeux furieux, rouge de colère et d'humiliation, en souhaitant pouvoir lui dire d'aller au diable tout en sachant que vous en êtes incapable car, en dépit de vous-même, vous mourrez d'envie de subir cette humiliation, sans pouvoir expliquer pourquoi.

Pour moi, ce fut l'épisode des pieds.

Il y a de nombreuses choses étonnantes chez Thomas, à la fois en termes de caractère et d'apparence. Il est intelligent, drôle, possède les yeux bleus magnifiques, un sourire lubrique et la capacité à me mettre sur la défensive – et y demeurer – comme peu de gens que j'ai rencontrés.

Sexuellement et personnellement, il me défie d'une manière qui donne à la vie ce petit zeste en plus, qui fait que les couleurs sont un peu plus vives. Il y a beaucoup de choses que je pourrais vous raconter au sujet de Thomas qui seraient exceptionnelles, excitantes, éblouissantes, hormis ses pieds. OK, deux choses.

Nous avions passé la soirée avec une bande de copains à faire les idiots, à jouer à nous bagarrer, etc. Pour le monde extérieur, notre relation Dominant/soumise demeurait une relation discrète et sporadique, avec profits sans pertes, et nos amis en ignoraient tout. Toutefois, lorsque je donnai à Thomas un petit coup sur la tête avec le magazine du cinéma (que j'avais roulé) et que je heurtai son nez suffisamment fort pour lui faire monter les larmes aux yeux, les choses prirent un tour entièrement différent. Je tirai un mouchoir en papier de mon sac à main tout en m'excusant de ma maladresse. Il prit le mouchoir, s'essuya les yeux et sourit en disant assez fort pour que tout le monde entende :

— C'est pas grave.

Mais il ajouta à voix basse, rien que pour moi :

— Je te punirai correctement plus tard.

Inutile de dire que je passai une grande partie du film à me demander ce qu'il avait exactement en tête. Il n'avait pas adopté un ton particulièrement irrité, mais celui-ci promettait une sanction qui sortait de l'ordinaire. La canne ? Le fouet ? Sa ceinture ? Une règle ? Allait-il me punir, me baiser jusqu'à ce qu'il jouisse pour me laisser insatisfaite ? Une chose qu'il avait faite lors d'une nuit mémorable et frustrante – au cours de laquelle je n'avais pu trouver le sommeil – quelques mois auparavant où il m'avait laissée, mains attachées dans le dos, pendant qu'il dormait comme un bébé ? J'espérais bien que non. J'étais prête à quelque chose de plus amusant et de plus gratifiant.

Pour finir, il opta pour une punition qui transforma mes nuits de frustration en promenade de santé. En fait, je pense que j'aurais préféré un mois entier de nuits sans orgasme. Et je ne suis pas vraiment du genre chaste.

Lorsqu'il commença à m'expliquer ce qui allait se passer, j'étais à genoux, nue, sur le lit de son appartement. Il me caressait le bas du dos, faisant courir paresseusement ses doigts le long de ma colonne vertébrale d'une manière qui, avec le froid qui régnait dans la chambre et mes frissons d'anticipation, m'avait plongée dans un tel ravissement que, pendant une minute optimiste, je crus que j'avais mal compris. Un vœu pieux s'il en est.

— Tu as bien compris ? demanda Thomas.

Je ne répondis pas en espérant qu'il allait dire qu'il avait changé d'avis et qu'il se contenterait de me battre jusqu'à ce que j'en pleure pour ensuite me sodomiser sans lubrifiant (et en heurtant mes fesses qui m'élançaient déjà suffisamment). Cela faisait un mal de chien et comptait définitivement comme une punition digne de ce nom. Ou non ? Pouvais-je le lui proposer ? Cela comptait-il suffisamment ?

Il cessa de me caresser le dos pour pincer l'un de mes mamelons. Fort.

— J'ai dit : tu as bien compris ?

Je déglutis et – incapable de prononcer un mot – hochai la tête. Comment dit-on ? Que l'on comprend mais que l'on ne saisit pas ? C'était exactement ça. Il venait de me demander de faire quelque chose que je ne me sentais pas capable de faire, que je ne voulais pas faire. La seule pensée de l'acte me rendait folle d'humiliation et de colère. Cela ne m'attirait pas, quant à m'exciter ? J'essayais vainement de me dire que je montrerai ainsi davantage de soumission et que cela aurait un effet érotique. Non, pas du tout.

Il se releva et commença à retirer son pantalon.

— Bouge, alors. Tu peux te racheter en me léchant les bottes.

L'amusement dans sa voix était très net, et cela me rendit furieuse. Il savait qu'il me demandait d'exécuter un acte que la moindre fibre de mon être répugnait à accomplir, parce que je ne le voulais ni ne le pouvais, et il était là, tranquillement installé contre les oreillers, à me contempler avec un sourire tandis que je me débattais avec mes pensées.

— Pourquoi ne commencerais-tu pas par me lécher la queue ?

OK. Ça, je pouvais le faire. Et j'aimais. Parfait. Je tâtonnais sur le lit pour prendre la position face à son sexe déjà dur, mais, alors que je commençai à le lécher doucement de bas en haut, son sexe se gonfla davantage et Thomas le poussa contre mon visage, presque aussi exigeant que son propriétaire. Diligemment, en me concentrant, je continuai à le laper, plus détendue à présent que je faisais quelque chose que j'aimais.

Peine perdue : il me ramena brutalement à la réalité. Littéralement, en empoignant mes cheveux pour me relever si brusquement qu'un jet de salive jaillit d'entre mes lèvres sur son gland et s'étira avant que je ne puisse le ravaler. La lubricité du spectacle me fit rougir d'humiliation.

— Très gentil, mais ça suffit.

Il me tapota la tête comme il l'aurait fait d'un bon chien avant d'ajouter :

— À présent, pourquoi n'irais-tu pas un peu plus bas pour t'occuper de mes couilles ?

Obéissante, je poussais le visage sur son aine. Soudain, j'eus comme un flash-back de la première fois où il m'avait demandé cela et je devins rouge brique au souvenir de la gêne que cela m'avait procurée. J'hésitais à exécuter un ordre si évidemment donné pour m'humilier. Tout en le suçant délicatement, je me demandais ce qui m'était arrivé. Comment étais-je passée d'un embarras hésitant à une obéissance heureuse, voire avide ? Jusqu'où repousserais-je mes limites dans les mois à venir ? Comment parvenait-il à me faire franchir chaque étape aussi facilement ?

Mais l'heure n'était plus à l'analyse. Il m'ordonna d'embrasser l'intérieur de ses cuisses, puis ses genoux et ses mollets jusqu'à ses pieds. Je m'exécutai, avec des baisers de plus en plus rapides et de plus en plus légers à mesure que je descendais, et ce en dépit de mes craintes de réprimandes.

Trop vite, bien trop tôt, je me trouvais face à ses orteils. Dans le silence, je savais qu'il attendait, sûr de lui. Je le sentais se déplacer derrière moi, changer de position pour mieux contempler la lutte qui se déroulait dans ma tête et sur mon visage. Il ne manquait rien.

À cet instant, j'aurais pu me relever et partir ; j'aurais pu l'envoyer au diable. Si j'avais réagi avec suffisamment de violence, il ne m'aurait pas forcée à le faire. Probablement. Mais, quelque part en chemin, ma fierté obtuse et un petit coin de mon cerveau me disaient que je pouvais y arriver. Je devais le faire.

C'était excitant – après tout, la soumission n'est plus vraiment de la soumission lorsque vous obéissez à un ordre qui vous plaît. Mais ma détermination s'amenuisait comme peau de chagrin à mesure que je m'approchais de ses pieds.

Je n'arrivais pas à comprendre pourquoi cela m'affectait tant. Je savais que Thomas avait les pieds propres – il n'était pas si mauvais que ça – et ce n'étaient que des pieds. Et personne ne nous regardait. Il n'y avait que lui et moi. Certes, de manière plus générale, les pieds me paraissaient tabous, dégradants à l'extrême, mais cela ne devrait pas être si difficile à surmonter, n'est-ce pas ? *Cela ne peut pas être pire que d'embrasser ses mains, non ?* pensais-je en essayant de me forcer et en me concentrant comme s'il s'agissait simplement d'une tâche ordinaire.

Je baissais donc la tête jusqu'à ses pieds. *Je peux le faire. Cela lui plaira si je le fais. Et si je me dépêche, nous pourrons passer à autre chose et ce sera encore plus excitant.* Je fermai les yeux. *Est-ce que ses pieds sentent ? Suis-je en train de l'imaginer parce que je ne les vois pas ?* Je m'approchai davantage, mais je n'arrivai pas à passer au stade suivant. J'inspirai profondément et je refis une tentative, mais cela ne servit à rien. Les lèvres sèches, l'esprit en ébullition, *Je peux le faire*, pensai-je à nouveau. Il suffisait de m'exécuter rapidement pour qu'il ne puisse pas réaliser à quel point cela me perturbait.

— T'aurais-je demandé de souffler sur mes orteils ?

Il savait parfaitement à quel point cela me perturbait. C'était clair.

D'une petite voix, j'articulai un « non ».

— Alors, qu'est-ce que tu attends ? Continue !

D'un mouvement hésitant, je me déplaçai sur le lit pour me pencher et embrasser son petit orteil. Un baiser léger comme une plume, avant de me lécher les lèvres desséchées pour rapprocher à nouveau mon visage malgré les hurlements silencieux qui résonnaient dans ma tête et me disaient de ne pas le faire. Lorsque je posai à nouveau les lèvres, il laissa échapper un faible murmure de plaisir que je pris pour ce qu'il était : une expression de plaisir devant ma soumission à sa volonté plutôt que la sensation de ma bouche sur son pied. Je l'imaginai sans peine en train de sourire dans mon dos et cela me rendit furieuse contre lui, contre moi-même et contre la part de moi qui cherche l'humiliation en même temps que je me cabre des quatre fers contre cette dégradation.

Je déposai un baiser sur chacun de ses orteils, délicatement, respectueusement, et lentement (je n'allais pas lui donner l'occasion de me demander de recommencer) en terminant par un baiser plus appuyé sur son gros orteil. Puis, je me retournai enfin pour le regarder, en haletant, le visage et le cou rouge de honte. J'essayais de ne pas le fixer, mais son sourire moqueur me fit penser que je ne dissimulais pas très bien ma colère.

La concision était sans doute ce qui allait me permettre de ne pas avoir davantage de problèmes, et j'optai donc pour la brièveté malgré mon ton rebelle.

— C'est bon ?

Son sourire s'élargit.

— Pas tout à fait. Il faut que tu t'occupes de l'autre pied. Penche-toi sur moi et suce mes orteils.

Je fis volte-face, plus désireuse de regarder ses pieds que ses yeux qui paraissaient me transpercer.

En matière de D/s, Thomas était plus expérimenté que moi, et c'était une source constante d'émerveillement et d'irritation parce qu'il semblait comprendre cette part de ma nature mieux que moi. Cela m'effrayait et me rendait furieuse à la fois, même si l'intensité de la scène me plongeait dans un désir violent. J'oscillai entre la sensation exaltante d'avoir l'impression de voler et l'envie de le frapper sur le crâne pour son arrogance, tandis qu'une minuscule voix en moi savait qu'il n'était pas juste de le qualifier ainsi alors que, grosso modo, c'est lui qui avait raison.

Je m'approchai du second pied, tout en pensant que je pouvais parfaitement supporter ce dernier accès de dégradation. Je commençai par la cheville avant de rassembler tout mon courage pour prendre chacun de ses orteils dans ma bouche. En fait, ils n'étaient pas si répugnants, et je continuai pour terminer par son gros orteil. Je le léchais, je l'adorais. Mon esprit agité d'un refrain obsessionnel : c'est bientôt terminé. C'est. Bientôt. Terminé.

De manière totalement inattendue, Thomas glissa la main entre mes cuisses et je réagis aussitôt en poussant un gémissement mêlé de plaisir et de surprise. Il en profita pour enfoncer son pied plus loin dans ma bouche. Typique de lui.

— Mais tu es une vraie fontaine. Tes lèvres sont si gonflées. Visiblement, tu prends plaisir à ce que nous sommes en train de faire.

Je fermai les yeux sans cesser de le lécher, laissant mon corps réagir à ses doigts qu'il enfonça de plus en plus profond dans mon vagin – honteusement – liquide.

Dans le silence de la pièce, on n'entendait que le suçotement de ma bouche sur ses orteils et le clapotis de ses doigts dans mon vagin. En dépit de moi-même, je coulais, mon sexe était grand ouvert et je mourais d'envie de jouir. Tandis qu'il glissait ses doigts en moi, j'avançais mes reins vers lui dans une tentative désespérée.

Il gloussa.

— Après tous ces regards insolents, voilà que tu apprécies de lécher mes pieds ! En fait, tu adores qu'on te traite comme une petite pute, non ? Malgré tout ce que tu dis ! N'est-ce pas, ma petite pute ?

Je l'ignorais ainsi que son emploi répété de ce qu'il appelait avec ironie le mot en « p », sachant qu'il était en train de me provoquer. Je rougis encore davantage, mais, comme je lui tournais le dos et que mes cheveux retombaient sur mon visage, je savais qu'il était incapable de me voir. Je continuai donc de le lécher, en pensant que c'était sans doute mieux car j'aurais certainement dit quelque chose qui m'aurait valu d'autres punitions. Je préférais me concentrer sur son pied afin de le rendre si heureux qu'il me laisserait jouir – mais essayez de vous concentrer sur un pied alors que vous mourez d'envie de jouir et vous saisirez toute la difficulté – ou l'ironie – de la situation.

Lorsqu'il se mit à masser mon clitoris de son pouce, je gémis d'excitation, proche de l'orgasme. Je pense que c'est exactement à cet instant qu'il en eut l'idée.

— Tu as l'air d'aimer vraiment mes pieds, à présent.

Je reniflai pour manifester mon irritation tout en glissant presque vicieusement la langue entre ses orteils.

— Je pense que je pourrais te forcer à les lécher jusqu'à ce que tu jouisses dans ma main. Ce serait assez amusant, non ?

Amusant n'était pas le mot. Je fermais les yeux en essayant désespérément de retenir les larmes d'humiliation et de fureur, en sachant qu'en dépit de la haine que je ressentais à faire cela, il était capable de manipuler mon corps pour en tirer le plaisir absolu. Il accéléra alors la cadence, plongeant les doigts plus profond et plus violemment en moi, massant mon clitoris à chaque poussée, jusqu'à ce que je gémisse sur ses orteils. J'étais sûre d'en avoir encore mal le lendemain, mais sa pénétration insistante était efficace et, en dépit de tout, je sentis l'orgasme monter, puis refluer lorsque Thomas ralentit pour – j'en étais sûre – jouir de tout le pouvoir qu'il avait sur moi, avant de reprendre le rythme pour m'amener au bord de l'orgasme, encore et encore, sans jamais m'autoriser à y sombrer.

Je ne sais plus pendant combien de temps je le léchais, mais, lorsque je cessai, ma mâchoire était douloureuse et mes cris ressemblaient à des coassements tant ma bouche était sèche. Pour finir, je n'avais conscience que de sa main et de son pied. J'étais une boule de feu, un nœud primal de terminaisons nerveuses, entièrement tournée vers la satisfaction de ma jouissance, prête à faire tout ce qu'il voulait tant qu'il me permettait d'y parvenir pour m'offrir le soulagement qui m'était indispensable. Je l'aurais supplié, mais, au lieu de ça, je lui suçais les pieds, la plante, et lui montrais sans prononcer une seule parole que j'étais prête à tout pour lui, même à un acte que, une heure plus tôt, j'aurais fermement refusé comme dépassant largement les limites.

J'ai lu quelque part que la clef de l'humiliation sexuelle dans les relations D/s n'est pas de forcer le soumis à faire ce qu'il refuse de faire, mais de le conduire à découvrir et faire les choses dont ils rêvent en secret.

Honnêtement, je ne peux pas dire avoir jamais rêvé de m'abaisser d'une manière aussi humiliante et, encore aujourd'hui, je rougis quand j'y pense. En même temps, lorsque je jouis enfin sur ses doigts, mon orgasme fut d'une intensité incroyable.

Et même lorsqu'il me fit lécher ses doigts pour le débarrasser des jus collants qui prouvaient à quel point j'avais apprécié la punition, avant de me tirer par les cheveux jusqu'à lui pour que je suce sa queue, je ne pus m'empêcher de me demander ce que cela ferait de recommencer.

Comme souvent avec Thomas, il était tombé par hasard sur quelque chose qui m'affectait profondément, et une chose à laquelle je pensais pendant longtemps – pourquoi les pieds ont-ils autant d'importance, après tout ? La pensée de ses pieds me fait toujours rougir, et mon corps réagit exactement de la manière dont il a réagi lors de cette séance-là.

7

Les mots sont d'étranges objets. Lorsque je suis dans mon espace mental de soumise, je suis prête à ramper, à supplier, à dire tout ce que mon dominant exige de moi. Il est vrai que certains mots, certaines phrases coulent sans peine, alors que d'autres demeurent collés au fond de ma gorge.

Le fait de le supplier de me baiser, de me punir, de m'utiliser, sont tout autant de demandes que je trouvais autrefois difficiles, mais à présent – en grande partie grâce à l'obsession de Thomas de me faire dire des choses que je trouve gênantes pour son amusement – ma voix demeure sûre en dépit de ma honte, et je suis fière et humide à l'idée de lui plaire en m'avilissant.

En revanche, il m'est plus difficile de lui donner du « Monsieur » et j'adopte alors une voix plus basse, moins assurée. Si j'en ai la possibilité, je dissimule l'humiliation que je ne peux tout à fait surmonter derrière le rideau de mes cheveux. Cela m'irrite mais je peux le faire. Et je sais que cette soumission m'apportera beaucoup de plaisir et nous libérera tous deux.

Mais le mot qui m'insupporte, celui qui me hérisse, et peu importe qu'il soit répété ou non, est le mot « pute ».

Je sais, ce n'est qu'un mot – un petit mot de surcroît. Et en termes BDSM, ce n'est même pas considéré comme un mot péjoratif. Je suis parfaitement à l'aise avec la double nature de ma personnalité : dans la journée, je suis une personne compétente, indépendante, et je contrôle la majeure partie de mes activités ; la nuit, je suis prête à mourir pour céder mon pouvoir à mon maître afin de connaître des sommets vertigineux en matière de sexualité. L'après-midi aussi. Et certains matins également, en fait.

Mais il y a une chose au sujet du mot pute qui, même au cœur de la séance la plus excitante, me réveille comme si une aiguille venait grincer sur un vieux vinyle. Les hommes qui aiment le sexe sont des étalons ; les femmes qui aiment le sexe sont des putes.

Je sais que ce n'est là que l'acception stéréotypée, et je sais que, lorsque je suis agenouillée devant Thomas et que je lui suce la queue comme si ma vie en dépendait tandis qu'il m'insulte, le contexte donne une coloration différente au mot. Mais cela ne m'empêche pas de lever un regard furieux lorsqu'il utilise ce mot – et de l'aspirer encore plus profond dans ma bouche.

Quand il remarque que je me hérisse, il rit. Je ne suis pas du genre prude, et il y a bien d'autres mots que la société dans l'ensemble considérerait comme pires mais qui ne me gênent pas. Pute est un mot dont j'ai horreur. Et Thomas le sait : il adore me pousser dans mes retranchements, me forcer à lui expliquer à quel point je suis une pute avide, reconnaissante, sexy, avant de me laisser jouir. Et alors qu'une part de mon cerveau rejette la terminologie et souhaite l'envoyer au diable, j'obtempère. Tout en sachant qu'il a franchi une limite, qui veut faire taire la petite voix qui me dit que je l'accepte quand même. Ce n'est pas l'acte le plus dégradant que Thomas m'oblige à exécuter, mais c'est celui qui me coûte le plus. Un acte de soumission pure.

Donc, lorsque je tombai sur le battoir, il fallut que je l'achète.

À l'approche de l'anniversaire de Thomas, je lui avais déjà acheté deux cadeaux, mais je voulais aussi lui offrir quelque chose de spécial. Un objet symbolique, érotique, bref, qui sortait de l'ordinaire.

J'étais en train de regarder les cravaches lorsque je le vis. Je me demandais s'il était de mauvais goût de lui offrir un objet dont j'allais tirer autant de plaisir que lui. Il était posé à l'extrémité de l'étagère, dans un superbe coffret et, dans la seconde qui s'ensuivit, je compris ce que c'était et j'éprouvais des papillons au creux de mon ventre.

PUTE

En fait, il s'agissait de ETUP gravé dans une lanière de 30 cm de large cuir noir à l'allure vicieuse, reliée à une poignée solide.

Soudain, j'étais incapable de continuer à le regarder et je me mis à observer les jouets placés à côté en jetant de petits regards sournois vers le battoir. Je savais que Thomas adorerait. Qu'il adorerait me marquer avec ce mot, mais la pensée de me balader avec le mot gravé sur mes fesses comme une marque de fabrique me faisait trembler de dégoût. C'était le cadeau idéal, parce que Thomas pourrait aussi me marquer comme on marque ses affaires, mais je le détestais.

Je restais plantée devant l'étagère pendant au moins dix minutes avant qu'une vendeuse apparaisse pour me demander si j'avais besoin d'aide. Elle avait dû me prendre pour une voleuse à la tire potentielle affligée d'une démence sournoise. Sa présence fut le déclencheur dont j'avais besoin. Je la rassurai en lui affirmant que tout allait bien, j'empoignai la boîte (plus lourde que je ne l'aurais crue) et je filai jusqu'à la caisse presque en courant. Arrivée près de la maison, j'avais enfin cessé de rougir.

Dans les dix jours qui séparaient l'achat du battoir de l'anniversaire de Thomas, j'y pensais sans cesse, d'autant que le sac que j'avais glissé sous mon bureau me le rappelait constamment. Une demi-douzaine de fois, je décidai de ne pas le lui donner, pas sûre que j'étais capable de supporter la scène inévitablement intense à laquelle son utilisation donnerait lieu. Pour finir, je l'emballai quand même parce que je savais qu'il allait lui faire vraiment plaisir. Et puis, n'étais-je donc pas capable d'affronter un truc pareil ? Oui ? J'avais eu tout le temps d'y réfléchir. Vraiment. Tout se passerait bien.

Probablement.

Lorsqu'il ouvrit le paquet, ses yeux se mirent à étinceler. Ses doigts caressèrent longuement la gravure, puis il fit fouetter plusieurs fois la lanière dans l'air juste devant moi, au point que j'eus du mal à retenir des frissons. Il scruta mon visage pour y déceler mes réactions et je fis tout ce que je pus pour ne pas lui montrer à quel point j'étais terrifiée.

Mais il le savait.

Je m'étais mise dans un tel état simplement en pensant à ce que j'allais ressentir à l'autre bout de cette lanière que, lorsqu'il se contenta de me remercier et de poser l'engin sur le manteau de la cheminée, j'en fus presque déçue. Il se mit à me caresser les seins, puis plus bas, et je me laissai distraire. Le cadeau resta à sa place pendant deux semaines et deux jours. Non, je vous assure que je ne comptais pas. Chaque fois que je pénétrai dans la pièce et que mes yeux tombaient dessus, j'avais des haut-le-cœur. Je mourrais de peur d'être punie avec cet objet, mais une part de moi se demandait comment je réagirais.

Serais-je capable de supporter physiquement la douleur ? Et combien de temps mettraient les marques à disparaître ?

J'allais obtenir toutes les réponses à mes questions un samedi. Plus tôt dans la soirée, nous avions eu des rapports sexuels adorables, et nous nous étions endormis comme des souches. Je m'éveillai d'un rêve étrange et je passais l'heure suivante à contempler les chiffres rouges lumineux de l'horloge égrener les heures, comme on le fait dans la sorte d'insomnie qui vous laisse croire que vous êtes la seule personne au monde qui ne dort pas. Vous êtes incapable de mettre votre esprit sur « off » et, pour finir, je décidai qu'un orgasme était la seule manière de me rendormir. Je m'éloignai un peu de Thomas et je glissai la main entre mes cuisses pour me caresser.

Il s'agissait d'une masturbation fonctionnelle, juste une manière de me détendre et j'espérai que le sommeil suivrait rapidement. Mes caresses étaient sûres, mes doigts œuvrant avec précision vers la délicieuse friction qui m'apporterait la jouissance dont j'avais tant besoin à cet instant.

Désespérément besoin. Je ne m'agitais pas, entièrement concentrée sur l'orgasme que je sentais venir très vite. Lorsqu'il parla, je sursautai.

— Qu'est-ce que tu fabriques ?

Ma main s'arrêta abruptement entre mes cuisses tandis que je réalisai que Thomas allait certainement prendre ça pour de la mauvaise éducation.

— Je n'arrivais pas à dormir, articulai-je dans un coassement.

— J'avais compris.

Il avait l'air amusé, mais sa voix était également teintée de ce que j'appelais par jeu sa voix de dominant (sauf que, lorsque nous n'étions pas en train de jouer, je n'aurais jamais osé le lui dire).

— Je répète : que fais-tu ?

Soudain, j'étais ravie que la chambre soit plongée dans la pénombre. Il est plus facile de prétendre l'indifférence lorsqu'on est pris la main dans le sac et que l'on n'a pas à regarder l'autre dans les yeux.

— Je me masturbais. Comme je n'arrivais pas à me rendormir, je me suis dit qu'un petit orgasme pourrait m'aider à...

Je m'interrompis lorsqu'il avança dans le lit pour se lover contre moi et qu'il s'empara de mon poignet niché (immobile à présent) entre mes cuisses. Le souffle chaud de son « Pas question » chatouilla mes oreilles et il tira ma main en arrière. Je réprimai un frisson.

— Donc, deux heures après que je t'ai offert ce qui, si l'on en croit tes gémissements, était un orgasme intense, agréable, efficace, tu as déjà envie d'un autre ?

Je secouai la tête.

— Non, ce n'est pas ça, c'est juste...

Il posa ma main sur ma bouche pour la fermer de mes doigts encore poisseux.

— Je pense qu'il vaudrait mieux que tu la fermes pour l'instant, non ?

Sa voix avait adopté une nuance menaçante qui me fit mouiller encore davantage tout en m'effrayant. Immobile, silencieuse, je n'osais même pas hocher la tête de peur de lui déplaire davantage.

Les seins durs, le corps encore tourné vers un orgasme imminent mais dont j'allais désormais, selon toute apparence, devoir me passer.

— Tu es une pute gourmande.

Je voyais où tout cela allait nous mener, et mon cœur battait déjà la chamade.

— Tu m'as réveillé avec toute cette agitation, et tu es si obsédée que tu n'es pas capable de patienter quelques petites heures avant de jouir à nouveau.

Je voulais lui répondre, mais je savais que si je le faisais, je ne ferais qu'empirer les choses.

— Tu sais que tu mérites une correction, n'est-ce pas ?

Même devant cette question directe, je ne trouvais rien

à dire. Je savais ce qui allait m'arriver à présent, et une part de moi savait que j'étais épuisée et que je ne n'étais pas prête à l'intensité inévitable qui s'ensuivrait. Je voulais simplement me rendormir, mais je n'osais pas l'avouer et je gardais donc le silence. Jusqu'à ce qu'il me pince le sein avec une telle force que je laissai échapper un cri sous la douleur inattendue.

— N'est-ce pas ?

Lorsqu'il faisait cela, je le détestais. L'acte de soumission est une chose, mais devoir admettre que j'en avais besoin, voire que j'y aspirais, me faisait toujours honte. Encore une chose dont il était parfaitement conscient. J'essayai de répondre sans avoir l'air trop vexé.

— Oui.

Il me donna une claque sur le sein.

— Un peu de respect tout de suite pourrait bien t'économiser un peu de douleur plus tard.

Je fis tout mon possible pour conserver un ton poli.

— Oui, tu as raison. Je suis désolée et je mérite une correction.

J'espérais que la contrition de ma voix jouerait en ma faveur, mais je n'avais que peu d'espoir.

À présent, il caressait mon sein, en dessinant les contours de ses doigts comme par distraction. En dépit de la tension qui agitait tout mon corps, je me détendis sous la caresse pour me délecter de l'instant, de la sensation, ce qui fit que les paroles qui suivirent me crevèrent encore davantage le cœur.

— Va chercher le battoir. Tout de suite.

Je fus debout, traversai la chambre et descendis l'escalier à une telle allure que mon cerveau ne commença à comprendre ce que cela signifiait qu'au bas des marches. Le battoir. Le battoir. Pourrais-je le supporter ? Bon sang. Soudain, je n'en étais plus sûre, et la confiance que j'avais pu connaître avant cet instant s'évanouit tout à fait. Il me fallait plus de temps. Il fallait que je m'y prépare. Je ne pouvais pas me lancer dans ce truc dans l'état où j'étais, hébétée par le manque de sommeil, sexuellement frustrée et la tête ailleurs.

Je m'en emparai d'une main tremblante et retournai en haut en veillant à ne pas faire attendre Thomas pour éviter d'augmenter sa colère. Devant la porte de la chambre, je pris deux longues et profondes respirations pour rassembler toutes les miettes éparses de mon courage. Mais, avant que je puisse poser la main sur la poignée, la porte s'ouvrit à la volée et la lumière me frappa en pleine face, me laissant à moitié aveugle et totalement désorientée.

Lorsque mes yeux se furent accoutumés à la luminosité, Thomas m'avait déjà arraché le battoir des mains et m'avait poussée vers le lit en me forçant à me mettre à quatre pattes. Un instant, je restai immobile à me demander nerveusement ce qui allait se passer, regrettant soudain de ne dormir qu'avec une culotte en dentelle.

Je fixai les draps des yeux, comme s'ils allaient m'aider à me préparer à ce qui m'attendait. Les choses auraient peut-être été plus faciles si j'avais eu la moindre idée de ce que c'était – ou plus difficiles. Thomas me caressa les fesses à travers ma culotte et je fus parcourue d'un frisson. Tandis que je tentais de retrouver un peu de dignité, il se mit à rire sans cesser de déplacer sa main.

— Ta culotte est trempée. Tu es vraiment une petite vicieuse. Une vraie pute.

Je fermai les yeux et il continua à me caresser à travers la dentelle de ma culotte. Mon corps hurlait pour l'orgasme que je sentais si proche, mais je réprimai le gémissement de plaisir qui me vint spontanément. Lorsqu'il se mit à ouvrir ma fente en passant ses doigts sur les bords, enfonçant l'étoffe trempée dans mon vagin, ma respiration se fit encore plus saccadée. J'étais si près de jouir que mes jambes se mirent à vibrer. Brusquement, j'eus une poussée d'espoir – allait-il me laisser jouir après tout ?

Bien sûr que non. Il s'arrêta et je ne laissai pas échapper mon soupir de frustration. Il avança sur le lit et glissa son doigt entre mes lèvres et, les joues en feu, je le suçais pour le débarrasser de mon jus avec une avidité qui lui décocha un gloussement.

— Tu es une vraie pute, ma belle. Nous le savons tous les deux, mais je dois te marquer de manière à ce que tout le monde le sache.

Il retira brusquement son doigt et reprit sa place derrière moi, arrachant ma culotte pour dénuder mes fesses. J'avais passé tant de temps à me demander comment cela se passerait que j'étais déjà en train de trembler de tout mon être, en essayant désespérément de garder la position et de ne pas révéler à quel point j'étais terrifiée. Je m'en voulus de lui avoir acheté un tel cadeau.

L'idée m'avait alors paru si parfaite – mais me balader avec PUTE inscrit dans ma chair en traces violettes me répugnait. Où avais-je la tête ? Et si je n'étais pas capable d'aller jusqu'au bout ? Et si, pour la première fois, je lui demandais d'arrêter en utilisant mon code de sécurité ?

La panique qui montait en moi fit que j'entendis le premier coup avant même de le sentir. Le battoir claqua comme un coup de pistolet et me fit sursauter. Pendant une demi-seconde, je ne ressentis rien, au point que je crus que Thomas avait raté son coup. Puis la douleur. Dieu Tout-Puissant. La douleur me coupa le souffle et je haletai. J'ai peut-être hurlé, je ne sais plus. Les larmes ont jailli sous mes paupières et il me semble que Thomas m'a alors demandé si tout allait bien. Pour être franche, je n'étais sûre de rien. Ma tête résonnait du bruit des vagues. J'étais totalement incapable de réfléchir, de voir, de sentir, sauf ce bruit – et la douleur où le battoir était tombé. Cela faisait en outre beaucoup plus mal que ce à quoi je m'étais attendue. Plus que sa ceinture ou qu'un coup de canne.

Soudain, je réalisai tout le pouvoir que je lui avais offert.

Le coup suivant tomba avant que j'aie eu le temps de sécher les larmes du précédent. J'étais encore en train d'essayer de rependre mon souffle, de ne pas éclater en sanglots. Je voulais être capable de surmonter cela et j'étais encore bien trop fière pour avouer que j'avais besoin d'arrêter. C'est ainsi que je continuais à ravaler mes cris tandis que les larmes jaillissaient de mes yeux fermés, encaissant (ou du moins j'essayais) la douleur coup après coup.

Au bout d'une dizaine de coups, Thomas s'arrêta. À ce moment-là, je fis une tentative pour rassembler mes esprits, pour revenir au présent, et j'eus conscience qu'il se déplaçait dans mon dos. Tout en me recroquevillant mentalement, j'anticipai la suite de la correction. Il posa la main sur mes fesses puis effleura la peau marbrée, mais malgré sa douceur, la caresse me fit frémir de douleur. Je sentis qu'il se rapprochait comme pour admirer son œuvre, repassant le doigt sur les marques qu'il avait infligées à ma chair pâle, comme un peintre qui étudie sa toile.

— Hmmm. Je pense qu'il faut que je frappe plus fort et que je fasse attention à ce que les coups correspondent bien aux marques. Sinon, l'effet ne sera pas aussi net. Je pense que je devrais m'entraîner sur une seule fesse jusqu'à ce que je sois sûr du résultat, et, lorsque je serai prêt, je frapperai un grand coup précis sur l'autre fesse afin qu'elle soit correctement marquée. Qu'en penses-tu ?

J'essayais de ne pas trembler et je fermai les yeux afin qu'il ne voie pas les larmes qui me brouillaient la vue.

— Je pense que c'est toi qui décides.

J'entendis le rire dans sa voix tandis qu'il me tapotait la tête.

— Bonne réponse, ma petite pute.

Il empoigna le battoir et je me tendis pour accueillir la douleur qui allait suivre, mais, au lieu de frapper, il fit glisser la lanière entre mes cuisses. Je réprimais un gémissement de honte – la lanière glissait avec une telle facilité qu'il lui était impossible de ne pas constater à quel point j'étais mouillée.

J'imaginais sans peine le sourire de Thomas lorsqu'il fit glisser le battoir jusqu'à mon visage.

— Embrasse-le et remercie-moi de te donner la correction qui te fait tant d'effet.

Je posais la bouche sur le cuir qui luisait de mes sécrétions. Ma voix était si faible que je ne pus me résoudre à ajouter davantage que le minimum que son ordre réclamait.

— Je suis reconnaissante pour la punition que tu me donnes. Je suis désolée de t'avoir réveillé.

Et il recommença.

J'aurais aimé dire que, lorsque les coups se remirent à pleuvoir, je les supportai mieux, mais les larmes continuèrent à couler – et mon vagin aussi. Pour finir, lorsque mes fesses me paraissaient exploser de souffrance, il s'arrêta. Le soulagement me fit l'effet d'une drogue – jusqu'à ce que je comprenne ce que cela signifiait.

Il laissa la tension s'installer lentement avant de me donner le coup final – sur la fesse vierge. À cette perspective, je ne pus empêcher mon corps d'être agité de tremblements, et, lorsque le claquement résonna dans la chambre, je hurlai et me recroquevillai en position fœtale.

Il y avait mis toute sa force et tout son élan, balançant la lanière de toute la puissance de son bras, et le coup m'atteignit exactement à l'endroit le plus sensible de ma fesse, là où elle rejoignait la cuisse.

Je sanglotais de douleur, mais aussi de soulagement d'avoir supporté la correction.

Thomas me caressa alors le dos en émettant de petits bruits rassurants et en me disant à quel point il était heureux de mon courage, et combien mes fesses rouges et brûlantes étaient belles.

Il me retourna ensuite délicatement sur le dos et se mit à me baiser comme je l'aimais : à grands coups rapides, durs et agressifs, qui me remplissaient tout entière. Sauf que, dans les circonstances, il ne s'agissait que d'une nouvelle torture puisque chaque mouvement, chaque frottement de ma peau sur les draps faisait comme autant de coups d'aiguilles que venait compléter la douleur que m'infligeait Thomas qui, tenant mes fesses à pleine poigne, me labourait pour mieux s'enfoncer en moi.

Je finis par jouir en spasmes puissants autour de sa queue et mes hurlements de plaisir occultèrent les hurlements de douleur. Thomas jouit à son tour en moi, avant de se retirer et de me laisser enfin aller au sommeil que je désirais tant.

Ma fesse droite demeura violette pendant au moins une semaine tandis que la gauche paraissait pâle, presque virginale, par comparaison, si ce n'est que le mot PUTE s'étalait clairement, comme la marque du bétail que j'étais, et que je dus veiller à ce que personne ne se rende compte de rien lorsque je me changeais dans les vestiaires de la salle de sport.

J'ai toujours horreur du mot « pute », mais Thomas l'adorait et il adorait le fichu battoir. Pendant des mois, il veilla à me marquer chaque fois que nous entamions l'un de nos jeux – que ce soit sur les fesses, l'intérieur de mes cuisses (où les bleus naissent plus facilement) parce que je devais alors écarter largement les jambes, ce qui ne laissait aucun doute sur l'excitation que ses coups me procuraient, et, à une occasion, sur les seins.

Lorsque je vois le battoir, les battements de mon cœur s'accélèrent et mon corps réagit comme pour me prouver que je suis effectivement la pute qu'il faut punir, la pute qui mérite la correction qui lui donne tant de plaisir. Mais je ne parviens toujours pas à dire le mot à haute voix.

On dit que les images sont plus éloquentes que des milliers de mots et, si vous aviez vu mon corps une fois que Thomas en eut terminé avec moi, je n'aurais certainement pas pu ajouter quoi que ce soit.

8

Au cours des mois suivants, nous continuâmes à jouer. Il ne cessait de repousser mes limites et de m'initier à de nouveaux jeux. Toutefois, alors que nous approchions de la fin de l'année, les choses prirent un rythme plus lent.

Le fait de travailler dans la presse signifie que la saison des fêtes est toujours une période atroce. Si la quantité de pages du journal s'amenuise, les nouvelles aussi, mais personne ne souhaite faire d'heures supplémentaires. Les écoles sont fermées, le député du coin se fait rare et la plupart des entreprises ferment pendant quelques jours, ce qui signifie, bon an mal an, qu'il devient difficile d'avoir quelque chose à raconter.

Sans parler du fait que les échéances serrées (et les jours de congé des imprimeurs) nécessitent, en fait, de rédiger quasiment deux numéros en même temps, tout en imaginant les articles les plus originaux et la « Revue de l'année » la moins ringarde qui soit. Pendant ce temps, tout ce dont vous rêvez, c'est de terminer assez tôt pour vous précipiter au pub du coin ou faire vos courses de Noël. Dans l'ensemble, c'est donc une période stressante et ennuyeuse à mourir à la fois.

Lorsque je quitte le boulot pour me diriger à la maison pour un « Noël en famille », je suis généralement prête pour un peu de repos – ce qui est un paradoxe absolu dans la mesure où quelques jours de confinement avec mes très chers proches est certainement beaucoup de choses mais, du repos, certes pas.

Après avoir ingurgité des tonnes de nourriture, offert et reçu de merveilleux cadeaux et rendu visite à tous les membres identifiés de la famille du coin, je suis mûre pour un « congé de congé ».

C'est à ce moment-là que Thomas m'invita à venir chez lui pour faire un break entre Noël et le Nouvel an.

Franchement, l'idée de passer cinq jours à traîner chez lui à ne faire rien d'autre que jouer avec le chien, rattraper mes retards de lecture, regarder la télé sur son immense écran plat pendant qu'il était au boulot (oui, il était encore moins festif que moi), le tout en me goinfrant de bonbons Quality Street – sans parler de séance de sexe antistress – me paraissait irrésistible et je filai dans ma voiture aussi vite que possible après avoir inventé une urgence professionnelle, jeté mes affaires dans ma valise et embrassé toute la famille.

Je sais, je ne suis pas une très bonne fille.

À mon arrivée, nous nous étreignîmes. Nous n'avions pas vraiment l'habitude de nous embrasser dans la mesure où cela ne nous paraissait pas juste et trop « couple stable ». Quand j'écris cela, je me rends compte que cela nous fait en revanche ressembler à des prostituées dans le style « j'embrasse-pas ». Bref, pour nous, cela avait un sens.

Cependant, dès que je me blottis contre lui, que je commençai à me détendre dans son odeur familière, il recula. Sans prononcer un mot, il me poussa vers le sol tout en fermant la porte d'un coup de pied et en déboutonnant sa braguette.

Il empoigna mes cheveux et me mit en position, j'ouvris la bouche et, soudain, la pensée des polémiques au sujet de la crèche, du réveillon et des cadeaux et de tout ce qui n'était autre que son goût dans ma bouche furent bien loin de mon esprit. Il se déplaça pour s'appuyer contre la porte d'entrée et je rampais vers lui, peu désireuse (et, du point de vue technique, comme ses mains dans mes cheveux m'entraînaient avec lui) de le laisser sortir de ma bouche.

Tandis que je le suçais de haut en bas sur toute sa longueur, prenant un plaisir fou à ses réactions, il envoya son jet puissant, tapissant de son foutre le fond de ma gorge d'une manière qui me fit penser qu'il avait besoin lui aussi de décompresser après les fêtes.

Trop vite cependant, sa respiration ralentit et il sortit de ma bouche.

— C'était super.

Je lui adressai un sourire pendant qu'il remontait sa fermeture et m'aidait à me relever, ravie et excitée de la manière dont – apparemment – nous ne perdions pas de temps en ce qui concernait la partie sexe de notre petite pause inter-fêtes.

Il me donna une claque sur les fesses.

— Allez, on va manger quelque chose.

Ah ! D'accord.

J'étais trempée et mes seins si durs qu'ils pointaient sous mon haut, mais j'aperçus l'éclat d'ironie dans les yeux de Thomas juste à temps pour éviter de lui donner la satisfaction de constater à quel point j'étais prête à me faire baiser. Je pouvais attendre. En fait, je suis plutôt patiente. Bon, d'accord, je ne suis pas patiente, je l'avoue, mais que signifient une ou deux heures entre deux amis ?

Nous passâmes une agréable journée, allâmes faire un tour en ville pour faire les soldes, et j'achetais des livres et un sac à main qui me plaisait tant que j'avais du mal à réfréner ma joie. Nous allâmes déjeuner, puis au cinéma, nous fîmes une promenade avec le chien en jouant à faire crisser la neige sous nos pieds. Dans l'ensemble, ce fut une merveilleuse journée, détendue, ce que doit être une journée entre Noël et le nouvel an, avec la tension sexuelle en plus de tout ce que j'avais en tête quant à ce qui allait se passer lorsque nous rentrerions chez lui.

Donc, retour chez Thomas. Tasse de thé. Télévision. Souper. Et à l'heure où nous nous dirigions vers son lit, ma patience avait atteint ses limites. Nous nous glissâmes entre les draps et il déposa un baiser sur mon front. Fin de la journée. Dodo.

Parfait.

Après le coup de mon « réveil masturbatoire », débâcle de quelques semaines plus tôt, je ne risquais pas de recommencer, et je me contentai de rester allongée dans le lit, les yeux rivés sur un rayon de lumière de la rue qui se reflétait sur le mur et écoutant sa respiration douce et reposée, tout en résistant à l'envie de l'étouffer avec un oreiller. J'ai dû finir par m'endormir et je me souviens que ma dernière pensée fut « demain matin ».

Lorsque je me réveillai, je sentis l'érection de Thomas qui poussait contre mon coude. Merci mon Dieu ! Dans la mesure où je suis l'antithèse parfaite d'une personne du matin, il n'y a pas grand-chose qui parvient à m'arracher un sourire au début de la journée, mais cela comptait définitivement. D'un geste hésitant, je caressai Thomas afin de vérifier à quel point il était réveillé.

— Bonjour. Y a-t-il quelque chose que je puisse faire pour toi ?

Sa voix était désabusée, mais elle prouvait au moins qu'il était effectivement réveillé – ce qui, tout bien considéré, m'était plutôt agréable.

— Bonjour. Tu pourrais avoir un truc qui m'intéresse.

Son rire fit vibrer sa poitrine sous ma joue.

— Je ne saurais dire, mais j'ai l'impression que tu es plutôt chaude ce matin.

Il n'y avait vraiment pas de quoi nier, donc je ne niai pas.

— Alors, qu'est-ce que tu attends pour me prendre entre tes lèvres ?

Il ne fallait pas me le demander deux fois. Je me retournai pour m'allonger vers lui et lécher son gland tendu avant de me mettre à le sucer plus profondément.

Il se détendit, sans vraiment bouger et en se contentant de gémir doucement lorsque la pointe de ma langue atteignait un endroit plus agréable. J'aimais beaucoup me sentir maîtresse de la situation et de choisir le tempo, et je profitai de l'occasion pour le titiller. Lorsqu'il lâcha une goutte de sperme, je me retirai et je léchais et suçais ses couilles pendant un moment, une chose qu'il aimait mais qui ne suffisait pas à le faire jouir immédiatement.

Je m'attendais à ce qu'il s'en plaigne, mais – pour une fois – il paraissait heureux de me laisser jouer. Il se mit même à caresser la courbe de mes fesses avant de passer les doigts sur le bord de ma culotte. Je mouillais de plus en plus, et je commençais à m'impatienter dans l'espoir qu'il glisserait ses doigts sous l'étoffe pour progresser jusqu'à ma fente et me pénétrer enfin.

Apparemment, il aimait bien titiller aussi.

Je n'avais pas encore compris à quel point.

Lorsqu'il se mit à me masser plus fort à travers le tissu, je poussai un gémissement autour de sa queue, une supplication silencieuse pour qu'il cesse de jouer et qu'il s'attaque aux choses sérieuses. Mais il fit comme s'il n'avait rien remarqué et continua à dessiner les bords de ma fente à travers ma culotte jusqu'à ce que – d'une manière tout sauf subtile – je pousse sur sa main pour qu'il se mette à frotter comme j'en avais envie.

Pour finir, je m'écartai de son sexe pendant une seconde.

— S'il te plaît, tu ne pourrais pas me toucher ? Je veux dire correctement ?

Il éclata de rire et poursuivit sa caresse insupportable.

— On dirait que la petite pute est désespérée ce matin ?

Je parvins à ne pas réagir à son emploi du mot en « p », mais j'avais tellement envie d'avoir cet orgasme que je n'arrivai pas à dissimuler la frustration de ma voix.

— Eh bien, tu as joui hier, mais pas moi, tu t'en souviens ?

Il rit à nouveau, le genre de rire qui faisait danser mes tripes.

— Tu as tout à fait raison. Et tu jouiras, oui, mais uniquement quand je le déciderai. En attendant, je préfère que tu continues ce que tu étais en train de faire.

Je lâchai un grognement intérieur et obtempérai. Puisqu'il voulait une pipe, j'allai lui fournir la meilleure pipe de tous les temps et il allait ensuite me faire jouir.

Je le suçais du mieux que je pus. J'eus recours à toutes les techniques et les astuces que je connaissais sur son corps, je fis tout ce qu'il aimait, depuis les baisers et les douces caresses de ma langue sur ses testicules jusqu'au léchage de toute la longueur de son sexe dressé en passant par les petits souffles sur son gland humide. Je l'adorais comme une idole, comme si sa queue était le centre de mon univers, toute ma concentration portée sur sa jouissance qui précéderait ma propre jouissance.

Ce n'est pas seulement moi, non ? Vous savez bien que les femmes ont aussi des besoins, n'est-ce pas ?

Soudain, sa main pinçait mes hanches et il éjacula. Je le laissai se détendre un instant dans ma bouche avant de le lécher doucement pour le nettoyer. C'est alors qu'il se mit à bouger. Pour se relever.

Je n'étais pas encore tout à fait capable de former les mots, mais de ma gorge montait un grognement que je ne pouvais retenir.

— Quoi ? Je vais nous faire un petit café.

— Mais tu avais dit…

— Je sais, j'avais dit que tu aurais ton orgasme, et tu l'auras. Mais pas maintenant. Ni ce matin.

Ne te mets pas en colère, Sophie ! Si tu t'énerves, cela va prendre encore plus de temps.

Il me vint une idée.

— Ne pourrais-je pas… ?

— Non, pas question. Je te dirai quand tu pourras. Pour l'instant, un peu de patience.

Il tira sur mon téton.

— Allez, lève-toi. Dépêche-toi. Si tu as de la chance, c'est moi qui prépare le petit-déj.

Je me levai. D'une humeur de chien.

*

Avant de poursuivre, il faut savoir que, oui, j'aurais pu me masturber, mais à quoi bon ? De toute évidence, Thomas avait quelque chose de précis en tête et je voulais lui prouver que j'étais capable d'attendre et, en outre, je dois avouer que j'étais curieuse de ce qu'il concoctait pour la suite. Par ailleurs, je ne sais pas si vous avez remarqué – je le cache bien – mais je suis plutôt obstinée dans mon genre.

Ainsi, après un petit-déjeuner qui m'aurait d'ordinaire laissée pleinement satisfaite, la journée se déroula normalement. Nous nous livrâmes à nos petites activités quotidiennes. Je rédigeais un papier et je jouais au poker en ligne ; nous allâmes promener le chien, regardâmes des

DVD ; je cuisinai un énorme rôti, nous nous disputâmes au sujet des nouvelles. Et pendant tout ce temps, je réussis à ne pas penser au fait qu'il me fallait un orgasme. OK, ce n'est peut-être pas tout à fait vrai. En fait, je réussis à penser à ne pas montrer à quel point j'avais besoin d'un orgasme et, la plupart du temps, cela fonctionna – sauf lorsque Thomas me frôlait par inadvertance les fesses ou les seins. Peut-être pas par inadvertance d'ailleurs, mais je ne voulais pas attirer son attention là-dessus au cas où cela aurait bien été involontaire et que j'aurais alors eu l'air hyper-réceptive. Oh, et pendant toute la journée, mes seins me faisaient un mal de chien tant ils étaient tendus. Mais je n'allais certainement pas le lui montrer. Pas question. Voilà, ça lui apprendrait.

Tout au long de cette journée, je compris que je n'étais pas très versée dans le déni d'orgasme en tant que tel. Attention, ce n'était pas une décision que j'avais prise à la légère. Si la première nuit s'était avérée difficile, et que l'absence d'orgasme du lendemain matin m'avait perturbée toute la journée, ce soir-là – une longue pipe alors que j'étais agenouillée entre ses cuisses pendant qu'il regardait les nouvelles et jouait avec mes cheveux comme si j'étais son chien, suivie de son éjaculation entre mes seins nus et de mon coucher en pleine frustration (encore) me rendit tout à fait sûre de moi.

Ne vous méprenez pas. Je ne suis pas contre une certaine anticipation, mais, deux jours entiers d'abstinence – aggravés par le fait que Thomas prenait son pied de nombreuses manières – finirent par me rendre extrêmement mécontente.

J'étais donc là, allongée sur le lit en attendant que le sommeil m'emporte, ce qui, je peux vous l'assurer, est encore plus agaçant lorsque vous avez pris l'habitude de vous plonger dans les bras de Morphée après un orgasme, chaque nuit de ma vie adulte. J'étais donc plutôt moite et si frustrée que j'en tremblais, au point d'envisager d'avoir recours à la violence physique contre Thomas, qui s'était tranquillement glissé entre les draps et était allongé sur le côté, un immense sourire dirigé vers moi.

— Tu vas bien ? me demanda-t-il en sachant parfaitement à quel point je n'allais pas bien.

— Super, répondis-je.

En général, lorsque je réponds comme ça, c'est que cela ne va pas du tout, soit que je suis prête à fondre en larmes ou à péter un câble, de préférence à coups de batte de baseball.

— Alors, toute cette affaire de déni d'orgasme ne te préoccupe pas ?

Il savait parfaitement que cela me préoccupait, mais il savait aussi que je me mordrai la langue plutôt que de l'admettre.

— Non, pas vraiment.

Je sais que je mens comme une cloche, et j'espère toujours qu'en m'en tenant aux réponses brèves, mon interlocuteur s'en rendra moins compte.

— Ah, c'est bien, parce que je me suis dit que ce serait intéressant d'en faire l'expérience pendant ce séjour. J'ai décidé que tu n'aurais pas d'orgasme avant la nouvelle année.

Et sans ajouter un mot, il se retourna pour s'endormir du sommeil du juste tandis que je sentais ma mâchoire dégringoler comme les personnages des dessins animés.

Une fois que j'eus compté le nombre de jours qui me séparaient de la Saint-Sylvestre – quatre jours entiers de torture et de jeu unilatéral, et ce en assumant qu'il accepterait que j'aie mon orgasme le 1er janvier – je sombrais dans un désespoir sans fond.

— Si cela ne te préoccupe pas pour le moment, je suis sûr que tout va bien se passer.

Il me tournait le dos, mais je pouvais parfaitement imaginer son sourire, et cela me donnait envie de le pousser par terre à grands coups de pied. Ce que je ne fis pas, cependant. Je ne dis pas un mot, je ne me fiais pas assez à moi-même.

Et lorsque je finis par m'endormir à mon tour, ma dernière pensée fut « Il doit plaisanter, oui, c'est sûrement une blague. »

Ce n'était pas une plaisanterie. Après deux jours d'abstinence, j'étais prête à grimper aux rideaux. Je n'avais jamais mesuré à quel point il était fondamentalement important que je jouisse quand j'en avais envie et, hélas, comme le dit la chanson, je ne savais pas à quel point ce que j'avais était précieux jusqu'à ce que je ne l'aie plus.

Le moindre attouchement était une véritable torture. Il suffisait que Thomas me frôle le bras en passant à côté de moi pour que je me mette à couler comme une fontaine. Lorsque je me douchais, les gouttes d'eau créaient des effets époustouflants sur mon corps mais pas assez pour mettre fin à la frustration.

Au cours des jours suivants, Thomas inventa des manières de plus en plus exotiques de prendre son pied. Après quelques dizaines de séances, la joie qu'il devait tirer de mes efforts pour le faire jouir alors que je tremblais de frustration sembla cependant diminuer, et il se mit à inventer des plans différents, plus pervers.

Je devais, par exemple, m'allonger sur le lit, bâillonnée avec ma culotte humide que j'avais portée toute la journée, fixant son érection excitante et irritante à la fois tandis qu'il se branlait tout seul.

Une chose devint sûre et certaine : je suis contre l'abstinence. Même si je n'allais pas qualifier cette expérience de limite extrême, ne serait-ce que parce que tout en moi s'opposait à offrir cette satisfaction à Thomas, le déni d'orgasme n'était pas une chose que j'étais prête à encourager comme un aspect ordinaire de notre répertoire sexuel.

Lorsqu'il éjacula sur mon visage et dans mes cheveux, en caressant ma joue dans un mouvement qui aurait pu passer pour tendre mais qui, à cet instant précis, ne fit que m'inciter à serrer encore plus les dents sur l'étoffe humide qui me fermait la bouche afin d'essayer de réfréner ma fureur intérieure, je pris la décision que, d'une manière ou d'une autre, je trouverais le moyen d'avoir ce fichu orgasme le plus tôt possible.

Je venais de comprendre que ce qui rendait Thomas à la fois drôle et agaçant en tant que partenaire sexuel, était qu'il me connaissait presque mieux que moi-même. Il savait jusqu'où il pouvait me pousser – en général juste un peu plus loin que ma zone de confort – et il me scrutait avec intensité pendant que j'obéissais à tous ces ordres, durs ou érotiques, afin de contempler toute la palette d'émotions qui jouaient sur mon visage tandis que je luttais entre l'envie de me soumettre ou non, certain que j'allais finir par plier.

Il était également capable de me décoder mieux que la plupart de mes connaissances, il faut dire que je mens très mal et que je ne peux dissimuler mes sentiments, ce qui devaient l'aider largement. J'aurais donc dû comprendre qu'il me poussait à bout, qu'il élevait les objectifs. Si j'avais eu un raisonnement logique, cela aurait eu un sens.

Toutefois, au bout de quatre jours sans un seul orgasme, j'étais devenue si distraite que j'avais régressé en une pleurnicharde colérique doublée d'un paquet de nerfs. J'avais du mal à aligner deux mots cohérents, ce qui est, vous l'admettrez, plutôt gênant pour quelqu'un dont c'est la profession. J'étais tendue au point d'en être grossière, grognon, grincheuse, et probablement de piètre compagnie, mais, tout au long de la semaine, Thomas ne cessa de sourire – et de se réjouir sans honte de disposer d'un pouvoir propre à perturber à ce point mon équilibre, ce qui revenait à augmenter ma fureur.

Mais les bornes étaient dépassées. Au moment où nous nous mettions au lit après une de ces soirées parfaitement civilisées, un dîner dégusté lentement avant que je ne me blottisse dans le canapé pour lire, le chien sur mes pieds, pendant que Thomas jouait sur Internet et MSN, j'étais prête à la combustion spontanée. Nous étions au lit, le bras de Thomas autour de mes épaules et son doigt caressant la courbe de ma nuque. En dépit de tous mes efforts, même cette caresse des plus anodines rendait mon souffle court : un fait dont, bien sûr, il était plus que conscient.

— On dirait que tu trembles un peu, dit-il lorsqu'un de ses mouvements glissa si près de mes seins que je me mis à ronronner de manière embarrassante comme un chaton satisfait. Tu vas bien ?

Je ne suis pas aussi bête que j'en ai l'air. Je savais qu'il voulait que je lui dise exactement ce que je ressentais et à quel point j'étais frustrée et désespérée, à quel point je voulais avoir un orgasme. Mais cela continuait de m'arracher le cœur. Oui, je sais, je lui avais donné ce pouvoir sur moi, mais quand même.

Je déglutis.

— Tout va bien, je suis juste un peu sensible.

Dans la faible lumière de la chambre, je vis briller ses dents. Il souriait !

— Vraiment ? Comment est-ce possible ?

Ce serait tellement facile de lui avouer, mais il était si agaçant avec son air triomphant. Certes, je mesurais à quel point cela pouvait sonner comme une victoire pour lui mais, franchement, il était à trois pas de la danse de la joie.

Je serrai les dents.

— Tu sais parfaitement pourquoi.

Miséricorde, j'étais partie pour adopter une belle attitude de supplication, de respect et de désespoir. Comment deux petites phrases pouvaient-elles m'avoir transformée aussi vite en grincheuse et obstinée patentée ?

— Fais-moi plaisir.

C'est la raison pour laquelle je finis par revenir à la soumission pure. Sachant que je n'avais pas vraiment le choix à cet instant précis, je fermai les yeux. Avale et débarrasse-toi de ça. Je laissai échapper un long soupir.

— OK, tu as gagné. Tu sais que je suis morte d'envie d'avoir un orgasme depuis des jours et des jours, non ? Je n'arrive pas à penser à autre chose qu'à la baise, tes dents sur mon clitoris, tes doigts dans mon cul…

Je m'interrompis, perdant le fil de mes pensées tandis que ma gorge devenait soudain sèche à l'évocation de tout ce que nous pourrions faire, mon corps douloureux avait besoin de se déchaîner. Consciente que j'avais arrêté de parler, je m'éclaircis la voix et refis une tentative.

— J'ai tenté, en vain, de le dissimuler, mais nous savons tous deux à quel point je suis avide d'orgasmes. Tout mon être hurle pour ça.

Thomas fit glisser son doigt le long de ma clavicule et un profond et involontaire frisson de désir me traversa le corps avec une telle violence que j'en eus les joues en feu. Lorsque je poursuivis, ce fut d'une voix tremblante.

— Alors, oui, je sais que nous sommes encore à plusieurs jours de la date fixée, mais je suis prête à te supplier, prête à faire tout ce que tu voudras pour me laisser avoir un orgasme.

Il gloussa.

— N'importe quoi, cela peut vouloir dire beaucoup de choses, Sophie. Et j'aurais peut-être envie de jouer avec toi ce soir pour explorer ce que cela signifie vraiment… (À cet instant, mon monologue intérieur se mit à entonner un « Alléluia »)... Tu dois réaliser que tu es en train de me demander précisément d'aller au-delà de ta zone de confort. À quel point es-tu avide d'avoir cet orgasme ? Tes paroles ne sont-elles pas des paroles en l'air ?

Au fond de moi, une petite voix m'enjoignait à la prudence, mais, franchement, le reste de mon corps était si désespéré qu'il était prêt à acquiescer à tout – même s'il me fallut de nouveau ravaler mes hurlements de rage avant de pouvoir parler. Je déplaçai la main afin de commencer à caresser sa verge déjà presque dure.

— Dans le cadre de ce que nous avons convenu, oui. J'accepte tout.

Si ma vie avait été une bande-son, ces paroles auraient été ponctuées d'un accord sinistre mais, à la place, le hard rock de *Song 2* de Blur se mit à résonner, ce qui était plutôt déconcertant jusqu'à ce que mon esprit brouillé par la concupiscence réalise que c'était le son du téléphone mobile de Thomas.

Et lorsqu'il décrocha, je fus traversée par une horrible fureur.

Ne vous méprenez pas, je fais partie de ces gens qui n'arrivent pas à couper le cordon ombilical qui les relie à leur téléphone mobile. J'aime croire ou prétendre que c'est parce que je dois pouvoir être joignable à tout moment pour mon travail, mais c'est faux.

J'aime rester en contact avec les gens – garder le contrôle si vous voulez. Je recharge mon téléphone dans la pièce où je dors, sinon, je l'ai toujours sur moi lorsque je suis réveillée ; je l'emporte aussi en vacances.

Mais j'aime croire que, si j'avais le bras autour d'une femme tremblante de désir, à demi dévêtue et qui avait déjà posé sa main sur ma queue en me disant qu'elle ferait n'importe quoi pour accéder à l'orgasme, et que mon téléphone sonnait, je laisserai la boîte vocale répondre. Non. Pas Thomas. Il décrocha donc et se mit à bavarder tranquillement, ignorant ma colère et ma frustration.

Les larmes jaillirent de mes yeux sous la tension, le désespoir et l'irritation tandis que je restais là contre lui, sa main libre qui continuait de dessiner la ligne de mes épaules.

Non seulement je venais de le supplier, ce qui – avouons-le – n'était pas facile pour moi, en dépit du fait que cela lui plaisait à un point tel qu'il me demandait sans arrêt de le faire, mais je venais de lui dire que j'étais prête à faire tout et n'importe quoi. Ma voix intérieure me dit de repousser son bras, de me lever, de remettre mes vêtements, et de filer. Que ce n'était pas du jeu. Qu'il s'agissait d'absence de respect pur et simple, et qu'il avait dépassé les bornes. Mais je n'arrivais pas à bouger, ce qui me donna l'impression d'être encore plus faible et plus pathétique. Et encore plus proche des larmes.

Et puis, il ajouta :

— Oui, elle est là, à côté de moi. Tremblante de désir. Au moment où tu as appelé, elle était en train de me dire qu'elle ferait n'importe quoi pour avoir un orgasme ce soir. Ouais, n'importe quoi ! Je sais. Heureusement, j'ai quelques idées sur ce n'importe quoi… Tu veux que je te dise ?

Je me tournai pour essayer de voir son visage dans la pénombre. Ce n'était pas à moi qu'il parlait. Lorsque je compris ce que cela signifiait, mon estomac se tordit. Nous nous étions promis que l'intervention de tiers dans notre relation D/s n'aurait lieu qu'après discussion – extensive et préalable.

Mais ça. C'était la limite. Extrême. Et bon sang, l'idée que quelqu'un d'autre sache à quel point je me sentais désespérée me fit rougir de honte et d'horreur.

Oui, d'accord : j'avais été prise à mon propre jeu.

Charlotte était une femme avec laquelle Thomas chattait depuis un certain temps. Elle était drôle, sarcastique et exactement le genre de personne avec laquelle vous vous verriez bien prendre quelques verres et avoir une franche partie de rigolade. S'ils ne s'étaient pas rencontrés dans la réalité, je savais que Thomas et Charlotte avaient échangé de longues conversations en ligne et au téléphone, avec l'intention à plus ou moins long terme de se voir.

Cela ne me gênait pas : nous avions depuis longtemps décidé que notre arrangement pouvait se terminer dès que l'un d'entre nous rencontrait quelqu'un. Par le passé, alors que je le connaissais déjà, il avait eu des relations avec des gens vraiment nuls, et l'idée qu'il puisse rencontrer une femme qui était son égale *et* une soumise me paraissait réellement positif. En outre, j'avais également échangé quelques *chats* avec Charlotte qui m'avait paru adorable et intelligente. Il la méritait certainement.

Mais aucune de ces pensées ne m'aidait à retrouver mon équilibre, tandis que Thomas expliquait à Charlotte, dans les détails les plus explicites, ce qui se passait depuis quelques jours. Rien qu'à l'écouter, j'éprouvais de la fureur et de la honte, et – pis encore mais inévitable – j'étais encore plus excitée.

— Oh oui, elle dégoulinait. Elle était si mouillée... Non, je ne l'ai même pas touchée. Je lui ai seulement fait retirer sa culotte pour la bâillonner avec.

Je pouvais me lever et partir.

— … c'était vraiment adorable : on était en train de faire la queue à la caisse du supermarché et j'ai simplement passé le doigt sur le côté de son sein. Oui, délibérément accidentellement.

Je grinçai des dents. J'en étais sûre.

— Et on pouvait voir le bout de ses seins à travers son t-shirt en l'espace d'une seconde. Ouais, elle est stupéfiante.

Elle me jette de ces regards comme si elle allait me tuer, mais elle a également cet air lubrique qu'elle ne peut éviter. Elle est capable de tout endurer du moment que je la laisse jouir...

En fait, je pourrais le tuer à coups de chaussure. Cela marche parfois !

— ... Ouais, et elle se mord les lèvres, tu devrais voir ça. C'est comme si elle essayait de s'empêcher de parler, de gémir, de pleurnicher ou de se trahir. Elle ne réalise pas que les petits soupirs qu'elle n'arrive pas à réprimer ou que les petits tremblements de son corps suffisent. C'est étonnant. Juste à cet instant, je suis capable de contrôler le moindre aspect d'elle. Même ce...

J'étais folle de rage pure, mais je ne partis pas, parce que même si j'avais honte et que je n'étais très sûre de ce que qui allait suivre, mon esprit se rebellait à l'idée de lui offrir autant de contrôle sur moi en me poussant à fuir, sans parler de l'entendre s'en vanter auprès de quelqu'un d'autre. Je commençai cependant à comprendre qu'il avait raison. À quel point cela pouvait être amusant. Un nouveau défi. Quelque chose d'époustouflant. Il semblait écouter Charlotte avec une intensité intrigante et je me laissai entraîner à essayer de deviner la conversation.

— C'est une idée vraiment vicieuse, tu sais.

Mon estomac tomba comme une pierre et je me rapprochai de Thomas afin de mieux entendre ce qu'il disait. Puis, je réalisai également que j'étais en train de me frotter désespérément contre lui, la main toujours sur sa verge, même si elle tremblait légèrement à présent.

Il savait exactement ce qu'il était en train de faire, vous pouvez en être sûr, et la main dans mes cheveux me repoussa, comme pour me signifier clairement que ça n'allait pas se passer comme ça. Il ferma même le poing dans mes cheveux, et je me tordis pour suivre le mouvement qu'il m'obligeait à exécuter afin de soulager la douleur qui m'arrachait le cuir chevelu. Mais il tira jusqu'à ce que ma tête arrive au niveau de son aine et me poussa vers son érection, ne lâchant mes cheveux que pour couvrir le téléphone et me murmurer :

— Allez, Sophie, suce-moi. Je suis en train de parler avec Charlotte pour décider si – ou comment – je vais te laisser jouir. Une bonne pipe ne peut que jouer en ta faveur.

J'obéis et je me mis à faire aller et venir ma bouche sur toute la longueur de son érection, à savourer la texture de sa verge sur ma langue, et je lui arrachai un gémissement. Charlotte dit quelque chose et il répondit :

— Oui, elle m'a pris dans sa bouche, et c'est stupéfiant. Elle est vraiment bonne, tu sais, si enthousiaste.

Dans l'obscurité, je rougis, mais je ressentis aussi – ce qui est plutôt irritant – une poussée de fierté. J'essayais de la chasser en me concentrant sur la tâche en cours, écoutant à demi sa conversation, jusqu'à ce que je l'entende dire :

— Tu es en train de te caresser, Charlotte ? Ce n'est pas très poli de ta part. Je ne suis pas sûr que je vais te demander de venir ce soir après tout.

La réponse plaintive à l'autre bout du fil fut très nette et, j'entendis tout aussi nettement les rouages du cerveau de Thomas se mettre en route.

— En fait, je pense que nous pourrions y ajouter un peu de compétition, histoire de pimenter les choses. Je pourrais décider laquelle de vous deux jouira. Une seule. Vous devrez vous surpasser pour me convaincre, et la gagnante aura droit à un orgasme.

Je perçus le fort désaccord à l'autre bout du fil, ce qui ne m'empêcha pas d'être assaillie par une sensation d'injustice et de crainte – je savais que s'il y avait un choix à faire, Thomas serait sans doute plus enclin à favoriser Charlotte que moi, et après toutes ces journées d'attente ajoutée à l'humiliation de cette conversation téléphonique, la perspective de passer une nouvelle soirée sans orgasme me paraissait insupportable. Je m'attachai à le sucer plus fort.

Il éclata de rire.

— On dirait bien que Sophie met la gomme. Je suis pratiquement englouti jusqu'aux couilles.

Il émit un murmure de plaisir et me caressa les cheveux.

— C'est absolument délicieux. Tu vas avoir du mal à la battre, Charlotte.

En entendant cela, mon cœur s'emballa, et sa main qui épousait la courbe de mes fesses semblait se rapprocher de l'endroit où je désirais tant qu'il me touche. Mais je sentis son sexe durcir davantage dans ma bouche.

— Oh, Charlotte, j'adore t'entendre supplier.

Supplier ? Dans ce cas, il ne me restait aucun espoir.

Si son amusement à mes supplications signifiait que je passais beaucoup plus de temps à le faire que je ne l'avais pensé ou prévu au départ, le fait demeurait que je n'étais pas d'un naturel suppliant. En fait, si on y pense, j'étais plutôt du genre rancunier et légèrement grognon. Merde.

Je me mis à caresser doucement les testicules de Thomas du bout des doigts tandis que je le prenais encore plus profondément dans ma bouche. J'ai toujours été très généreuse question pipes, mais, même pour moi, celle-ci était sans précédent. Je l'avais si profond dans la bouche que j'arrivais à peine à respirer. Sa main qui caressait doucement mes fesses me détendait et m'empêchait de me concentrer à la fois. Et je sentais mon jus couler entre mes cuisses, détestant l'image que je devais être en train de donner.

Il continua à expliquer à Charlotte précisément ce que j'étais en train de faire. À un moment, il interrompit cependant la conversation pour me tapoter les fesses et me demander de le prendre encore plus profond dans la bouche. Puis, je l'entendis dire :

— Elle est particulièrement soumise ce soir. Normalement, j'aurais dû m'attendre à des dénégations, ou au moins à un regard noir, mais elle a tant besoin de jouir qu'elle semble vraiment ravie de faire tout ce que je lui demande.

C'est là qu'il répéta que Charlotte était une diablesse. J'allais vite comprendre pourquoi. Et il avait raison, c'en était une.

Après une demi-heure de conversation au téléphone, ma mâchoire me faisait un mal de chien. J'entendais Thomas qui se moquait de Charlotte, la provoquait, la forçait à le supplier et, malgré moi, cela m'excitait. J'avais envie d'entendre la preuve de sa soumission, d'une certaine manière comme si elle pouvait entendre la mienne. Et Dieu sait qu'elle pouvait entendre la mienne.

Thomas me tendit le téléphone et me demanda de lui répéter à quel point j'étais soumise. Je dus alors expliquer à Charlotte pourquoi je mouillais à ce point, quelle pute j'étais d'être traitée de cette manière. Et je le fis. D'un bout à l'autre, sans rien dissimuler, malgré la gorge nouée par l'humiliation et les larmes qui gonflaient mes paupières. Pas une seule minute je n'envisageais de désobéir à Thomas. Il me força à avouer que j'étais capable de n'importe quoi pour jouir. Lorsque j'eus terminé, il reprit le téléphone et insista davantage.

— N'importe quoi. Elle a dit n'importe quoi. Et je pense qu'elle est prête à obéir à présent. Sérieusement. Écoute ça !

Il exigea que je rampe sur le lit pour adorer ses pieds. C'était toujours ce que je détestais le plus, mais j'étais dans un tel état de désespoir que je me déplaçai sans aucune hésitation, jusqu'à ce qu'il m'empoigne par les cheveux pour m'arrêter.

— En fait, avant de t'y mettre, Sophie, j'aimerais que tu me supplies de me lécher les pieds.

— Quoi ?

Je n'avais pas pu m'empêcher de rétorquer de surprise.

— Supplie-moi. Tu vas me supplier de me lécher et de sucer et d'adorer mes pieds et si tu le fais bien, je te laisserai faire. Et lorsque tu auras mis ta bouche autour de mes orteils, comme une bonne fille, je mettrai mon doigt dans ta fente. Je me demande à quel point je te trouverai humide lorsque je le ferai.

Je poussai un gémissement. Je connaissais la réponse humiliante à cela et j'avais à la fois envie et peur du moment où il le sentirait lui-même.

Grâce à l'obscurité qui régnait dans la pièce, je n'avais pas à le regarder dans les yeux, et je lui demandais donc si je pouvais adorer ses pieds. Il tira sur mes cheveux en exigeant que je hausse la voix de manière à ce que Charlotte puisse entendre clairement ce que je disais.

La voix emplie de haine et de larmes, je parvins à grand-peine à répéter ma supplique.

— Je t'en prie, Thomas, laisse-moi sucer tes orteils.

— Juste sucer mes orteils ?

À ce moment-là, je le haïssais. Mais il m'excitait tellement.

— Non, pas seulement, les embrasser, les lécher, je veux adorer tes orteils, chacun de tes orteils, des deux pieds.

J'espérais alors que j'avais couvert toutes les possibilités, mais chaque mot était teinté d'agressivité et de frustration, et je me dis que je ferais mieux de modérer légèrement mon ton.

— S'il te plaît, Thomas.

Il tapota ma joue, un geste de tendresse qui fit paraître tout le reste plus supportable, pendant une seconde en tout cas, et jusqu'à ce qu'il déclare :

— Tu le peux.

Merci salaud. Je rampais pour aller poser mon visage

sur ses pieds en me préparant au goût de ses orteils tout en l'entendant commenter au fur et à mesure l'action pour que Charlotte visualise ce qui se passait.

Lorsque je pris son gros orteil dans la bouche, et que je commençai à passer la langue de haut en bas dessus, il lui expliqua à quel point j'étais gourmande et poussa le pied pour enfoncer davantage le doigt. Il lui raconta comment il me faisait lui nettoyer les pieds, lécher l'interstice entre chaque orteil et jusqu'à exiger que je lèche également la plante. J'entendais les cris de dégoût de Charlotte et ses gloussements – je ne distinguais pas les mots mais le ton de sa voix portait suffisamment à travers le téléphone.

Je m'exécutais tout en laissant les larmes silencieuses couler sur mon visage, peu encline à lui révéler à quel point il avait repoussé mes limites, mais toujours désespérée de poursuivre. Lorsqu'il glissa enfin un doigt sous ma culotte, je lâchai un soupir et engloutis davantage son pied dans ma bouche.

J'étais concentrée sur la sensation de son doigt dans ma fente et je l'entendis annoncer :

— Elle est trempée, une vraie fontaine. Cela ne va pas prendre beaucoup de temps de la pousser à bout. Puis, après la réponse marmonnée de Charlotte, il ressortit son doigt et l'essuya sur mes fesses en disant :

— C'est une idée géniale.

Dans un gémissement de frustration, je sentis mon sang se glacer dans mes veines.

— Sophie ? Tu peux arrêter à présent.

Dans un cas ordinaire, ces mots m'auraient emplie de bonheur et non terrifiée comme je le fus. Allait-il me laisser jouir ? Allais-je être capable de retenir mes sanglots que je sentais sur le point d'éclater ? Quelle était cette idée géniale ? S'ils voulaient bien me laisser jouir, qu'avaient-ils prévu de pire que l'idée du pied ? Serais-je prête à les laisser faire ? Je préférerais peut-être laisser tomber ? Oui ou non ? La tête pleine de pensées plus hystériques les unes que les autres, je ne cessais d'imaginer les actes les plus horribles qu'ils pourraient m'imposer. Je savais que, s'il s'agissait d'une vraie torture, je pouvais refuser, exiger d'arrêter le jeu, sauf que, à cet instant-là, je n'en avais aucune intention. Les possibilités me terrifiaient, mais j'étais devenue l'otage de mes propres besoins désespérés.

Pour finir, ils inventèrent quelque chose qui ne m'avait jamais traversé l'esprit – aussi vicieux qu'il soit, il faut bien l'admettre.

C'était une idée de Charlotte. Une idée pour laquelle je la remercierai un jour en personne, de préférence après qu'elle ait eu la chance d'y passer aussi *sous mes yeux*.

Lorsque Thomas m'expliqua ce que je devais faire, je ne pus que fermer les yeux et presser mes lèvres l'une contre l'autre en signe de rébellion. J'étais incapable d'envisager de vouloir, ou de pouvoir m'exécuter.

Dans le silence qui s'installait, je réalisai que le moment était venu : si je ne m'exécutais pas, je n'allais pas avoir mon orgasme. Pendant de longues secondes, je tentais de trouver une échappatoire. J'aurais pu faire n'importe quoi d'autre, mais pas ça.

Pour finir, j'acceptai mon destin et je me mis en position.

Je m'agenouillais sur l'une de ses jambes, jetant un œil dans la pénombre à Thomas qui tenait toujours le téléphone, tranquillement adossé contre les oreillers, en pensant que si j'avais du mal à distinguer ses traits, il ne voyait sans doute pas mieux les miens. C'était déjà ça. J'aimerais croire que cela m'aidait, mais ce n'était pas le cas. Je demeurais ainsi à genoux pendant quelques secondes, peu décidée à continuer, même si je savais que, dans ma tête, j'avais déjà rendu les armes et que j'allais obéir.

L'idée était que je devais chevaucher sa jambe comme une bête pour obtenir mon orgasme.

L'un des aspects les plus intéressants de la relation D/s – de mon point de vue – est qu'elle vous force à faire des choses que vous ne feriez pas autrement. Non pas parce que vous n'avez pas envie de les faire – dans de nombreux cas, vous en avez réellement envie – mais parce que ce sont des choses qui vous paraissent certes excitantes, amusantes, intéressantes, originales, mais dans un tout petit coin de votre cerveau, vous les trouvez (pour une raison ou une autre) sales, gênantes, humiliantes ou tout simplement vous faites un blocage.

Pour ma part, j'adore être obligée de repousser mes limites pour surmonter la petite voix intérieure qui me dit que « non, là, trop c'est trop » parce que ces nouvelles expériences sont inimaginables et mauvaises.

Et il ne s'agit pas d'être soumise malgré moi ; c'est simplement que mon corps réagit avant que la pensée ne se forme dans mon esprit. Mon corps révèle mon envie, tandis que ma tête formule le contraire ; et je suis incapable d'expliquer pourquoi cela me fait autant d'effet. Comme si mon corps savait jusqu'où je pouvais aller et m'aidait à trouver le courage pour le faire.

Thomas, c'était exactement la même chose : il savait jusqu'où je pouvais aller et m'accompagnait dans mon chemin. Simplement (ce qui est extrêmement agaçant), sans aucun effort, il jouait sur mon obstination pour me conduire là où j'ai envie d'aller.

Il savait qu'il suffisait qu'il me propose une idée, même insupportable, parce qu'une fois qu'elle était dans ma tête, je ne pouvais m'empêcher de l'envisager. Un peu comme « Et pourquoi pas ? »

En général, j'apprécie ce côté dichotomique : devoir franchir les limites de ma zone de confort, faire des choses qui me retournent l'estomac ou me font trembler de nervosité – voire de terreur – ou rougir de honte et de fureur alors que je coule comme une fontaine parce que cela m'excite aussi.

Mais chevaucher sa jambe ?

L'idée me faisait horreur ! Soudain, je trouvais ses fichus pieds adorables. Le manque total de dignité de la position, l'angle que j'allais devoir adopter par rapport à Thomas pour m'exécuter, le fait que cela faisait cinq jours entiers que je fantasmais sur la manière dont il allait me faire jouir et qu'au lieu de ça, je devais me débrouiller seule.

Et pas d'une manière des plus élégantes, il faut bien l'avouer. Même pas une séance de masturbation érotique, genre la main entre les cuisses, les reins arqués, ou avec mon jouet favori que je gardais dans ma table de chevet. Non, comme une chienne en chaleur.

J'avais l'impression d'être enracinée sur le lit. Incapable du moindre mouvement. Non, ce n'était pas possible. Je ne pouvais pas faire ça.

— Est-ce que cela te gêne, Sophie ? Tu ne peux pas y arriver ?

Sa voix avait adopté un ton chantonnant ironique qui s'adressait de toute évidence à son auditoire téléphonique et me rendait folle de rage. De rage meurtrière.

Je m'éclaircis la voix pour lui répondre, d'un ton certes hésitant et peu sûr, mais il me coupa la parole avant que je puisse en prononcer une seule.

— Je m'en fiche. Je t'ai dit de chevaucher ma jambe. Nous savons parfaitement toi et moi que tu finiras par le faire, d'une manière ou d'une autre, parce que c'est le seul moyen pour toi d'envisager un orgasme avant la nouvelle année. Si j'étais toi, je prendrai la voie la plus facile et je m'y mettrais tout de suite.

Alors, je l'ai chevauché.

Ne croyez pas que cela s'arrête là. Il y a beaucoup plus. Beaucoup, beaucoup plus. Je ne suis pas du genre prude, mais, rien que le fait d'écrire à ce sujet me brûle de honte et malade d'humiliation.

Je détestai. Pas comme quand je prétends détester quelque chose que j'aime, mais, d'une manière qui me prit totalement au dépourvu : j'eus tellement horreur de ça que je ne pus même pas admettre que j'étais en train de le faire. J'avais envie de hurler à Thomas d'aller au diable. Je sais bien que le fait d'accepter ces actes de soumission par jeu ne participent pas de la soumission, et c'est la raison pour laquelle je n'ai pas repoussé Thomas pour filer chez moi me réfugier sous ma couette avec tous mes jouets à moi.

Mais je suis restée là, à cheval sur son genou, en train de me frotter le clitoris tout en essayant de trouver le meilleur angle pour parvenir à jouir et mettre fin à cette indignité ! Et lui qui en profitait pour déplacer légèrement la jambe de manière à ce que les choses prennent encore plus de temps et prolongent mon agonie, tout en continuant à raconter à Charlotte à quel point je trempais sa jambe, que je pleurais et que ma respiration devenait de plus en plus courte à mesure que j'approchais de l'orgasme…

À quel point j'étais désespérée. Tout cela me rendit folle de rage. Au point que, pendant plusieurs jours, je me sentis envahie de ces accès de colère sans plus pouvoir penser clairement.

Ce n'était pas douloureux, non, ni tellement honteux quand on y pense. Cela paraît tellement banal : j'étais à cheval sur sa jambe. Mais, pour moi, à cet instant-là, ce n'était pas si anodin ni banal et je n'arrive toujours pas à me l'expliquer, sans parler de le comprendre. Si j'ai souhaité aborder la question de la domination/soumission, c'est en partie parce que j'ai plaisir aussi à réfléchir à la démarche intellectuelle qui permet de comprendre pourquoi je ressens telle ou telle chose et pourquoi une chose m'excite plutôt qu'une autre, mais c'est là l'une de ces sensations inexplicables que je pourrais tout aussi bien vous raconter en finnois.

Donc, je chevauchais sa jambe comme un animal en chaleur pendant qu'il commentait l'action au téléphone en expliquant à Charlotte comment je me frottais sur son genou de manière à ce que la friction permette à mon clitoris d'obtenir la sensation dont j'avais besoin pour jouir.

J'étais tombée trop bas, je m'étais laissé dégrader, humilier, dans la poursuite de mon plaisir. Les larmes coulaient sur mes joues, jusque sur mon menton et entre mes seins. Rouge de honte, j'étais au moins reconnaissante à l'obscurité qui dissimulait le pire.

Du point de vue purement pratique, c'était une position difficile pour obtenir une stimulation quelle qu'elle soit. Thomas était allongé, les jambes étendues, sur le lit, et ce n'est qu'en étalant largement les miennes autour de la sienne et en m'aplatissant sur le lit que j'arrivais à sentir quelque chose.

Vous pensez qu'après cinq jours d'abstinence, autant de temps passé à penser au sexe, et au désir et au désespoir que je ressentais, les choses auraient été faciles et rapides. Bien sûr, l'esprit est une chose étrange, tordue et parfois horrible.

Sachant que Charlotte était en train d'écouter cette humiliante gymnastique, entendait mes gémissements et mes soupirs de plaisir à mesure que – en dépit de mon humiliation et de mon horreur – je devenais de plus en plus humide, et plus excitée, et de plus en plus bruyante (je vociférais).

À ma grande honte, je sentais monter le désir, au point d'en vaciller, d'autant que Thomas lui racontait qu'il percevait même le son de mon frottement sur son genou qui était à présent trempé. Je tentai de faire abstraction de tout cela, je tentai d'accélérer les mouvements, mais je ne parvins pas à obtenir la pression dont j'avais besoin pour me laisser totalement submerger et mettre fin à l'horreur.

— Je n'y arrive pas.

Je ravalais mes larmes et ma morve, m'éclaircis la voix et repris la parole.

— La position ne fonctionne pas. Je ne vais pas pouvoir jouir comme ça.

— Eh bien, qu'est-ce que tu proposes alors ? se moqua-t-il. Tu sais bien ce que tu dois faire, et, pour être franc, je commence à m'impatienter de te voir te frotter comme ça contre moi et tremper toute ma jambe. Si j'étais toi, je me dépêcherais un peu.

L'idée d'avoir fait tout ça pour rien me fit comme un coup de couteau à l'estomac.

— Si tu pouvais remonter légèrement le genou. Pas beaucoup, mais un peu s'il te plaît. Cela serait plus facile.

Je crus distinguer l'éclat de ses dents dans l'obscurité.

— Es-tu en train de me supplier de déplacer mon genou pour qu'il te soit plus facile de le chevaucher ?

Dans le silence qui suivit, je dus humidifier mes lèvres avec ma langue avant de pouvoir parler et même alors ma voix était faible et larmoyante. Normalement, j'aurais cherché un moyen de tergiverser, j'aurais essayé d'éviter cette supplique, mais, pour être honnête, j'étais brisée, désespérée, hagarde. Chacune des fibres de mon corps ne pensait qu'à jouir.

— Oui, je te supplie. Je te supplie.

— D'accord, mais fais-le correctement, et plus fort pour que Charlotte puisse entendre exactement à quel point tu es désespérée. Si désespérée que tu te frottes contre moi comme une chienne en chaleur.

J'avais les poings si serrés que mes ongles pénétraient mes paumes, mais ma voix emplit toute la pièce.

— Je t'en supplie, Thomas, relève un peu ton genou pour que je puisse me frotter plus facilement…

— Non, pas frotter, « le chevaucher ».

Je lâchai un soupir mais repris aussitôt :

— Pour que je puisse le chevaucher jusqu'à ce que je jouisse sur ton genou. Pitié, Thomas.

Il releva son genou si brutalement que le choc me fit comme une décharge électrique sur le pubis. Sa voix était pleine de suffisance.

— Voilà. Ce n'était pas si difficile, non ? À présent, jouis pour moi.

Le changement de position fit toute la différence. Soudain, le mouvement de mes hanches contre son genou procurait la délicieuse friction dont mon clitoris avait besoin. J'essayais de me retenir parce qu'il avait commencé à dire à Charlotte que je le chevauchais comme une amazone en furie, plus désespérée que jamais, et j'essayais d'oublier le bruit de succion de ma moiteur tandis que j'allais et venais sur son genou, j'essayais d'oublier tout le reste sauf le plaisir qui montait enfin par vagues à travers mon corps, oubliant tous les obstacles qui auraient pu arrêter le torrent que j'avais attendu pratiquement toute la semaine.

Lorsque je sentis enfin venir l'orgasme, je hurlais et pleurais de honte et de colère, mais cela ne ralentit en rien mon rythme. Alors que les frémissements de plaisir commencèrent à me secouer, mes sanglots se firent plus forts, presque des hoquets, et je serrai les cuisses autour de la jambe de Thomas comme un animal incapable de faire la différence avec un sexe.

Mes cris devaient être assez aigus pour que Charlotte en perçoive toutes les nuances mais, après ces jours entiers de frustration, mon corps se déchaînait en vibrations d'une intensité inégalée. De toute ma vie, je n'ai jamais eu un orgasme d'une telle intensité et, pendant une ou deux secondes, je sombrais dans un monde d'obscurité, le corps agité de soubresauts. Lorsque je repris mes esprits, je réalisai que Thomas se masturbait sur moi et je me retournai pour me rapprocher de lui.

Il m'arrêta d'un mot.

— Pas question. Tu vas d'abord nettoyer tes saletés.

Je savais de quoi il parlait et cela aurait dû me rendre encore plus furieuse, mais mon esprit était tellement empli de ce qui venait de se passer que je me mis à lécher son genou sans aucune réticence – et d'ailleurs pratiquement toute sa jambe. J'étais parvenue à le rendre poisseux de la cuisse au bas du mollet, à ma grande honte, et je continuai à le lécher tandis qu'il racontait à Charlotte ce que j'étais en train de faire. Je le léchais encore pendant qu'il se branlait, excité par cette humiliation finale, et lorsqu'il éjacula dans mes cheveux. Pour finir, il laissa jaillir ses dernières gouttes sur ma joue en rapprochant le téléphone de mon oreille pour que je puisse entendre l'orgasme de Charlotte.

C'était la première fois que je l'entendais en personne et elle était en train de jouir.

Je dois admettre que mon monde est parfois étrange.

Ce fut un Noël mémorable.

9

Si le fait d'entendre une personne à laquelle vous n'avez jamais adressé la parole avoir un orgasme au téléphone est déjà une expérience plutôt bizarre, le fait de prendre une bière avec elle quelques semaines plus tard est, en fait, bien plus déconcertant.

Cela faisait plusieurs mois que Thomas chattait sur l'un des réseaux sociaux en ligne et, lorsqu'ils organisèrent un événement, il était plus que prêt à aller se montrer en personne.

Lorsque je réalisai que ledit événement n'était en fait qu'une sortie ordinaire – quelques verres et peut-être un dîner – et que je n'allais pas me retrouver ligotée en tenue d'Ève sur une croix de Saint-André tandis que les convives m'assèneraient des coups de fouet avant d'aller jusqu'au buffet se remplir la panse, j'acceptai de me joindre à lui. D'autant plus lorsque je compris que Charlotte ferait partie de la soirée et que j'allais enfin pouvoir la remercier en chair et en os pour l'histoire du genou.

Or donc, un dimanche après-midi, nous nous installâmes dans un pub dans l'une de ces banlieues où les rues sont bordées d'arbres, pour déguster une bière et un délicieux déjeuner de grillades – il n'y a rien de meilleur que les jarrets de porc bien croquants et les yorkshire pudding gonflés à souhait – avec des gens intéressants et aux goûts spéciaux.

La première chose qu'il faut souligner, c'est que la plupart des membres du groupe n'avaient rien de spécial. Attention, loin de moi l'idée de me montrer méprisante ou intolérante, mais je dirais que, si je les avais croisés dans la rue, je n'aurais jamais eu le moindre soupçon quant à leurs activités intimes. Ils étaient vêtus de manière décontractée (pas de masques hideux ou de look total cuir), des gens intelligents, cultivés, chaleureux, qui étaient là pour bavarder et apprendre à se connaître.

De par ma nature plutôt contemplative, j'aimais bien réfléchir aux détails de la vie des gens que je rencontrais. Par exemple, Carol et Neil, un couple originaire du Nord, qui avait emménagé dans la région lorsque Neil avait décroché un poste de principal dans une école de la banlieue, étaient en train de parler avec animation et de rire à grands éclats avec Bev et Ian, propriétaires d'une affaire qui importait du mobilier équitable de Chine.

De l'autre côté, Ciara, qui était célibataire depuis un moment et avait passé des mois à déclarer du ton le plus joyeux possible qu'elle aimait ça, jusqu'à ce qu'elle déniche quelqu'un capable de jouer avec elle, tripotait son verre et souriait à pleine bouche tout en bavardant avec Jo d'une manière qui me faisait espérer qu'elle avait trouvé celui qu'elle cherchait.

Quant à Thomas, il allait de groupe en groupe, bavardant sans complexes à sa manière habituelle. J'étais un peu envieuse de son talent à engager une conversation avec pratiquement n'importe qui. En dépit du fait que je suis capable de me tirer d'une discussion de salon sur les sujets généraux, je ne suis pas très bavarde. Si j'ai le choix, je préfère rester assise dans un coin avec des gens que je connais déjà, plutôt que de faire le tour de la pièce en échangeant des banalités avec des inconnus.

Mais ce jour-là, je n'avais aucune chance de faire tapisserie. Dès son arrivée dans le jardin du pub, Charlotte se précipita vers nous et s'empara de ma main pour m'attirer dans une étreinte à laquelle je ne m'attendais pas et qui me fit frissonner jusqu'au bout des doigts. Et elle retint ma main plus longtemps que nécessaire en plongeant ses yeux dans les miens.

Soudain, j'étais grisée – et cela n'avait rien à voir avec le verre que j'avais siroté la majeure partie de l'après-midi.

L'effet me prit par surprise. J'avais eu quelques périodes bisexuelles à l'université, et quelques rapports avec des femmes depuis, mais il était rare pour moi de ressentir une telle attraction pour quelqu'un. Je comprenais pourquoi Thomas était attiré par Charlotte : un visage de lutin, des yeux verts, une coupe de cheveux courte qui révélait sa nuque ; elle était époustouflante.

En outre, j'ai la passion des nuques. Il y a d'autres endroits que vous pourriez caresser et qui me feraient frissonner, mais, pour ce que j'en pense, la nuque est une zone érogène trop négligée. Ce jour-là, j'avais envie de caresser la nuque de Charlotte pour voir sa réaction.

J'avais envie de déposer des baisers jusqu'au creux de ses épaules, d'entrouvrir sa chemise et de continuer mon exploration jusqu'à sa toison, comme pour vérifier si elle était de la même couleur que ses cheveux.

Lorsque nous nous installâmes pour bavarder, j'appris sur elle quantité de petites choses qui me firent l'apprécier encore davantage. Elle était intelligente et avait l'esprit vif, et nous avions les mêmes goûts, depuis l'amour des pop-corn ringards du cinéma jusqu'à notre refus de lire les livres de Dan Brown. Elle avait un rire coquin et la manière dont elle se léchait les lèvres chaque fois qu'elle avalait une gorgée de sa vodka-Coca m'évoquait des idées plus que coquines. Je devais me concentrer pour ne pas oublier où nous étions et résister à l'envie de passer ma langue sur sa bouche.

Après le déjeuner, nous étions amies pour la vie, bien que je ne lui aie pas encore pardonné l'affaire du genou (ce qui l'amusait considérablement). Thomas cessa de se mêler à la foule et vint s'asseoir avec nous au moment du dessert pour que nous nous lancions tous trois dans une grande quantité de flirts et de piques gentilles. La dynamique de la relation était amusante, confortable, et (hormis le surnom qu'ils me donnèrent de Humpty Dumpty[1] tombé du mur) chargée d'un érotisme indéniable.

Charlotte était belle, d'une manière totalement naturelle et désinvolte, avec le genre d'aisance à la fois rafraîchissante et qui rendait sa beauté encore plus évidente. Qu'elle fut en train de jouer sans y penser avec ses mèches de cheveux en parlant ou de gesticuler comme une folle tout en imitant son patron, tout ce qu'elle faisait était naturel, brut, franc et émouvant, et, pour dire les choses franchement, excitant comme l'enfer.

Tandis que le vin coulait à flots, elle me raconta avec force détails comment elle avait ressenti les choses à l'autre bout du téléphone, mordillant sa lèvre inférieure tout en racontant à quel point elle m'avait trouvée sensuelle lorsque j'avais supplié Thomas de me permettre d'embrasser ses pieds avant de me laisser jouir.

Au souvenir de tout ce que j'avais pu dire, j'avoue que je rougis. J'avais été si désespérée, si envahie de honte et de désir à la fois que, en écoutant Charlotte, je sentis que l'atmosphère entre nous avait changé de manière imperceptible. Mes seins durcissaient, mais je vis que ceux de Char-

1. Célèbre comptine anglaise.

lotte pointaient aussi sous son chemisier clair et je me sentis moins gênée.

Il nous suffit d'un regard pour nous comprendre sans échanger un mot, et d'un même mouvement, nous croisâmes les bras et gloussâmes comme deux conspiratrices. Je me tortillai sur ma chaise, les cheveux tombant devant mon visage en bougeant pour dissimuler mes rougeurs, mais elle avança la main pour glisser une mèche derrière mon oreille.

Ce faisant, elle me caressa la joue en me laissant comme une coulée de lave. J'eus du mal à résister au désir brut de tourner la tête et d'embrasser ses doigts ? Thomas ne disait rien, mais il ne perdit pas une miette de l'échange qui crépitait entre nous.

Bien entendu, le fait qu'il ne se mêle aucunement de la conversation évoque généralement l'apocalypse imminente, très imminente. Lorsque nous eûmes déposé Charlotte à la gare et que nous reprîmes le chemin de son appartement, il était plus agité qu'un gamin dans une piscine de bonbons Haribo.

— Vous aviez l'air de bien vous entendre, toutes les deux. Elle t'a plu ? Tu l'as trouvée séduisante ? Est-ce que tu as mouillé quand elle t'a caressé le visage et les cheveux ? Tu avais envie de l'embrasser ?

Lorsque nous arrivâmes chez lui, j'étais sur le point d'exploser.

— Oui ! Elle me plaît ! Elle est adorable, sexy et amusante. Tu es content ? Tu vas la fermer maintenant ?

Je sais, c'était une réaction anormalement infantile. Je suis sûre que vous en concluez que j'étais jalouse de l'attention que Thomas s'était mis à porter à quelqu'un d'autre ; d'une certaine manière, la jalousie entrait effectivement en ligne de compte, mais ce n'était pas parce que Charlotte risquait de partager avec mon dominant des jeux qui m'auraient profité à moi. En fait, si j'étais jalouse, c'était plutôt à l'idée que c'était lui qui allait jouer avec elle, et pas moi. Elle me plaisait vraiment beaucoup.

Au cours des semaines qui suivirent, Thomas continua à chatter avec Charlotte et ils se retrouvèrent une ou deux fois. Cela me laissa le temps de réfléchir à la situation. Leur relation n'était pas en train d'évoluer vers un arrangement du type monogame – pas encore du moins. J'en étais sûre parce que Thomas adorait toujours autant me ligoter ou m'enfiler un plug dans l'anus, me battre à coups de canne et il me baisa deux jours après leurs premiers rapports sexuels (il m'en informa aussitôt).

Toutefois, d'une certaine manière, la dynamique de notre relation avait changé et je commençais à penser au moment qui viendrait où nous devrions arrêter nos jeux D/s. Je connais beaucoup de gens qui sont heureux d'entretenir des relations plus libres, du genre polyamour, etc. mais je ne pensais pas pouvoir m'en satisfaire. Ce n'était pas moi. Pas plus que Thomas d'ailleurs.

À la même époque, un poste se libéra plus près de chez mes parents ; je postulai et le décrochai. Cela signifiait que je ne pourrai plus passer chez lui sans prévenir le week-end, même s'il était libre et disponible.

Car, comme le disait Bob Dylan, les temps sont en train de changer.

Pendant cette période, entre le moment où je donnai ma démission du journal local et où je déménageai, chaque fois que je me soumettais à Thomas, les choses prenaient une intensité croissante – d'autant que ma petite voix intérieure me disait que c'était peut-être la dernière fois qu'il me pinçait les tétons, ou qu'il me frappait à coups de ceinture ou qu'il me sodomisait. Entre-deux, nous parlions souvent de Charlotte, à la fois lorsqu'il murmurait des commentaires salaces qui me faisaient mouiller sur ce qui se passerait si elle était avec nous dans la chambre ou en dehors de nos séances de jeu. Quant à moi, je lui parlai directement plusieurs fois, mais, sauf lors d'une soirée plutôt *hot* où nous allâmes prendre un verre, cela restait assez innocent.

Jusqu'au dernier week-end avant mon installation à Londres.

Nous avions prévu d'organiser un barbecue chez Thomas. Le temps était superbe et Charlotte et moi avions apporté nos affaires pour passer la nuit sur place afin de ne pas nous préoccuper de la quantité d'alcool que nous allions ingurgiter.

L'après-midi s'étirait paresseusement. Avec Charlotte, nous étions allongées dans le jardin à profiter de la chaleur du soleil sur notre peau nue et à essayer de bronzer un peu pendant que Thomas, qui avait l'air incapable de tenir en place, jouait au Frisbee avec le chien, allumait le barbecue et bricolait ici et là. Le dîner se déroula tranquillement et nous traînâmes ensuite à table à bavarder de tout et de rien, simplement pour profiter de la douceur du soir.

Tandis que la lumière baissait et que les ombres s'allongeaient, notre conversation se fit plus coquine. Charlotte déclara qu'elle adorait la manière dont mon petit haut, que j'avais choisi afin de laisser mes bras se dorer au soleil, moulait mes seins.

Je me penchai pour ôter d'un geste tendre un peu de salade au coin de sa bouche. Des choses comme ça, sous le regard paisible de Thomas qui paraissait chercher à évaluer notre état d'esprit.

Comme prévu, c'est lui qui prit l'initiative, mais je me suis toujours demandé si c'était en partie parce qu'il avait déjà eu les mêmes conversations avec Charlotte qu'avec moi. Et, comme prévu, il fut brusque – voire brutal.

— Si on montait pour baiser ?

Avec Charlotte, nous échangeâmes un regard en éclatant de rire. Elle prit ma main et, en me souriant, elle déclara :

— Oui, je pense que j'aimerais bien ça.

Je roulai des yeux.

— Eh bien, voilà une offre difficile à refuser, non ?

Mais, à l'intérieur de moi, j'étais comme étourdie.

Avec toute l'énergie de l'organisateur né qu'il était, Thomas passa aussitôt à l'action. Il avait certainement déjà réfléchi à tout cela. Il empila les assiettes pour les emporter à la cuisine et m'ordonna de monter et de me déshabiller avant de m'installer à quatre pattes sur le lit, les fesses tournées vers la porte, et de les attendre. Me dévêtir la première me gênait, mais je savais que la désobéissance à ce stade risquait de ralentir les choses avant même qu'elles ne débutent. Sans parler, il faut bien l'admettre, des risques potentiels qui viendraient s'ajouter à d'éventuelles sanctions.

Je hochai donc la tête et je montai dans sa chambre.

Je ne brille pas par ma patience, je l'ai déjà dit. À genoux sur le lit, les seins tendus par le désir et au creux du ventre une certaine appréhension, j'avais déjà perdu tout self-control avant même de commencer à m'impatienter. La chambre ne comportait pas de pendule et je ne portais pas de montre, mais l'attente me parut durer des heures.

Combien de temps faut-il pour charger un lave-vaisselle ?

Lorsque je perçus des mouvements, j'étais pratiquement convaincue qu'ils avaient commencé en bas, sans moi, et je me demandais s'il valait la peine de descendre à pas de loup pour les surprendre. Heureusement, je conservai la pose car la porte s'ouvrit à cet instant.

Il me fallut toutes mes ressources pour ne pas me retourner, mais je savais que, si je le faisais, c'était à mes risques et périls. Je me contentai donc de me concentrer sur le motif du couvre-lit en tendant l'oreille pour repérer les bruits qui pourraient me fournir des indices sur la suite des événements.

Mais je n'entendis rien d'autre qu'un craquement extrêmement discret.

Lorsque Charlotte fut assez proche de moi pour que je la voie, je compris pourquoi. Elle avait endossé un superbe corset en cuir qu'elle portait avec un string et des bas, et rien d'autre. La gorge sèche, j'admirais son allure époustouflante tandis que son costume élaboré me donnait l'impression d'être encore plus nue que je ne l'étais.

Thomas s'approcha de l'autre côté du lit et s'arrêta juste en face de Charlotte. Entre eux, au milieu, je n'étais pas très sûre de l'endroit où je devais porter mes yeux, ou si j'avais le droit de regarder ailleurs que devant moi, tête baissée vers le couvre-lit.

Enfin, alors que je me disais que le silence durerait éternellement, Thomas intervint.

— Tu es prête ?

J'ouvris la bouche pour répondre mais, avant que je ne puisse dire quoi que ce soit, Charlotte rétorqua :

— Oui.

— Tu es une bonne fille. Souviens-toi bien de ce que nous avons dit.

Thomas se plaça devant le lit et, pour me forcer à le regarder dans les yeux, il me releva le menton d'une main.

— Tu veux me faire plaisir, n'est-ce pas, Sophie ? Alors, obéis-moi.

Je retrouvais aussitôt les sensations habituelles qui me poussaient à lui plaire et à relever les nouveaux défis, mais je sentais aussi planer dans l'air une ombre terrifiante. Ils allaient certainement me demander une fois de plus d'exécuter un acte encore plus intense que ce que je pouvais imaginer. D'une voix faible qui trahissait ma confusion, je répondis un : « Oui ».

Thomas me caressa une seconde les cheveux dans un geste d'affection qui m'aida à me calmer un peu. Jusqu'à ce que ses mots atteignent mon cerveau.

— Bien, parce que je vais me contenter de m'installer confortablement pour t'abandonner aux mains compétentes de Charlotte. Elle rêve depuis toujours de jouer le rôle de dominant, mais, jusqu'à présent, elle manquait de confiance en elle. Je lui permets de jouer avec toi et d'essayer ce qu'elle veut. Tu lui obéiras comme tu m'obéirais. Moi, je te surveille.

Et il se carra dans le fauteuil qui, d'habitude, disparaissait sous les vêtements jetés au hasard. La préméditation devint claire dès que je réalisai que le siège avait été débarrassé pour l'occasion.

Lorsque Charlotte se rapprocha de moi, je fus assaillie par une vague de fureur mêlée de confusion. À quoi jouaient-ils ? Est-ce qu'ils s'imaginaient que j'allais me soumettre à Charlotte ? Et depuis quand voulait-elle être un dominant ?

Tout bien réfléchi, il semblait que je ne connaissais pas Charlotte aussi bien que je ne le pensais.

Elle s'approcha de moi.

— Ce soir, c'est ma jambe que tu vas chevaucher Sophie, déclara-t-elle.

Mentalement, je levai les yeux au ciel. Et c'est d'un ton ironique que je répondis :

— Vraiment ? Tu crois ça ? Tu es mignonne, mais non.

Il existe toute une sous-catégorie de soumises qui privilégient la contradiction, la désobéissance, bref, le comportement « sale morveuse » ; des femmes qui aiment ruer dans les brancards de manière à ce que leur dominant les rappelle à l'ordre et les punisse. Ne vous méprenez pas, j'apprécie largement les jeux où je suis dominée par plus fort que moi, mais, en général, j'obéis chaque fois que je le peux. Certes, il y a des exigences auxquelles je suis plus réticente que d'autres, qui me gênent, voire m'humilient, mais j'essaie toujours de contenter mon partenaire et, dans la majeure partie des cas, ma soumission participe davantage du désir de plaire à mon dominant. Pour résumer, je ne suis pas une sale morveuse.

Mais en regardant Charlotte, et malgré son corset splendide qui transformait de manière époustouflante son corps, quelque chose coinçait dans ma tête. D'accord, il m'arrive d'être extrêmement têtue mais, dans le cas qui nous occupe, il s'agissait d'autre chose. C'était différent, plus intense : j'étais inflexible.

Je n'allais pas me soumettre à Charlotte simplement parce que Thomas en avait décidé ainsi.

Est-ce que cela fait de moi une mauvaise soumise ? Une soumise désobéissante ? Probablement, mais soyons sérieux une minute et ce n'est pas comme si pendant tout le processus j'avais été l'une des soumises de Stepford (vous savez, dans le film de Bryan Forbes) et que je m'éloignai soudain de la norme !

Dans mon esprit, la soumission est un don, quelque chose que mon maître doit mériter ; alors que je faisais ce don en toute liberté à Thomas, l'idée d'en faire profiter Charlotte, y compris à la demande de Thomas, me bloquait totalement.

Je lui rendis fermement son regard. Pas exactement un regard furieux, mais qui n'avait rien de soumis. C'était un regard qui, je le savais, ne serait jamais passé avec Thomas mais, franchement, à cet instant-là, je n'en avais cure.

Le silence se fit plus pesant. Du coin de l'œil, je voyais que Thomas affichait un léger petit sourire. Je craignais son intervention, et je n'étais pas vraiment sûre de la manière dont j'aurais réagi s'il avait insisté dans son but de « te soumettre à elle c'est te soumettre à moi ». Mais il me paraissait plutôt amusé et impatient de voir comment les choses allaient se passer.

Lentement, d'une manière totalement délibérée, Charlotte se rapprocha de moi et me gifla. Une claque retentissante qui me brûla la joue. Je sentis que je rougissais, non pas seulement à l'endroit où elle avait frappé, mais sur tout le visage et le cou. Stupéfaction ? Fureur ? Gêne ? Pendant une demi-seconde, j'envisageai de lui rendre sa gifle, mais avant que la graine de cette idée ne germe dans mon esprit, Charlotte m'avait empoignée par les cheveux et m'embrassait à pleine bouche.

Je me demandais depuis un certain temps ce que j'éprouverais à embrasser Charlotte, mais je ne m'étais pas du tout attendue à cela.

Elle avait le goût de la menthe et le parfum des fleurs. Ses lèvres étaient aussi douces que je l'avais espéré, mais sa main qui tirait sur mes cheveux et la manière dont elle m'embrassait m'arrachèrent une plainte quand je compris qu'elle prenait possession de ma bouche et de tout mon corps. Envahissante, sa langue s'insinua en moi et ses dents mordillèrent mes lèvres tandis qu'elle continuait à tirer sur mes cheveux pour me pencher sous elle jusqu'à ce que je sois totalement à sa merci.

Puis elle me lâcha et le charme fut rompu. J'étais consciente de ma bouche ouverte vers elle, de mes lèvres gonflées par ses baisers et ses morsures. Lorsque je vis sa main s'approcher à nouveau de ma joue, il me fallut rassembler tout mon self-control pour ne pas tressaillir et me trahir, mais je n'avais rien à craindre : au lieu de me gifler, elle me caressa doucement le visage.

— Nous allons voir ce que nous allons voir, n'est-ce pas ?

En toute honnêteté, à cet instant-là, je ne voyais vraiment pas à quoi elle faisait allusion. Mon esprit était totalement submergé par cette femme extraordinairement belle et par la pensée que j'avais dû largement la sous-estimer.

Tout en caressant mes cheveux, elle continuait à parler, mais d'un ton totalement différent. Ce n'était pas la voix d'un dominant – ou d'une dominatrice si on veut être précis – comme celle que pouvait adopter Thomas, mais une voix ferme et inébranlable.

Cette voix disait que Charlotte n'avait aucun doute quant à la notion que, quoi qu'elle choisisse d'exiger, elle me soumettrait, et c'est ce qui m'inquiéta. Je me demandai ce qu'elle avait bien pu évoquer avec Thomas pendant les semaines où celui-ci me demandait si les seins de Charlotte me faisaient mouiller.

— Nous avons parlé de toi, Sophie. Nous savons que tu es très têtue et que tu peux être très désobéissante.

Pas besoin de me faire un dessin : je le savais aussi.

— Le problème, Sophie, continua Charlotte, c'est que je n'ai pas l'intention de te laisser me désobéir comme tu pourrais désobéir à Thomas. Je veux que tu fasses ce que je t'ordonne, toujours. Et je vais m'assurer que tu le feras.

Je fermai les yeux pendant quelques secondes de manière à ne pas lui montrer que j'avais envie de les lever au ciel.

— Nous avons également évoqué ce qui se passerait si tu désobéissais.

Les yeux ouverts à présent, je n'osais la regarder. Je fixai un point devant moi de manière à essayer de prendre du recul, d'oublier l'instant. Je ne m'attendais pas à ce qu'elle trouve si facilement mes points faibles, et je n'avais aucune intention de mordre à l'hameçon.

— Par conséquent, Sophie, tu vas me dire ce que fait Thomas lorsque tu ne lui obéis pas.

Je me mis à rougir malgré moi. Je savais ce que j'étais censée raconter et j'étais un peu inquiète à l'idée de ne pas répondre tout de suite, mais je n'avais aucune envie d'évoquer les punitions de Thomas à voix haute. D'autant plus devant témoin, si on peut dire. La dualité de ma soumission, pas seulement le désir de me soumettre à Charlotte mais de me soumettre à la part de moi-même qui acceptait la soumission, qui en avait besoin, qui était excitée par l'humiliation, restait coincée dans ma gorge.

Pendant que je tentais de rassembler mes esprits, elle m'asséna une nouvelle gifle et je vis, du coin de l'œil, que Thomas se penchait pour mieux observer ma réaction.

— Réponds-moi ! Que fait-il ?

Je m'éclaircis la gorge en me demandant pourquoi cette simple question me paraissait si avilissante et c'est d'un ton que j'essayais de rendre le moins agressif possible que je répondis :

— Il me punit.

Sa main tordit mes cheveux comme un avertissement.

— Je n'ai rien entendu, Sophie.

Bon sang, Thomas avait dû lui confier ses meilleures idées ! Cette femme était dangereuse. Une part de moi la haïssait tandis que l'autre était de plus en plus excitée.

— Il me punit.

J'avais parlé plus fort.

— C'est mieux. Mais comment te punit-il ?

Je commençai à perdre patience, elle savait parfaitement comment Thomas me punissait puisqu'il le lui avait raconté, sans doute en se vantant largement d'être capable de m'imposer toutes ces humiliations.

Elle le savait ; il le savait ; et ils savaient tous deux que je le savais. Mais non, il fallait que je raconte tout à haute voix parce qu'elle savait aussi que cela me gênait. J'étais furieuse, mais très excitée, et le fait de me sentir de plus en plus moite à quatre pattes devant eux sur le lit me rendait encore plus furibonde.

Je fis une tentative pour dissimuler mon irritation, mais je n'arrivais pas à éliminer le ton acerbe de ma voix.

— Cela dépend. Le fouet, la ceinture, la canne, la cravache, la fessée. Ce qu'il veut.

Lorsqu'elle s'éloigna de moi et que le lien qui nous unissait se relâcha un moment, j'expulsai profondément le souffle que je n'avais pas eu la sensation de retenir. Pendant une seconde, j'éprouvai un net soulagement. Jusqu'à ce qu'elle revienne avec dans la main un objet qui me fit comme un coup de poing à l'estomac.

D'abord, elle ne donna que quelques petits coups du bout de la canne sur mon épaule, mais je fus secouée d'un tremblement incontrôlable. Thomas n'allait pas la laisser faire ?

— Je me suis toujours demandé quel effet ça faisait de battre quelqu'un à coups de canne.

Génial !

Au bout de six coups, Thomas eut pitié de moi et se rapprocha pour la conseiller. J'aurais pu lui en être reconnaissante, mais j'étais déjà en train de sangloter et je n'avais franchement pas l'impression qu'il pouvait m'être d'une quelconque aide. Mon esprit était brouillé par la douleur que Charlotte m'infligeait, et j'étais en train de me demander si elle avait déjà reçu des coups de canne ou si l'expérience lui avait laissé un tel souvenir qu'elle voulait partager ses souffrances.

Charlotte continua à cingler mes fesses sous la houlette de Thomas, qui lui indiquait quand faire pivoter son poignet ou utiliser toute l'ampleur du bras, l'angle du coup, comment combiner les effets en donnant plusieurs coups au même endroit, puis sur des parties encore vierges de manière à observer les différences de réaction à la douleur. Quand retenir le coup, quand l'accompagner ?

Les explications introduisaient des pauses qui ne me facilitaient pas la tâche pour affronter la douleur : il n'y avait aucun rythme, rien pour me guider face aux vagues de douleur. Ma seule solution était de m'effacer, d'oublier leur discussion quant aux zébrures sur mes fesses et sur le temps que celles-ci mettraient à disparaître, pour me concentrer sur le sifflement de la canne dans l'air qui annoncerait le prochain coup et la prochaine vague de souffrance.

J'ignore pendant combien de temps la séance se prolongea, mais il arriva un moment où les coups s'arrêtèrent de pleuvoir. Je sentis leurs quatre mains courir sur les marques, les ongles de Charlotte sur les contours cuisants, les doigts de Thomas pressant brutalement les parties abîmées jusqu'à ce que je pousse un gémissement. Puis, pendant un instant si fugace que je crus l'avoir imaginé, je sentis un doigt dans ma fente.

Mais il se retira si vite que je ne pus retenir une plainte de frustration.

C'était la voix de Charlotte teintée d'émerveillement.

— Ça la fait mouiller.

Derrière moi, je l'entendis soupirer de plaisir et Thomas gloussa.

— Toi aussi, apparemment.

Sa voix était chargée de joie et lorsque Charlotte lui répondit par un rire, je fus assaillie par une poussée de jalousie qui me surprit. Thomas se rapprocha alors de moi et passa rapidement le doigt entre ma lèvre supérieure et mon nez avant de se détourner. Un geste qui fit d'abord augmenter ma frustration jusqu'au moment où la fureur m'envahit lorsque son odeur à elle emplit mes narines.

À les écouter s'embrasser, se toucher, baiser à quelques centimètres de moi, tout en sachant que les gouttes qui séchaient sur mon visage étaient les siennes : jamais je n'avais connu torture plus érotique.

Cependant, je n'osai pas leur jeter un seul regard. J'attendais, docile, qu'ils fassent le premier pas vers moi.

Je serais incapable de dire quand mon état d'esprit changea. Ce fut d'une manière furtive. À un moment, j'étais furieuse et humiliée, et préoccupée par l'idée de m'être soumise à Charlotte, et la seconde d'après, j'étais totalement dans l'instant et rien d'autre ne comptait.

Enfin, Charlotte revint dans mon champ de vision et s'empara du battoir. Comme mon monologue intérieur se demandait pour la millième fois quelle idée avait pu me prendre d'acheter cet objet, elle observa les marques et sourit.

— C'est donc là le fameux battoir à pute.

Je levai les yeux vers Thomas, impatiente de le voir interrompre ce silence qui n'était pas du tout son style.

— C'est ça. Elle en a horreur. Elle est toujours inquiète que je la marque avec et qu'elle se fasse prendre dans les douches de la salle de sport.

Au sourire de Charlotte, je sentis une petite crampe de frayeur s'insinuer dans mon estomac. Avais-je déjà remarqué la courbe sadique de ses lèvres ? Était-ce ce qui m'attirait en elle ? J'étais trempée et terrifiée en même temps, là, agenouillée devant elle, les fesses à l'air, en attendant la suite.

— Et ça marche vraiment ? Tu arrives à la marquer effectivement du mot pute ?

Thomas répondit dans un rire.

— Oui ! À peu près. Cela demande un certain effort et une certaine dextérité, mais c'est possible. Par bien des aspects, c'est un instrument plus précis que la canne. Cela ne marche que si tu frappes au bon endroit, vraiment fort. Très fort.

Lorsque Charlotte se déplaça pour se mettre derrière moi, pendant une demi-seconde, je le détestais. Puis toute pensée s'évanouit de mon cerveau pour ne laisser la place qu'à celle qui était d'encaisser les coups.

En la matière, il faut reconnaître que Charlotte méritait la palme. Elle frappa fort et à plusieurs reprises. Je ne pourrais dire combien de fois le battoir entra en contact avec mes fesses, car je me concentrais sur la douleur et la manière de l'endurer, encore et encore, et sur la nécessité de retenir mes larmes et de réprimer les frissons qui me secouaient le corps, tandis que les claquements violents me lacéraient les fesses déjà cuisantes.

Pour être franche, je ne sais pas si mes efforts étaient efficaces ou non.

Les mouvements de Charlotte n'obéissaient à aucun rythme ni tempo. Lorsqu'elle avait frappé un coup qu'elle estimait suffisant, elle s'interrompait afin de vérifier la qualité de son œuvre pendant que je priais pour qu'elle juge le résultat satisfaisant et qu'elle arrête.

Mais alors, elle reprenait le battoir et se remettait à l'ouvrage, et la souffrance revenait. Soudain, tout débat mental sur ma soumission ou non n'avait plus aucune importance réelle. La question devenait purement académique. D'une certaine manière, par cette punition, dans cette chambre, à cet instant, j'étais à elle. Il ne me vint pas à l'esprit de lui désobéir, de me rebeller, de réagir. Je voulais simplement qu'elle obtienne ce qu'elle voulait – la marque qui la ferait arrêter de me frapper.

Au bout d'un moment, très long, elle parut lassée de ses tentatives. Elle laissa alors tomber le battoir sur le lit et annonça à Thomas qu'elle allait revenir.

Lorsqu'elle quitta la pièce, celui-ci se rapprocha de moi et s'allongea pour me faire face. D'un geste du pouce, il essuya délicatement les larmes qui inondaient mon visage et me parla d'un ton rassurant.

— Comment t'en sors-tu ? Tu vas bien, Sophie ? Est-ce que ça te plaît ?

Je ne trouvais rien d'autre à faire que de hocher la tête en serrant les lèvres pour les empêcher de trembler. J'étais incapable de trouver les mots pour expliquer exactement ce que je ressentais – peut-être plus tard, mais pas à ce moment-là, pas à cet instant. Je me sentais totalement dépassée.

Il m'adressa un sourire.

— C'est bien. Tu sais, le fait de te voir soumise à quelqu'un d'autre m'excite vraiment. J'adore ça que tu fasses tout ce qu'elle te demande simplement parce que je te l'ai ordonné.

Et nous revoici avec l'argument classique de la soumise. Je pouvais protester et prétendre que je ferais tout ce qu'elle demandait, mais mon raisonnement était brouillé par les sensations que j'éprouvais, les myriades de douleur et la chaleur rayonnante de désir qui me brûlait entre les cuisses.

Lorsque la porte se rouvrit, il se pencha vers moi pour déposer un bref baiser sur ma bouche avant de s'éloigner.

Son acte me prit par surprise, de même que la douceur de sa bouche sur la mienne, mais, à cet instant, le baiser était aussi un rappel que c'était lui le dominant, et non Charlotte, et cette pensée me réchauffa. Me rassura.

Ce qui n'était pas plus mal dans le sens où, derrière moi, j'entendis Charlotte déclarer :

— Je n'imaginais pas que cela puisse arriver, mais j'ai commencé à me lasser de la frapper. En fait, pas vraiment lassée, mais mon bras fatiguait.

J'entendis le rire de Thomas ponctuer la moue de Charlotte. Je pouvais visualiser leur échange, mais je ne pouvais pas me joindre à leur sourire alors que je savais parfaitement ce qui allait suivre.

— J'ai une autre idée.

Mes fesses ressentirent une sorte de chatouillement. Après tout ce que j'avais subi comme punition ce soir-là, cela aurait dû me paraître agréable, mais, en fait, c'était simplement un changement de douleur. Mes jambes tremblaient tandis qu'il redessinait les zébrures des coups de canne, le feu des marques du battoir. Ce n'était pas dur, mais précis, comme si elle avait été en train de passer le doigt sur chacune des plaies de ma chair.

Sauf que je compris rapidement qu'il ne s'agissait pas de son doigt. Le premier indice, ce fut le murmure d'appréciation de Thomas.

— J'aime ça. Laisse-moi faire.

La pression se fit plus ferme, cette fois sur l'autre fesse. Lorsque Charlotte gloussa, je fis une tentative discrète pour tourner la tête et découvrir ce qu'ils mijotaient, mais mon mouvement attira l'attention de Thomas et il tordit méchamment mon mamelon pour me faire comprendre que je n'avais pas le droit de regarder.

Il claqua la langue avant de déclarer :

— On dirait que Sophie veut voir ce que nous sommes en train de faire. On lui montre ?

Charlotte gloussa de nouveau.

— Je pense qu'on n'a qu'à la retourner et elle verra tout ce qu'elle veut.

Ils me retournèrent sur le lit et Charlotte émit un petit murmure de compassion lorsque je laissai échapper un cri de douleur en posant mes fesses sur les draps.

Elle se pencha pour écarter les cheveux de mes yeux, et je me rappelai pendant une seconde la jeune femme souriante qui buvait du vin dans le jardin du pub et qui rougissait dans le soleil de l'après-midi.

— J'ai décidé qu'au lieu de me fatiguer davantage le bras, j'allais écrire sur toi. Le résultat est le même et c'est beaucoup plus simple, non ?

La jeune femme souriante du jardin du pub avait disparu.

Lorsqu'ils en eurent terminé avec moi, tout mon corps était couvert d'insultes calligraphiées au rouge à lèvres. Sur les fesses, je devais certainement afficher « pute », mais, ailleurs, j'étais une « salope », une « chienne », une « esclave ». Lorsqu'ils eurent achevé leur travail, ils s'amusèrent à étaler le beau rouge profond (« Après tout, les putes ont le rouge à lèvres qui bave, non ? ») et leur toucher me fit involontairement me tordre de plaisir.

Au bout d'un moment, Charlotte se lassa du jeu et me demanda de m'avancer afin qu'elle puisse peindre ma bouche avec des traînées de rouge sang. Thomas se tenait debout, à côté d'elle, et je ne pus m'empêcher d'éprouver un pincement au cœur devant le couple époustouflant qu'ils formaient : Charlotte en corset, Thomas encore vêtu, ils étaient comme deux anges magnifiques et sensuels.

Par comparaison, nue, avec mes cheveux en bataille, couverte d'insultes en rouge baveux et de marques laissées par la canne et le battoir, je devais offrir un bien disgracieux spectacle. La tache rouge qui ornait mes lèvres complétait le tableau à merveille.

Lorsqu'ils se mirent à s'embrasser à pleine bouche devant moi, Charlotte me fit signe de m'approcher de Thomas.

— À genoux ! Je veux que tu nous montres jusqu'où tu peux le prendre dans ta bouche ? Je vérifierai sa queue pour voir à quelle hauteur la marque de ton rouge de pute s'imprime. Et si ce n'est pas assez haut, je suis sûre que je trouverai la force de te punir.

Un jour ordinaire, ma petite voix intérieure serait en train de hurler, mais là, je n'en avais plus rien à faire. Je me déplaçai rapidement, ignorant dans ma hâte la douleur de mes fesses, pour plonger à genoux devant Thomas et Charlotte. Je défis la fermeture de son pantalon, sortis son sexe et l'enfilai dans ma bouche.

Le plaisir me prit par surprise, d'autant que je le sentis rapidement grossir à mesure que je penchais la tête pour le sucer plus profondément. Charlotte se déplaça et je les entendis s'embrasser au-dessus de moi pendant que je continuai à le sucer. La main de Charlotte vint glisser dans mes cheveux et elle me caressa la tête.

Ce fut l'une de mes expériences les plus saugrenues en matière d'excitation. Au moins, jusqu'à ce qu'ils se mettent à baiser et que je rampe sur le lit pour aspirer le clitoris de Charlotte entre mes lèvres.

Lorsque Thomas eut joui une fois et Charlotte deux, j'étais vibrante de désir insatisfait.

Nous étions allongés sur le lit tous les trois, et Charlotte me caressait doucement le bras pendant que j'embrassais son ventre.

— Tu veux jouir, Sophie ?

J'ouvris un œil soupçonneux. J'avais bien une idée de ce vers quoi cela allait nous mener, et, ce qui est vraiment affreux c'est qu'à ce stade, je n'avais plus aucun scrupule. Je savais que, s'il le fallait, j'étais prête à chevaucher la jambe de Charlotte.

— Oui, s'il vous plaît.

Son sourire était magnifique et sa bouche s'arrondit pour venir prendre mes lèvres doucement.

— Allons, Sophie, tu sais que tu peux mieux faire. Je t'ai déjà entendue supplier, souviens-toi ! Je sais à quel point tu es bonne à ça.

Je rougis sous leurs regards scrutateurs. Fixant un point au-delà de leurs visages, je parvins à leur demander à tous deux – je n'allais pas risquer un manquement au protocole à ce stade – en bredouillant, s'ils voulaient bien, par pitié, me laisser jouir.

Charlotte laissa échapper un claquement de désapprobation.

— Es-tu en train de nous supplier, Sophie ?

Je soupirai.

— Oui, Charlotte, je te supplie. Je te supplie de me laisser jouir.

Charlotte éclata de rire.

— D'accord, mais tu dois embrasser mon cul.

Je suis certaine que mes yeux s'étaient écarquillés dans la meilleure imitation d'un personnage de dessin animé.

— Quoi ?

— Embrasse mon cul. En fait, je pense que j'aimerais sentir ta langue entre mes fesses. Si tu fais ça, je te laisserai jouir.

J'étais sidérée. Je savais que Thomas n'appréciait pas cela et qu'il ne me le demanderait jamais. Je ne m'en étais jamais soucié parce que ce n'était tout simplement pas au programme.

J'étais tellement tendue par le désir que tout mon corps ne demandait qu'à jouir, mais son cul ?

Soudain, la voix de Thomas retentit dans mon oreille comme un coup de canon.

— Je te l'avais dit, elle ne voudra pas. Fais-la chevaucher ta jambe plutôt.

Un sursaut de fureur déferla en moi. J'avais l'impression d'être un morceau de viande, un objet dont ils pouvaient parler entre eux sans me concerter.

Charlotte se rapprocha et m'embrassa doucement sur les lèvres sans me quitter des yeux.

— Sophie, je pourrais te demander de chevaucher ma jambe. Tu sais que si je continuais à te gifler ou à te donner des coups de canne, tu finirais par sangloter en me suppliant de faire ce que je veux le plus vite possible. À nous deux, Thomas et moi, nous pourrions te maintenir et je pourrais m'asseoir pour poser mon cul sur ton visage. Je pourrais te forcer, mais je ne veux pas te forcer, ma belle. Je veux que tu te soumettes volontairement. Je veux que tu rampes derrière moi et que tu adores mon cul, que tu fasses quelque chose que tu n'as jamais fait et que personne ne m'a jamais fait. Et pendant que tu t'occuperas de me lécher, Thomas te fera jouir. Je ne tiens pas à te punir, mais j'exige ton obéissance totale. Oui, tu m'as obéi jusqu'ici parce que Thomas t'avait donnée à moi...

Je n'étais pas très sûre que ce soit exactement vrai, mais je ne voulais pas interrompre le flot de son discours.

— ... mais je veux que tu fasses ça pour moi. Uniquement pour moi. Maintenant.

Le silence s'étala dans la chambre et dura.

Je ne fis pas un geste, mais je savais déjà que j'allais lui obéir.

Je rampais donc délicatement sur le dos de Charlotte et je déposai un baiser sur ses fesses lisses. Et lorsque Thomas introduit ses doigts bien au fond de moi, je me mis à lécher et à embrasser son anus. C'était une humiliation que je n'aurais jamais imaginée mais, là, dans cette chambre, à cet instant, cela me parut soudain naturel. Elle m'avait convaincue : je me soumettais à elle, pas pour Thomas, mais pour lui plaire à elle, et je le fis avec ardeur.

Elle gémit de plaisir, tendant la main en arrière pour me caresser les cheveux, et je jouis enfin, soufflant et pleurant dans son cul tandis que mon corps était secoué de vagues de plaisir.

Lorsque je retrouvai mes esprits, Charlotte m'expliqua en souriant le pari qu'elle avait fait avec Thomas. Celui-ci assurait que jamais Charlotte ne parviendrait à me forcer à lui lécher l'anus, et il lui avait promis que, si elle y arrivait, elle aurait le droit de me baiser avec son nouveau godemiché en harnais. Dans le cas contraire, elle serait sévèrement punie et elle prendrait ma place. Tandis que nous poursuivîmes nos ébats longtemps dans la nuit, dans un mélange de membres et de positions, et certaines des expériences les plus érotiques que j'aie jamais eues, je me félicitais d'avoir accepté la soumission.

J'ai encore une dent contre Charlotte pour l'histoire du genou, mais, d'un autre côté, elle est venue m'aider avec Thomas à emménager dans mon nouvel appartement le week-end suivant. Je suppose que cela rend les choses équitables.

Moi, Sophie Morgan, soumise

10

Le changement qui intervint alors dans ma vie fut à la fois extrêmement progressif et ridiculement rapide. Je travaillais pour le journal depuis près de trois ans, et la nature du journalisme régional induit que les salaires démarrent bas et ne s'améliorent guère sauf promotion. Selon un processus immuable, vous passez de stagiaire à correspondant et à journaliste, et, si vous voulez rester dans la même maison, l'étape suivante est de vous spécialiser ou de viser la direction, d'abord en devenant rédacteur.

J'adorais travailler pour mon journal local, avec mes collègues dans mon petit box. Les gens qui m'entouraient, au journal ou ceux que je rencontrais dans mes reportages, étaient, pour la majeure partie d'entre eux, plutôt intéressants et bienveillants, et nous couvrions une région suffisamment vaste pour qu'il y ait toujours une bonne piste à creuser.

Toutefois, l'atmosphère de la salle de rédaction ne me suffisait plus. Le journal n'était pas assez important pour penser en termes de spécialisation ; et le rédacteur, le rédacteur adjoint et le rédacteur en chef comptabilisaient à eux trois une quarantaine d'années d'expérience et n'allaient certainement pas s'envoler avant l'heure de la retraite.

Par conséquent, avec des chances nulles de promotion, et bien que l'idée de partir m'attristât, une ou deux choses me firent penser qu'il était grand temps d'aller voir si l'herbe était plus verte ailleurs. Premièrement, mon salaire de journaliste ne me laissait pas assez d'argent pour mener une existence autre que frugale (une fois payés les mensualités de mon prêt étudiant, mon loyer et les incompressibles) ; deuxièmement, ma famille me manquait.

Chaque fois qu'ils en avaient l'occasion, mes parents me rendaient visite, remplissaient mon frigo et m'emmenaient au restaurant ou dans les boutiques, mais il y avait toujours un moment où il fallait se séparer et qui me laissait un sentiment insupportable d'abandon.

Je passais un petit week-end à la maison tous les deux mois pour aller les voir ainsi que ma sœur, mais, soudain, cela ne me suffisait plus.

Chaque fois que je les voyais, mes parents me paraissaient un peu plus vieux, leurs mèches grises un peu plus nombreuses, leurs anecdotes au sujet de visites chez le médecin ou un traitement médical un peu plus fréquentes. Je voulais me rapprocher d'eux, les voir plus souvent, sans pour autant envisager de revenir au nid, car j'étais tout à fait certaine que l'idée joyeuse de retrouver ma chambre de jeune fille deviendrait rapidement insupportable.

Sans espoir de promotion, la seule solution consistait donc à faire ce que tout journaliste intelligent qui veut progresser dans sa carrière fait : trouver un journal plus grand et plus influent, où la paie serait meilleure, et qui serait plus près de chez mes parents.

Il est vrai que lorsque je dénichai un endroit où poser mes cartons, l'augmentation en salaire fut avalée par le prix du loyer, mais ma mère pouvait passer deux fois par semaine avec les portions des nouvelles recettes qu'elle essayait ou une part de gâteau qu'ils n'arrivaient pas à terminer, ce qui me permettait de faire quelques économies çà et là (et il faut dire que son cake au citron m'offrit des tas de nouveaux amis dans ma nouvelle salle de rédaction – une femme ne peut manger qu'une quantité limitée de cake, même celui au citron de ma mère).

Outre les péripéties gastronomiques et les rôtis du dimanche en famille, le principal changement concernait le temps dont je disposais désormais pour Thomas. Depuis Londres, il me fallait plusieurs heures de route pour aller le voir, et mes horaires, le prix de l'essence et sa relation naissante (la vraie) avec Charlotte signifiait que nous n'avions pas beaucoup de temps pour refaire le monde en regardant des DVD comme nous le faisions autrefois.

Le changement exigea un certain nombre d'ajustements non négligeables et me prit un peu au dépourvu. J'aimais la compagnie de Thomas, et tout ce que nous avions fait ensemble comptait parmi les souvenirs les plus amusants et les plus salés de ma vie.

Le fait est, cependant, que je voulais une vraie relation – même si elle devait aussi être D/s – avec un homme qui pourrait vivre avec moi, partir en vacances, un homme que je pourrais épouser et avec lequel je pourrais avoir des enfants et tous ces trucs agréables.

J'arrivais encore à voir Thomas un week-end sur deux – pour que nous puissions jouer à nos jeux sans engagements aucun – et je n'avais pas vraiment la disponibilité mentale ou l'envie de m'ouvrir à d'autres relations. Cela me paraissait beaucoup de bruit pour pas grand-chose, d'autant que je ne suis pas la personne la plus simple lorsqu'il est question de relations sociales.

Le déménagement marquait l'occasion de mettre fin au duo D/s ; pas à notre amitié, ça jamais, parce que nous avions partagé trop de choses, et qu'il était et est encore l'être le plus généreux qui soit. Côté sexualité, c'était très différent. Je m'éloignais et les choses devenaient de plus en plus sérieuses entre Charlotte et lui. Alors, dans notre désinvolture caractéristique, nous décidâmes que nous pouvions mettre un terme à notre relation sexuelle « amis avec profits sans pertes ».

Pour moi, c'était le moment idéal. Bien que nous ayons abordé le sujet du ménage à trois à plusieurs reprises, je commençai à me lasser car, soyons clairs, le sexe est fondé, dans son expression la plus basique, sur un jeu avec deux joueurs, et, dans ce contexte, je craignais l'irruption du fameux triangle.

Si, de mon côté, les risques étaient minimes dans la mesure où je n'éprouvais aucune jalousie par rapport aux relations sexuelles (D/s ou non) que Thomas pouvait avoir avec Charlotte, l'intensité du triangle pesait toujours sur notre trio.

En outre, malgré le bonheur que j'avais eu d'explorer les jeux avec Thomas, chaque nouvelle rencontre cimentait dans mon esprit l'impression que j'étais sur le point de passer des jeux D/s « simples » à une relation à part entière qui pourrait englober mes tendances de soumise. Je n'ai certes jamais eu l'impression d'être négligée, voire abandonnée, comme le ressentent parfois (souvent) les membres d'un ménage à trois, mais j'avais compris (même avec ma petite cervelle) que le lien qui unissait Thomas et Charlotte était plus fort. C'était donc le moment idéal pour m'effacer.

Bien sûr, ce fut un peu douloureux pendant un certain temps. Vous êtes certes content de rentrer chez vous, là où vous avez grandi, mais, dans l'euphorie du moment, vous oubliez que les autres ont grandi aussi, ou sont partis. Et comme je ne pouvais plus m'appuyer sur Thomas et son réseau d'amis, je dois avouer que dans mon nouveau boulot et mon nouvel appart, il me fallut un peu de temps pour retrouver mes marques.

C'est assez paradoxal quand on sait ce qui s'est passé ensuite entre nous, mais, lorsque j'ai rencontré James, il ne m'a pas plu. Pour tout vous avouer, à cette époque, je n'aimais personne.

En dépit du fait que j'étais revenue « à la maison », j'étais perplexe de constater à quel point Thomas me manquait et je passais quelque temps dans un état d'esprit agité. Nous échangions sur le Net le plus souvent possible, et il demeurait l'ami solide qu'il avait toujours été. Il était bavard, ouvert sur sa vie – clairement heureux avec Charlotte qui s'était mise à passer avec lui des week-ends qui me rappelaient les nôtres. Mais cela me faisait du mal. Il m'énervait, et je me demandais pourquoi, et j'étais agacée de ne pas savoir si je devais ou non être fâchée contre lui, et j'avais des flash-back incessants de ce que nous avions fait tous les deux. Ce qui me laissait toujours à la fois excitée et furieuse. J'avais l'impression que ma tête était en ébullition, j'étais épuisée, et je ne comprenais toujours pas pourquoi.

D'un autre côté, depuis mon retour, je jouais l'ermite : je ne sortais pas, je n'avais pas envie de voir des gens, de me faire de nouveaux amis, de passer des heures à ne rien dire, ou de m'intéresser à autre chose qu'à mes petites souffrances personnelles.

Malheureusement, lorsque vous êtes journaliste, vous êtes bien obligé de sortir de chez vous et d'aller parler avec des gens, que vous en ayez envie ou pas (et, faites-moi confiance, je n'en avais aucune envie).

En dépit de mes nouvelles responsabilités, de mon nouveau box en salle de rédaction et de mes plus nombreux nouveaux collègues, pour la première fois, l'apathie envahissait ma vie professionnelle. Ce qui me plombait le moral, et ainsi de suite.

Toutefois, même dans les profondeurs obscures de mon marasme, mon nouveau rédacteur (ou plutôt rédactrice), une vraie force de la nature, n'avait pas l'intention de me laisser mijoter trop longtemps. Après m'avoir rappelé plusieurs fois une interview que j'avais prévue pour un article à venir, elle finit par me coller manteau, sac et parapluie dans les bras et me pousser vers la porte. Trop apathique pour opposer une quelconque objection, je m'exécutai. Je suppose donc que je suis la seule à blâmer.

Parce qu'il me fit poireauter. Je veux dire le type avec lequel j'avais rendez-vous, et pendant plus de trente longues minutes, dans le lobby de son immeuble chicos.

Dans ce décor tout chrome, verre et ikebana minimalistes (qui, à mes yeux, n'étaient rien d'autre que quelques bouts de bois ramassés sur le bord de la route mais qui, de toute évidence, coûtaient plus d'une semaine de mon travail), je mijotais jusqu'au point d'ébullition.

Lorsqu'il daigna enfin apparaître, j'étais déjà en train de lancer des éclairs, sauf que ce n'était pas à lui qu'ils étaient destinés puisqu'il avait envoyé un de ses sbires pour me conduire dans ses bureaux à l'étage.

Un comportement parfaitement normal, je dois l'admettre, mais, à ce stade, c'était un mauvais point à ajouter au score déjà bien lourd du personnage. Si j'en juge par les regards contrits dudit sbire tiré à quatre épingles qui m'accompagna dans l'ascenseur, l'événement n'avait pas lieu d'être qualifié d'inhabituel.

James était agent de change (il l'est toujours d'ailleurs) et, contre toute attente, j'avais été désignée pour interviewer le nouveau gourou de la nouvelle éthique (comprenez ce que vous voulez) en vogue dans le milieu financier des crédits de la période post-crise financière. Je m'attendais à tomber sur un végétarien en sandales, peut-être en costume de chanvre ou un truc du genre. Sur quoi, je découvris un type que j'aurais pu repérer dans un bar pour lui jeter un regard nostalgique, certaine qu'il était trop occupé à honorer ses rendez-vous avec des Eva ou Pippa à petit cul bien ferme et rebondi pour avoir envie de me regarder plus avant, avec mon verre de rouge et mon sachet de chips.

Dans tous les cas, ce n'était pas le genre de types à se plonger les doigts dans un sac de « fromage-oignon ». En fait, lorsque je me risquais à lever les yeux au-dessus de sa chemise, j'aurais parié ma fin de mois sur les abdos genre barres de chocolat que celle-ci devait dissimuler (sans parler du fait qu'il n'avait pas du tout l'air d'un mec qui bouffe des cochonneries).

Sa poignée de main était ferme et, bien qu'il se soit excusé de m'avoir fait attendre, il n'y avait aucun regret dans son ton. Pour être honnête, lorsque nous eûmes terminé l'interview, j'espérais qu'il ne me raccompagnerait pas jusqu'en bas. Si l'article devait être original, un sujet pas vraiment controversé mais assez polémique pour faire vendre, personne n'avait dû l'en informer.

Il était déjà assez difficile d'obtenir de lui une réponse – quant à la clarté de la réponse… Il passait son temps à clarifier et reclarifier ses idées, si bien qu'il avait éliminé pratiquement tout ce qui risquait de prêter à controverse, et plus j'avançais dans mes questions ou m'en éloignais de manière à lui permettre de s'ouvrir, plus il se fermait.

Jamais interview ne m'a paru plus décourageante.

Pour finir, au bout de plus d'une heure, je laissai tomber. Comme ça ! J'en avais assez pour sortir un papier, même si je ne disposais pas vraiment de la citation de l'année, le truc qui vous vaut le prix Pulitzer. Ce qui me rendit encore plus grognon, et, lorsque nous eûmes terminé, je fermai mon bloc d'un coup sec et le jetai dans les profondeurs de mon sac à main avec plus d'agressivité que nécessaire.

C'est là qu'il me proposa de le retrouver pour dîner.

Je ne pus m'empêcher d'éclater de rire.

— Pardon ?

Je ris de nouveau devant son air confus qui se demandait comment j'avais pu ne pas répondre du tac au tac par l'affirmative. Avec évanouissement adéquat.

— Je voulais vous proposer de dîner avec vous. Peut-être un verre. Je crois que les journalistes aiment prendre un pot.

Mon irritation était à son comble, mais je rétorquai :

— Et pourquoi voulez-vous prendre un verre avec moi ? Et pourquoi voudrais-je prendre un verre avec vous ? Vous n'êtes pas capable de répondre à une seule question d'une manière directe. Comment allez-vous vous débrouiller pour arriver à bavarder gentiment lors d'un rendez-vous ?

— Qui vous parle de rendez-vous ?

Je sentis que mon visage prenait feu et aussi le coup de poignard de rage qui suivait : furieuse contre lui pour être si brutal et contre moi pour être assez sotte pour croire qu'il était en train de me demander de sortir avec lui. Je n'étais vraiment pas faite pour ce genre de relations. Je fis demi-tour et filai vers la porte, mais il me retint en posant la main sur mon bras. C'était un geste ferme, mais assez doux pour qu'il m'arrête dans ma grande sortie du deux.

— Ce serait sympa, insista-t-il gentiment. Allez, avouez que nous avons pris du plaisir à discuter comme ça. À nous convaincre l'un l'autre. C'était un peu comme une joute.

Je roulai des yeux.

— Je pense que vous n'avez pas tout à fait saisi le concept de la joute. En outre, je pense qu'un dîner avec vous serait une expérience épuisante. Je vous suis reconnaissante pour l'interview, mais…

J'avais déjà les doigts sur la poignée de la porte lorsqu'il ajouta :

— De quoi avez-vous peur, Soph ?

Je ne pus résister.

— En fait, c'est Sophie, et je n'ai peur de rien.

Il releva un sourcil, fit un pas en arrière et croisa les bras. Je pense qu'il se trouvait irrésistible, mais cela me donnait surtout envie de lui en coller une pour cet air de suffisance absolue.

— Vraiment ?

C'est comme ça que nous sommes allés prendre un verre.

Quand j'y repense, les signes étaient déjà tous là. Dès le début.

Faut-il préciser que je regrettais d'avoir accepté de sortir avec lui pratiquement sur-le-champ ? Mais il n'y a pire girouette que girouette sans courage, alors je lui donnai mon numéro.

Pendant qu'il l'enregistrait dans son Blackberry, il annonça, mi-rassurant mi-menaçant que, s'il n'arrivait pas à me joindre pour fixer un rendez-vous, il me rappellerait au travail. Nous savions tous deux que je préférerais répondre à mon mobile que de risquer de faire les frais des potins du bureau sur ma vie intime.

Lorsque je rentrai en salle de rédaction pour écouter l'enregistrement de l'interview, mes dents se serrèrent encore plus. Il était vif, mais il le savait, de ce type d'arrogance qui me donne envie de donner des coups de pied dans quelque chose.

Toutefois, ce n'est pas cette suffisance innée qui me rendait plutôt circonspecte quant à la perspective de passer quelques heures à le regarder dans le blanc des yeux par-dessus des amuse-gueules et des boissons honteusement chères. Ce n'était même pas parce que je pansais encore mes blessures après la fin de ma relation avec Thomas et que j'en étais encore à me demander comment mes pulsions sexuelles pouvaient prendre aussi totalement le pas sur mon cerveau.

En bref, j'étais épuisée. Le temps que j'avais passé avec Thomas m'avait permis de réaliser que, aussi stupéfiant que soit le sexe entre deux personnes, il fallait que la relation s'appuie également sur une forme de lien émotionnel. Toutefois, je craignais que mon concept d'idéal romantique ne s'apparente à chercher une aiguille dans une botte de foin. Je savais que j'étais exigeante, mais qui, franchement, serait prêt à opter pour quelqu'un qui ne remplirait pas quelques cases, ce qui, dans mon cas, correspondrait au minimum à quelqu'un d'attentionné, amoureux, intelligent, drôle, disposant d'un job qu'il appréciait (c'était la seule manière qu'il supporte le mien, que j'adorais mais qui supposait des horaires terribles), qui aimait les enfants et les animaux, n'était pas gêné par l'odeur de la crème Marmite. Ah, oui, et qui ne refuserait pas de me blesser, de m'humilier et de me dominer de toutes les manières originales et dégradantes possibles, sans être pour autant un psychopathe patenté. Question liste idéale, j'aurais pu ajouter « la lune » pour faire bonne mesure.

J'en étais arrivée à la conclusion que ma relation devait comporter un aspect D/s, mais je n'avais aucune idée de la manière dont j'allais trouver (ou chercher) ladite personne, et une petite voix intérieure me disait que je ne pourrais sans doute jamais avoir tout. Parce que ce que je cherchais n'existait tout simplement pas.

Et voilà que je me retrouvais embarquée dans un rendez-vous avec un agent de change.

*

Sur ma proposition, nous nous retrouvâmes un mardi soir, d'une part parce que je n'étais pas d'humeur à gâcher un week-end rare et précieux pour lui, d'autre part, parce que j'avais décidé que je pouvais ainsi avoir sous la main une excuse toute prête de bouclage tôt le matin pour me défiler si nécessaire. Nous avions rendez-vous dans un pub près de son bureau, et ce malgré sa suggestion attentionnée de nous retrouver plus près de mon bureau pour me faire gagner du temps – j'étais soucieuse de demeurer de son côté de la ville pour éviter de croiser une connaissance. Pourquoi susciter des questions agaçantes sur ce qui n'allait être qu'un verre ou deux ?

Ce qui se passa, lorsque nous bûmes effectivement deux verres dans le pub, c'est qu'il se montra plein de sollicitude et me posa moult questions sur mon travail et sur les raisons qui m'avaient fait choisir le journalisme, et pourquoi cela me plaisait tant, que je me mis à avoir de petits pincements au cœur en pensant qu'il ne s'agissait que d'un rendez-vous sans lendemain.

J'étais surprise de trouver sa compagnie si agréable ; il était drôle, brillant, cultivé, avec cette manière qui prouvait qu'il ne faisait pas partie de ces gens qui vous annoncent qu'ils trouvent la politique si déprimante, et ne s'y intéressent pas.

Nous échangeâmes quelques joutes verbales, et, lorsque je l'accusai de proposer des programmes sociaux de santé si réactionnaires qu'ils faisaient paraître Attila le Hun plutôt mou, il partit d'un grand rire en renversant la tête en arrière.

En le voyant rire ainsi, j'eus comme une petite pointe de désir au creux du ventre, que je repoussai immédiatement au nom du bon vieux réalisme. Même s'il m'appréciait assez pour proposer de me revoir, cela ne marcherait jamais. Il n'était clairement pas le genre D/s : il était trop courtois, trop correct, trop poli, du genre à se lever lorsque j'entrai dans la pièce et à m'aider à me défaire de mon manteau avant de me tirer une chaise. Je parie que son sourire, indéniablement suave (comme toutes ces choses que vous remarquez en passant, sans y penser vraiment), se transformerait en grimace si je lui demandais ce qu'il pensait des fessées. J'avalai une gorgée de mon verre en esquissant un sourire devant le ridicule accompli de mes pensées, et replongeai dans la conversation sur les émissions de télévision pour enfants avec lesquelles nous avions grandi en me disant qu'au lieu de couper les cheveux en quatre, je ferais mieux de profiter de la soirée et cesser de chercher la cogne.

Après les deux verres, nous décidâmes spontanément de continuer naturellement par un dîner. Nous longeâmes les rues de la City en bavardant et s'empara de ma main pour traverser la chaussée en courant.

La chaleur de sa main dans la mienne me chatouilla de nouveau pendant une seconde, et je sentis que je commençai à rougir comme une adolescente avec son premier béguin. Lorsque nous atteignîmes l'autre côté, j'allai lâcher sa main mais il entrelaça ses doigts aux miens d'une manière plutôt ferme et décidée.

J'essayai de faire taire la petite voix intérieure qui soulignait avec malice qu'*il me tenait par la main*, en me rappelant que cela n'avait aucune sorte de signification, et que c'est ce qu'il aurait probablement fait s'il avait escorté une vieille tante en ville. Ce qui ne m'empêcha pas de sourire béatement.

Vu le rythme de ses longues enjambées, il n'avait clairement pas l'intention de rester dehors dans le froid plus longtemps que nécessaire, mais j'avais un peu de mal à suivre. Je levai les yeux et accélérai le pas en essayant de réprimer mes frissons. Soudain, il s'arrêta net et je lui rentrai dedans. En pleine confusion, je regardai autour de moi.

— Est-ce que tout va bien ? Que se passe-t-il ? lui demandai-je alors qu'il commençait à déboutonner son manteau.

— Tout va bien, Sophie, mais tu trembles de froid.

— Eh bien, il fait froid et nous sommes immobiles, ce qui n'aide pas.

Honnêtement, j'essayais de ne pas avoir l'air trop sarcastique, mais j'avais peut-être du mal à cacher mon agacement.

Il posa son pardessus sur mes épaules et je suppose qu'il sentit que je me raidissais, comme si j'allais le jeter à terre, car il appuya fermement les mains sur mes épaules.

— Garde-le. Plus tu restes là longtemps à hésiter, plus je me gèle.

Je penchai la tête pour dissimuler mon sourire et repris sa main pour l'entraîner au petit trot jusqu'au restaurant, enveloppée par le délicieux parfum d'eau de Cologne et de citron de son pardessus. Je n'y pouvais rien : j'avais un sourire encore plus largement béat.

Le restaurant était excellent. Il m'avait conduite dans un établissement gastronomique plutôt discret, où les tables étaient suffisamment éloignées les unes des autres, tandis que le service attentionné demeurait invisible. Nous parlâmes de tout et de rien, avec une grande facilité, et nous rîmes beaucoup ; nous nous disputâmes aussi, ce qui est important parce que, comme je l'ai déjà dit, les mots ont de l'importance pour moi. J'aime les gens intelligents, cultivés, et qui pensent par eux-mêmes.

James était tout cela, avec en outre assez d'esprit de contradiction pour que je ne m'endorme pas, que mon cerveau reste vif. Cela faisait longtemps que je n'avais pas trouvé une discussion aussi passionnante, et je me rappelai soudain à quel point il était agréable de rencontrer des gens nouveaux. James fit même quelques calembours terribles que je m'empressai de dénoncer en me moquant de lui alors, qu'à l'intérieur, j'étais plutôt ravie. Ne sous-estimez jamais le pouvoir d'une blague, aussi stupide et bancale qu'elle soit, pour amuser et impressionner un journaliste.

De son côté, il avait l'air de prendre plaisir aux étincelles qui fusaient entre nous. Il avait le visage animé et ses gestes étaient amples et fluides, décontractés, tandis que nous abordions divers sujets plus ou moins sérieux. En dépit d'une ou deux piques sur ma force de caractère et sur le fait que « jeune femme, vous avez besoin d'être dressée », au moment où je dis quelque chose qui sembla l'exaspérer, il ne parut pas particulièrement dépassé par mon intelligence ou par ma tendance à ergoter. J'aimais ça. Il me plaisait. En outre, lorsque je le regardai poser ses lèvres sur son verre pour la énième fois, je constatai qu'il me faisait de l'effet.

Lorsqu'il fut près de minuit, je regrettai d'avoir proposé une soirée en plein milieu de semaine. Mon réveil à six heures du matin m'apparaissait déjà comme nécessitant des litres de café et un croissant au chocolat, et c'est avec beaucoup de regret que je demandais l'addition.

Il régla la note, écartant d'un geste ma carte de crédit comme s'il chassait une mouche, une chose qui me parut plutôt bienvenue lorsque j'aperçus – à l'envers – le montant de ce que la soirée avait coûté.

Nous marchâmes jusqu'à une station de taxi et, en attendant qu'une voiture se présente, je dansai d'un pied sur l'autre pour me réchauffer. Il faisait un froid glacial, même avec son pardessus qu'il avait pris soin de me remettre. James se tenait devant moi, l'air soudain bien moins confiant qu'il ne l'avait été toute la soirée. C'était peut-être parce que sa cravate était relâchée ou que sa veste était un peu froissée, mais il me parut plus accessible et aussi sensible que n'importe qui. Il s'éclaircit alors la voix :

— J'ai vraiment passé une bonne soirée, en fait.

Je lui répondis dans un rire :

— En fait ? Tu as l'air surpris.

Il commença à bredouiller le début d'une réponse qui allait sans doute préciser ce qu'il voulait dire.

— Pas de problème, le coupai-je pour le sortir de l'embarras, je suis surprise aussi. Tu es d'une compagnie bien plus agréable que je l'aurais cru lors de notre première rencontre.

Son visage prit alors toutes sortes d'expressions, de la confusion tandis qu'il cherchait à décider s'il fallait privilégier le compliment ou l'insulte de ma réponse. Lorsqu'il ouvrit la bouche pour parler, je l'arrêtai en me penchant vers lui pour l'embrasser.

Pendant une seconde, je tins les rênes, mais une fois sa surprise dissipée, sa langue rivalisait avec la mienne. Il avait le goût du vin rouge et de la viande rouge, une saveur qui me fit sourire contre ses lèvres pendant une seconde avant que l'insistance de sa langue me ramène dans le baiser. Sa bouche était ferme, puissante, ses lèvres dures contre les miennes, sa langue partant à l'assaut de ma bouche. Ses mains encerclaient mes poignets et me tiraient vers lui, plus près, en ramenant mes bras dans mon dos.

En apercevant l'arrivée d'un taxi dans la station derrière nous, je fis mine de m'éloigner, mais ses mains me retenaient et sa bouche ne quitta pas la mienne alors que je poussai un gémissement dans la sienne, un cri de désir modulé par le regret.

Lorsqu'il me relâcha enfin, nous nous regardâmes avec une expression stupéfaite pendant une seconde, le souffle court, mais avant qu'il n'ait eu le temps de dire un mot, je fonçai dans le taxi avec un bref « À plus » au passage avant de claquer la porte. Je lançai mon adresse au chauffeur et je me retournai pour agiter la main en souriant vers James qui était encore bouche bée. Sans doute que, normalement, ses rendez-vous ne se terminaient pas avec la fuite de la femme qu'il venait d'embrasser. J'éclatai de rire et lui tirai la langue, et il se mit à sourire tandis qu'il disparaissait à ma vue. Je m'adossai enfin à mon siège et repérais le regard du chauffeur dans le rétroviseur.

— Vous avez passé une bonne soirée alors ?

Mes lèvres, gonflées de baisers, s'arrondirent en un sourire malgré moi.

— En fait, oui, vraiment bonne.

Lorsque j'arrivai devant la maison, James m'avait déjà envoyé un texto :

Tu as de la chance, car tu aurais bien mérité une correction – la prochaine fois.

Je sentis un sursaut d'excitation en lisant « la prochaine fois ». Je n'étais peut-être pas la seule à avoir ressenti quelque chose.

Paroles ! Paroles !

Je fis une pause, les doigts au-dessus des touches du téléphone, en me demandant s'il fallait ou non que je réponde directement à la menace. Trois verres de vin et encore sur mon petit nuage, je jetai toute prudence aux orties.

Dans tous les cas, je ne suis pas sûre que tes fessées me feraient mal.

Lorsque je poussai la porte de mon appartement, il avait déjà répondu.

Pourquoi ? Tu as déjà reçu beaucoup de fessées ?

Je décidai qu'il valait mieux ne pas répondre. James était charmant, mais si une femme un peu grise qui s'était jetée sur lui pour l'embrasser le laissait sidéré, les anecdotes sur ma vie sexuelle risquaient de le traumatiser à vie. C'était une chose de penser qu'il était trop normal pour que notre relation débouche sur quelque chose ; c'en était une autre de tout gâcher avant que quoi que ce soit ait commencé. J'allai me coucher, mais j'entendis le signal de mon téléphone : nouveau message.

Tu as volé mon manteau.

Flûte. Je suppose que je n'avais plus le choix. Il fallait que je le revoie.

Je n'avais jamais rencontré un homme qui aime tant flirter par textos. Ne vous méprenez pas, il était vraiment très peu disponible. Si je n'avais pas une idée très claire de ce que les agents de change étaient censés faire, je supposai que le boulot comportait de longues heures de travail et beaucoup de stress pour des récompenses financières à la hauteur. Mais entre toutes les heures dudit travail, les levers à l'aube, les cocktails d'entreprise, un voyage d'affaire à Genève de temps en temps et, bien sûr, le vélo (voilà pourquoi il avait l'air tellement en forme), il trouvait toujours le temps de m'envoyer un sms ou un e-mail à propos de tout et de n'importe quoi. Lorsqu'il lisait quelque chose qui pouvait m'intéresser, il m'envoyait le lien. Il me communiqua, par exemple, une erreur sur la carte d'un restaurant parce qu'il savait que cela ferait hurler de rage le tyran de la grammaire en moi.

Il m'envoya même un commentaire sur l'article que j'avais écrit à son sujet, ce qui me fit rougir car j'avais bouclé la copie avant notre premier dîner et, alors que l'article restait parfaitement courtois, j'avais l'impression qu'il possédait comme des sous-titres qui clamaient que ce mec était un snob fini.

Heureusement, James n'avait rien remarqué ; ou bien il était trop ensorcelé par moi pour dire quoi que ce soit. Qui sait ? Peut-être que dans son monde de femmes soumises, il me trouvait adorable.

Quant à moi, je me laissais gagner par la chaleur de ses attentions, tout en essayant désespérément de me rappeler que cela ne signifiait rien et que les gens comme lui ne finissaient certainement pas avec des filles comme moi, même si j'avais eu la moindre envie de sortir avec lui. Ce dont je n'étais pas encore sûre.

Il devait y avoir un revers de la médaille, il suffisait que j'aie le temps de le découvrir. Le problème, c'est que chaque message supplémentaire me faisait l'apprécier un peu plus. Je traversais ainsi des phases au cours desquelles je réprimai mes envies de lui répondre aussitôt, de manière à dissimuler à quel point j'attendais ses messages, mais il me fallait lutter avec une force peu commune. Je me surprenais à lire et relire ses mots, incapable de me contrôler plus longtemps, je lui répondais quelques lignes.

Il écrivait bien, il était drôle et faisait souvent référence à la série *À la Maison-Blanche*, ce qui était un bon signe sur le baromètre de nos affinités, de mon point de vue.

Peu à peu, nous en apprîmes davantage l'un sur l'autre, sur notre quotidien et sur les goûts que nous avions (ou pas) en commun. Le ton était parfois proche du flirt, mais pas toujours, et certaines de ses remarques me chatouillèrent le creux du ventre – ou l'auraient fait si je n'avais pas pensé que le baiser de la station de taxi avait dû lui ficher une trouille de tous les diables.

C'est sa réaction initiale à ce baiser qui me fit décider qu'il n'était certainement pas capable d'affronter ou de répondre au genre de sexe que je savais désormais être le plus réjouissant, si l'on peut dire, pour moi. Cependant, tout en étant parfaitement consciente de cela, et tout en ayant identifié les aspects qui nous rendaient James et moi parfaitement incompatibles (crédit bancaire, statut social, opinions politiques, autant de points qui se situaient aux extrêmes du spectre), je pensais souvent à lui. Il me plaisait mais j'essayais de me convaincre qu'il ne devait pas être aussi génial.

Peut-être s'agissait-il de protection ? Mais aussi de réalisme : je n'étais pas prête à me laisser briser le cœur une nouvelle fois.

Au fil des jours, je revoyais l'éclat de ses yeux juste au moment où il allait dire un truc drôle, la manière dont ses lèvres s'arrondissaient lorsqu'il souriait, et à me demander plus précisément comment cela se passerait avec lui au lit.

Alerte Rouge ! Danger à l'horizon !

Une nouvelle rencontre ne serait que folie. Hors de question. Cela finirait au mieux dans la gêne, au pire à blesser l'un ou l'autre. Je devrais déposer son pardessus à son bureau, dans un paquet dont personne ne pourrait deviner la provenance. Je n'allais pas le revoir. Jamais. Je n'allais pas accepter de le retrouver pour dîner dans un merveilleux restaurant du centre de Londres.

Et je n'allais certainement pas rentrer chez moi après ledit dîner sans culotte parce que je l'aurais retirée pour la lui donner dans un accès de bravade débile juste après le dessert.

Très raisonnable et organisée, voilà ce que j'étais.

Je sais que l'histoire de la culotte vous trouble. Si cela peut vous rassurer, cela me troubla aussi. Honnêtement, je ne l'avais pas prévue.

D'ailleurs, j'avais justement choisi une culotte « spécial confort » pas du tout conçue pour les rendez-vous coquins. Je vous l'ai dit, j'étais décidée, fermement décidée, en dépit de mes rêves tout éveillée sur la manière dont nous traînerions le matin au lit, plongée dans les journaux du dimanche, dans un appartement tout droit sorti du catalogue Ikea. Rien, absolument rien n'allait arriver.

Nous n'allions nulle part, simplement dîner, et je lui rendais son pardessus. Point barre. Je rentrerai tranquillement chez moi et, nous n'aurions plus aucune raison de nous voir. Il ne me contacterait plus et tout irait bien.

Pendant la majeure partie de la soirée, tout se passa comme prévu.

J'arrivai en retard à cause d'une crise au boulot sur de nouvelles informations concernant un article qui était censé être bouclé. Il patientait au bar et se leva, d'un air très comme il faut, pour me saluer. Rien que de le voir, je sentis mon cœur s'accélérer.

Ses yeux brillaient de plaisir et, en dépit de mes craintes à propos du baiser d'ivrogne et de ma fuite abrupte, je me sentis aussitôt totalement à l'aise en sa compagnie. Ce qui est sans doute positif si l'on tient compte de la suite de la soirée.

Mon retard ? Il fut extrêmement compréhensif, écarta d'un geste les excuses que je bredouillai lamentablement pendant qu'on nous installait à notre table.

Au cours des heures suivantes, nous dégustâmes tranquillement un excellent repas qui traîna en longueur au point que, si cela n'avait pas été un triste lundi de janvier, les serveurs auraient tournoyé autour de notre table de manière à nous faire comprendre qu'il était temps de demander l'addition ou de reprendre le chemin du bar.

Nous parlâmes de films, de la presse et des médias, nous disputâmes sur les récents titres qui faisaient la une à propos du ministre de l'Intérieur (inutiles selon James) et sur le droit à l'information (moi). Ce fut agréable, drôle, intellectuellement stimulant et plein de rires. Vu de l'extérieur, on aurait cru qu'il s'agissait d'un dîner romantique. Les clients auraient certainement remarqué que je rougissais plusieurs fois, comme si j'avais bu trop de vin, mais ils n'avaient aucun moyen de savoir que je ne buvais que de l'eau gazeuse et que ma rougeur était due aux petites piques que James m'envoyait sur le ton de mon article – il avait donc bien lu mon papier entre les lignes – et sur le fait que j'avais essayé de lui voler son manteau.

Tout au long du dîner, il demeura aussi plein de sollicitude que la première fois, le James que j'avais appris à connaître au cours de nos échanges par texto, mais il y avait autre chose.

Une indéniable et tangible force dans l'atmosphère, qui attirait tant l'attention des hommes que des femmes. Je la sentais, je la mesurais : bon sang, il était assis en face de moi et, à certains moments, j'avais du mal à rassembler mes mots pour former une phrase compréhensible, mais cela me rendait encore plus irritée, et soulignait à quel point il n'était vraiment pas mon genre.

Lorsque nous en arrivâmes au café, le mantra « pas mon genre » tournait en boucle, ce qui explique certainement pourquoi je n'ai pas été aussi vive que je l'aurais dû lorsqu'il se carra dans son siège, tapota sa bouche avec sa serviette, reposa celle-ci délicatement sur la table et m'annonça que je devais lui donner quelque chose avant la fin de la soirée pour compenser le fait que j'avais gardé son pardessus si longtemps.

L'atmosphère changea alors de manière imperceptible : son sourire était toujours aussi adorable et chaleureux, mais il y avait autre chose qui tournait sous la surface. Je pressai les mains pour les empêcher de trembler et feignis l'insouciance en lui demandant à quoi il pensait exactement (tout en suppliant les dieux adéquats que quelle que soit son exigence, elle ne m'oblige pas à faire des heures supplémentaires pour continuer à payer mon loyer).

C'est à ce moment-là qu'il déclara :

— Ta culotte.

Ouf, cela ne me coûtera pas un sou... Quoi ?

Il me fallut des trésors de self-control pour ne pas tressaillir. Une question d'orgueil ? Probablement. Un besoin obstiné de prouver que je ne serais pas déstabilisée par le défi, quel qu'il soit, qu'il me lancerait ? Oui, c'est ça. Je gigotais sur ma chaise pendant qu'il attendait ma réponse sans prononcer un seul mot.

Avec ce que je considérais comme une voix remarquablement calme et un visage impassible étant donné les circonstances, je lui demandais s'il avait envisagé de se rendre dans une boutique spécialisée pour acheter ses propres culottes pour femmes. Il éclata de rire, les dents étincelant dans la lueur des chandelles et secoua la tête.

— Tu sais bien que c'est ta culotte à toi que je veux.

Je peux dire que j'étais pour le moins perplexe. Voilà James : le courtois James, élégant, poli, discret, effrayé par un baiser ? Je ne comprenais pas ce qu'il disait ou si ? Il ne disait rien, clairement ravi de la confusion qu'il voyait envahir mon visage, mais sans faire quoi que ce soit pour la soulager.

Soudain, le déclic. Oui, après mon baiser et la fuite en taxi, il ne voulait pas avoir le mauvais rôle et il tenait à me renvoyer la balle par une plaisanterie. Une manière de me déstabiliser. Je n'aurais jamais besoin de lui avouer à quel point je fus près de me laisser prendre à son petit jeu, mais il allait voir à qui il avait affaire !

Donc, j'avalai tranquillement une gorgée d'eau et je me penchai dans ma chaise, en lui demandant le plus poliment possible, et avec une fermeté dont je suis encore fière, comment il voyait la chose. Comme je l'avais retrouvé juste après le boulot et que je considère les jupes comme des vêtements peu pratiques (pour ne pas dire carrément ineptes), je portais un pantalon. Aurais-je la permission de me rendre aux toilettes pour dames afin de retirer ma culotte que je pourrai lui remettre plus tard ? Il eut l'air scandalisé : bien entendu ! Il ne souhaitait absolument pas créer de scène en public et je pourrai la lui confier plus tard.

Pendant que nous abordions les détails pratiques, il ne cessa de me fixer intensément, le sourire de plus en plus large, jusqu'à ce qu'il éclate franchement de rire. Le petit jeu commençait à m'agacer, et je me demandais ce qu'il trouvait si drôle.

Il fit un mouvement vers moi.

— Tu es adorable. Le menton relevé, la voix parfaitement décontracté, mais tout ton corps révèle tes véritables pensées.

En dépit de tout, je relevai le menton encore davantage tout en répliquant, avec un calme olympien, que je sentais encore plus révélateur (tout en espérant que James ne me connaissait pas encore suffisamment pour être capable d'y voir un indice) :

— Je ne comprends pas ce que tu veux dire.

Il me toucha, et j'eus l'impression de recevoir une décharge électrique dans tout le corps. Son doigt frôla à peine le dessus de ma main, comme une caresse qui évoquait un effet hypnotique, tandis que mon pouls battait la chamade et que mon souffle devenait de plus en plus court alors que j'essayais de me concentrer sur ce qu'il disait.

Dans la minuscule partie de mon cerveau qui ne pensait pas à quel point il était surréaliste de discuter des modalités pratiques consistant à remettre ma culotte à un homme, que je n'avais rencontré que deux fois et que je n'étais même pas encore sûre d'apprécier vraiment, je me demandais quel plaisir cet homme pourrait déchaîner en moi si un simple frôlement me grisait autant.

— Tu te concentres sur ta voix de manière à la contrôler, mais tes joues sont rouges et ta main…

Il la tapota doucement avant de continuer.

— ... est en train de serrer le bord de la table pour y trouver du soutien.

Je clignai des yeux et les baissais pour constater que mes doigts agrippaient effectivement le bois sombre de la table. Ma main semblait appartenir à une autre et je me vis soudain comme James me voyait, tout en sachant qu'il avait raison, et je rougis encore plus.

Pour le contrôle, Sophie, tu repasseras. Je lâchai la table et posai la main tranquillement sur la nappe, jouant une désinvolture que nous savions tous deux inexistante. Pour retrouver un certain équilibre, je déglutis.

— Vraiment, j'aimerais que tu développes ce que tu envisages.

Il sourit à nouveau, presque avec indulgence, comme on le ferait pour calmer un enfant amusant un peu naïf.

— Je crois que tu comprends parfaitement. Peut-être que non, mais je sais que tu es suffisamment intelligente pour le deviner.

Et avec ça, il me tapota une dernière fois la main.

— On demande l'addition ?

J'étais en train de me pencher pour prendre mon sac à main quand il me lança un long regard dur et déclara d'une voix calme mais ferme, qui s'adressait à une part de moi dont j'étais à peine consciente :

— Va aux toilettes.

J'avais l'impression que mes jambes appartenaient à quelqu'un d'autre et j'eus pratiquement traversé toute la salle du restaurant avant de mesurer vraiment ce que j'étais en train de faire.

Qu'il aille au diable ! pensais-je une fois à l'abri des toilettes alors que je fourrai ma culotte dans mon sac. S'il voulait jouer à ce petit jeu avec moi, j'étais sûre de pouvoir le choquer bien plus qu'il ne me choquait. Toutefois, en sortant des toilettes, je n'en étais plus si sûre.

Lorsque je revins dans la salle, il avait réglé l'addition, récupéré mon manteau et m'attendait à la porte en regardant la nuit dehors. Je dus retraverser tout le restaurant pour le rejoindre, chaque pas faisant appuyer la couture de mon pantalon sur ma fente, une délicieuse friction qui exacerbait mon excitation croissante devant cette manière surréaliste dont tournait la soirée.

Tout en m'aidant à enfiler mon manteau, il appuya fermement – comme par simple sollicitude – la main dans le bas de mon dos, sous ma veste, pour m'accompagner dehors. Mais j'avais senti le doigt qu'il avait glissé sous ma ceinture afin de vérifier que j'avais obéi à son ordre. Et son murmure de plaisir lorsqu'il constata que c'était le cas me fit rougir plus encore.

Génial !

Il m'accompagna jusqu'à la station de taxis où nous étions censés nous séparer. Avant d'atteindre le véhicule qui était en tête de station, James s'empara de mon poignet pour me retourner vers lui et, en poussant mon dos contre le mur de toute la puissance de son corps, il glissa une main dans mes cheveux et se mit à m'embrasser en assaillant ma bouche de baisers profonds.

De l'autre main, qui tenait toujours mon poignet, il me fit sentir son érection sous sa veste.

Je me sentais gênée, timide, et bien loin de l'époque des pelotages dans l'ombre des ruelles, mais je ne pus résister à l'envie de passer ma main sur le devant de son pantalon pour le sentir gonfler.

Il arrêta de m'embrasser et nous nous éloignâmes, le souffle coupé. J'étais comme abrutie et toute tentative de la jouer cool et distante n'était plus qu'un lointain souvenir. James me jeta un regard plein d'expectative, mais je n'arrivais pas à deviner ce qu'il voulait que je dise. En fait, je n'étais même pas sûre d'être capable d'aligner deux mots.

Pour finir, il sourit et tendit la main.

— Je crois que tu as quelque chose pour moi.

Pendant une seconde, je fermai les yeux pour tenter de masquer mon embarras d'avoir si vite oublié, sous les assauts de ses baisers, sa blague idiote.

— Ma culotte ? Tu la veux vraiment ? Vraiment ?

Son sourire me renversa l'estomac.

— Mais oui. Je pense que tu me la dois.

Je me tournais légèrement pour plonger dans mon sac hors de la vue des passants et en tirer ma culotte bien pliée. Bien sûr que je l'avais pliée : l'idée de la rouler en boule m'avait alors paru si grossière. Je la lui tendis en me concentrant uniquement sur l'objectif de ne pas montrer à quel point ma main tremblait. J'étais terrifiée à l'idée qu'il puisse déplier ma culotte, là, maintenant, pour la humer ou dieu sait quoi.

Mais il se contenta de me remercier d'un sourire et de la glisser dans sa poche.

Je laissai échapper l'expiration que je n'avais pas eu conscience de retenir et j'accueillis son léger baiser sur mes lèvres gonflées. Puis, dans mon oreille, il murmura :

— Nous allons nous revoir très bientôt, ma belle. Il faudra que tu viennes chercher ta culotte chez moi. Et nous allons prolonger ce baiser.

Il jeta un regard à ma bouche.

— Et bien d'autres choses.

J'aurais pu répliquer, discuter, au moins me moquer de son assurance, mais, tandis que je grimpai dans le taxi avec l'impression de couler entre les cuisses, je savais que s'il avait proposé, je l'aurai suivi chez lui sur-le-champ. Je ne pouvais même pas formuler le mensonge dans ma tête. J'étais troublée, perturbée, excitée, déchirée entre mon cœur et ma tête et – pour dire les choses carrément – ma chatte.

Mon téléphone sonna :
Es-tu libre demain soir ?

Je ne l'étais pas. J'étais censée couvrir le lancement d'un bouquin, mais je savais que j'allais demander une faveur à mon rédacteur en chef (et me retrouver clouée avec des week-ends de boulot pour les semaines à venir), afin de m'assurer que j'étais disponible pour tout ce que James avait en tête.

La luxure a toujours la priorité.

11

J'ai une fâcheuse tendance à trop réfléchir. C'est un aspect de mon caractère qui est apparu lorsque j'étais enfant : j'étais toujours la gamine précoce qui entendait un truc tout simple et qui le tournait et retournait dans sa tête jusqu'à ce que cela devienne quelque chose de totalement différent.

Ma mère aime raconter l'anecdote du jour où, âgée d'une dizaine d'années, j'étais rentrée de l'école après un cours sur le réchauffement planétaire et, après avoir ruminé l'idée tout l'après-midi, j'en étais arrivée à la conclusion qu'il nous fallait bâtir un bateau de toute urgence afin que toute la famille, le chien, nos voisins et Mme Johnson, ma maîtresse, puissent y trouver refuge lorsque les eaux monteraient. J'avais d'ailleurs esquissé les plans du vaisseau en question et je les avais confiés à ma mère afin qu'elle puisse aller chez Bricorama pour entamer les préparatifs. Ma mère, merveilleuse entre toutes et coutumière de mes préoccupations idéalistes, m'avait alors montré une photo d'un ferry qui faisait la navette sur la Manche en m'expliquant que papa avait pensé à tout et qu'il avait construit le navire qui nous attendait, prêt à toute éventualité, dans son port d'attache.

Avec l'âge, hélas, ces envolées fantaisistes n'ont pas disparu. En fait, elles ont empiré, voire, si j'essaie de résumer ce qui se passe dans ma tête, elles me permettent d'« étudier soigneusement tous les aspects de la question ».

Cependant, à trois heures du matin, lorsque le reste du monde (de mon côté des fuseaux horaires au moins) dort, et que le moindre craquement de la maison ressemble à un tremblement de terre, je n'ai jamais cette impression mais plutôt celle que mes élucubrations ont atteint des sommets vertigineux et que tout ce qui était simple à la lumière du jour est beaucoup plus complexe que je ne le croyais.

J'avais donc soigneusement étudié tous les aspects de la question, encore et encore, comme dans une sorte de « Livre (érotique) dont vous êtes l'héroïne » en imaginant plusieurs fins à divers degrés de satisfaction. Celle que je préférais révélait que James était un dominant qui n'osait se l'avouer ou me l'avouer, et qu'il me lançait une foule d'indices plus subtils les uns que les autres, depuis sa manière de s'emparer de mon poignet pour me plaquer contre le mur jusqu'à l'ordre qu'il m'avait donné de lui remettre ma culotte. C'était un signe non ? Nous étions donc sur la même longueur d'onde. Qu'il le veuille ou non, nous étions tombés dans le jeu du dominant/dominé.

Sauf, bien sûr, si je n'avais pas correctement interprété les signes et que je m'étais lancée dans mon monde imaginaire en partant du principe qu'il correspondait au sien, et qu'il était chez lui en train de se demander que faire d'une culotte « tout confort ++ » de chez Monoprix en se creusant la tête pour trouver comment il allait pouvoir se débarrasser de la fille clairement dingo qui lui avait remis l'article en question. Allait-il me la rendre, ma culotte tout confort ? Bon sang, mais qu'allait-il donc faire de la fichue culotte ? Allait-il la laver avant de me la rendre ? Ou avait-il une femme de ménage qui mettrait ma culotte dans la machine ?

Qu'est-ce qui était pire ? Lorsque j'eus également exploré le scénario dans lequel James me renvoyait ma culotte par la poste, au bureau, dans un paquet suffisamment anonyme pour que ce soit notre assistante éditoriale qui l'ouvre, parce que l'idiot avait oublié d'ajouter « Personnel et confidentiel », j'étais prête à exploser – sans parler que j'étais rouge comme une tomate rien que d'avoir envisagé tout cela.

Tout ce qu'il me restait à faire, c'était de répondre à son invitation, et d'aller chez lui. Mais surtout de conserver les idées claires, sans me laisser entraîner par des espoirs qui risquaient d'être déçus. Et ne pas faire quoi que ce soit de si honteux que je n'aurais plus qu'à me cacher sous ma couette pendant des mois pour surmonter ça.

Facile.

Vous croyez ça ?

Je m'occupais d'abord d'obtenir ma soirée. J'achetais honteusement notre correspondant auprès de la police en lui offrant un déjeuner épique au cours duquel je lui tournais la tête avec des promesses (oui, des mensonges éhontés) de célébrités glamours, de cadeaux *collectors* et de boissons à volonté de manière à ce qu'il se rende au lancement du fameux bouquin à ma place.

Je trouvai le temps de me faire épiler les sourcils et d'acheter de nouveaux dessous (je me figurai que, si les choses tournaient comme je l'espérais, il me fallait quelque chose de plus *hot* que la culotte tout confort que James avait en sa possession).

Je me sentais plutôt présomptueuse et pratiquement revenue à l'âge tendre, mais je ne pouvais pas m'en empêcher. C'était comme un rendez-vous galant : il ne s'agissait pas de retrouver un ami pour s'amuser un peu, mais un vrai rendez-vous et, peut-être le début d'une relation honnête et sereine. C'était une sensation étrange, déconcertante mais très agréable. Très.

J'envisageai même d'acheter une nouvelle robe puisque tout ce que j'avais dans ma garde-robe, outre des pantalons, avait été acheté pour des mariages ou des baptêmes au cours des dernières années, le genre garden-party chic pour les gens qui n'ont pas l'habitude des garden-parties chics. Pour finir, j'optai contre, car je me sentais déjà suffisamment loin de ma zone de confort pour devoir en plus me soucier de savoir s'il fallait incliner les deux jambes sur le côté ou les croiser.

Tout était réglé. Vraiment, je vous assure. Le seul truc, c'est que je passai l'après-midi à avoir des frissons mi-anticipation mi-frayeur. D'une certaine manière, l'attente était agréable. Je revins de mon heure de déjeuner avec un nouvel élan dans la démarche, espérant que l'après-midi allait passer comme un rêve (et la soirée aussi).

Bien entendu, il avait suffi que je m'absente pour que l'enfer se déchaîne.

Nouvelle recrue dans la salle de rédaction, ce n'est pas à moi que l'on confiait spontanément les sujets importants. Je le comprenais : le temps que je trouve mon rythme de croisière et que les rédacteurs soient assez sûrs de moi pour me donner quelque chose à me mettre sous la dent sans se charger de davantage de travail en matière de rewriting, associé au fait que tous les autres journalistes étaient aussi hargneux qu'on peut l'être afin de protéger leur réseau et leurs sujets. Cela ne me chagrinait pas dans la mesure où je savais pertinemment qu'il me fallait faire mes preuves, et je me contentais des sujets qu'on m'imposait, m'acharnant à faire mes recherches et à écrire mes papiers de mon mieux, tout en bâtissant mon propre carnet d'adresses, afin de proposer un jour mes propres histoires.

Tout au long de cette période, je n'avais jamais vraiment réalisé à quel point j'étais chanceuse de ne pas avoir à payer la rançon de la gloire.

Lorsque je revins sans me presser vers mon poste de travail, Ian, le rédacteur en chef, m'aperçut et me fit de grands signes. Je m'avançai vers lui en jetant un regard inquiet à l'horloge et en me demandant si j'allais devoir justifier de tout ce temps passé en déjeuner (en épilation surtout), mais je constatai que tout allait bien.

— Content que tu sois revenue si vite. J'ai besoin de toi pour un truc à l'extérieur.

Quoi ? Zut ! Bon, ce n'était peut-être pas une si mauvaise chose. Je pourrais rentrer plus tôt, discrètement, si j'obtenais rapidement ce dont j'avais besoin. Optimiste est mon deuxième prénom.

— Le personnel de Saint-Luke est en pleine mutinerie.

Je clignais des yeux, perplexe.

— Mutinerie ?

— L'école élémentaire. Il y a un problème avec un gamin qui a été exclu. Les autorités locales sont concernées et il faut donc que nous fassions gaffe à la manière dont nous traiterons le sujet. Mais quelqu'un a appelé en nous informant qu'il y avait une pétition venant des parents qui accusaient les instits d'excès de zèle en matière de discipline. Des accusations de racisme. Apparemment, les enseignants et toute l'administration sont fous de rage et plusieurs menacent de porter plainte. Ils risquent de se mettre en grève.

L'esprit en ébullition devant toutes les possibilités, je demandai :

— On sait qui a appelé ?

— Non, un appel anonyme. Il ne voulait pas être cité.

— Bon, d'accord, cela pourrait être un parent ou un prof qui veut forcer la main du conseil municipal.

Ian sourit.

— Je te laisse te triturer les méninges à ce sujet. C'est pour ça qu'on te paie ton médiocre salaire ! Mais le conseiller municipal que tu as interviewé la semaine dernière au sujet des réductions de subventions de la médiathèque est membre du conseil d'administration de l'école. Peut-être que tu pourras le faire parler... genre « off the record ».

Je hochai la tête.

— Je vais lui passer un coup de fil avant d'y aller. Mais si je pars maintenant, je pourrai voir la directrice en chair et en os, et il y aura toujours des parents en train d'attendre leurs gosses devant l'école.

Il acquiesça.

— Tout ce que je te demande, c'est de me donner une vision d'ensemble de ce qui se passe. Va voir ce que tu sens et on verra après si ça en vaut le coup. Appelle-moi dès que tu as pris la mesure des choses.

Je filai en m'arrêtant quelques secondes seulement devant mon bureau afin de récupérer le numéro de mon contact. Mon après-midi de paresse me semblait bien loin, mais l'adrénaline qui pulsait soudain dans mes veines avançait au rythme de l'horloge.

Quand j'y repense, j'aurais dû envoyer un texto à James pour lui dire que je serai en retard, mais, jusqu'à ce que je sache de quoi il retournait, il ne me semblait pas important d'en faire toute une histoire. Lorsque j'aurais réussi à parler avec la directrice (inutile et grognon, même s'il fallait s'y attendre) et avec certaines des mères massées devant le portail de l'école, il fut clair que le sujet allait être justement un sujet et que je n'avais pas d'autre choix que de retourner au boulot pour taper mon papier.

À cinq heures et demie, dans ma voiture, devant le bureau du conseiller municipal, j'envoyais un texto à James. Je ne pourrai pas être au rendez-vous.

Désolée vraiment. Boulot boulot. On peut repousser le rv ? x

Je n'eus de réponse qu'une heure plus tard, lorsque je sortis enfin avec un bloc bourré d'infos dignes de rivaliser avec les couleurs du portail de l'école.

Pas de pb. Un autre soir si tu en as envie.

Quoi ? Je fronçais les sourcils. C'est tout l'effet que ça lui fait ? Je commençai à taper ma réponse, mais je réalisai qu'elle aurait l'air encore plus bancale vu l'état dans lequel je me trouvais. Je jetai mon téléphone dans mon sac en me disant que je m'en occuperai plus tard, lorsque j'aurais terminé l'affaire en cours. De toute évidence, personne n'irait penser que vous êtes sérieux quand vous affirmez que vous avez l'intention de prendre votre voiture pour traverser la capitale à dix-huit heures trente.

À l'heure où je réussis à rejoindre le bureau et à écrire mon article, je me dis que ç'était aussi bien qu'il ait annulé. J'étais pourtant déçue. L'était-il aussi ?. Le ton de ses messages était plutôt frais comparé à celui des messages amicaux précédents. Je n'ai pas forcément envie d'être la fille qui analyse les textos à partir d'un simple baiser, mais je ne pouvais pas m'empêcher de constater qu'ils avaient été plutôt rares ce jour-là (les textos). Lorsque j'arrivais enfin chez moi, j'essayais de l'appeler mais je tombai sur sa boîte vocale. Je laissais un bref message et me glissai dans un bain avant d'aller me coucher. Épuisée, mais pas de la manière que j'avais espéré.

Le jour suivant, je lui envoyai un e-mail afin de convenir d'un autre rendez-vous. Sa réponse fut si évasive que je me demandai s'il avait vraiment envie qu'on passe une soirée ensemble. Je pris toute l'histoire comme une leçon, passai à autre chose et fourrai le soutien-gorge et slip assorti dans mon tiroir en me disant qu'il y aurait peut-être – je l'espérais – une occasion où je pourrais les porter. Mais pas pour James, apparemment. J'étais déçue, mais je décidai alors que je n'étais pas vraiment attirée par son sourire sexy, son esprit vif et sa galanterie de prêteur de manteau.

La galanterie était démodée d'ailleurs. C'est ce que je me répétais tous les jours pendant la semaine qui suivit, mais je savais que j'étais en train d'essayer de me convaincre moi-même. Le lundi suivant, je craquai et lui envoyai un lien vers un article sur un blog politique dont je savais qu'il le mettrait dans une rage folle. Il répondit dans les minutes qui suivirent et l'image de James en train de taper sa longue diatribe sur son Blackberry m'arracha un sourire. Je répondis à mon tour – calme, raisonnable et en complet désaccord avec ce qu'il venait de m'écrire, chose inévitable lorsque nous abordions la politique. Soudain, nous étions de nouveau en train d'échanger des idées à toute allure, et chaque fois que mon téléphone se manifestait, j'avais des papillons dans le ventre parce que j'espérais que c'était lui. Enfin, à la fin d'un e-mail au cours duquel la discussion s'était détériorée au point que j'en étais à le taxer d'avoir des tendances despotiques, tandis qu'il qualifiait mes réactions d'« élucubrations hippies », arriva une phrase qui me fit battre le cœur.

Bon, c'est sûrement une mauvaise idée, mais veux-tu venir dîner ?

Il avait parfaitement raison, c'était une mauvaise, très mauvaise idée. Mais je ne suis pas sûre que cela me rassurait. Une fois de plus, je jetai toute prudence aux orties, mais, cette fois, j'allais voir vraiment comment nous pouvions être aussi idiots l'un que l'autre.

J'acceptai sans aucune hésitation.

Je n'ai absolument aucun sens de l'orientation ; je suis tout à fait capable de me perdre dans la maison d'un ami !

Et s'il y a une chose que je déteste par-dessus tout chez moi, c'est de perdre tout contrôle, d'être impuissante, soumise, et pas dans le sens positif du terme.

James habitait de l'autre côté de Londres, dans un quartier si huppé ou tout était si cher que je n'y avais fait qu'une ou deux incursions, pour le boulot. Je décidai cependant que ce ne serait pas une si mauvaise idée d'y aller en voiture, car cela me permettait de partir aussi tôt ou aussi tard que je le voulais sans avoir à me fier aux transports publics ou aux caprices des taxis. Seul problème, mon sens de l'orientation (ou plutôt son absence absolue) transforma le trajet en expérience d'autant plus stressante que je finis par découvrir que son immeuble était une résidence si exclusive qu'il n'y avait aucun panneau pour vous indiquer que vous étiez arrivée à bon port. Si j'ajoute à cela le fait que mon esprit était davantage concentré sur ce qui allait exactement se passer entre nous après ladite arrivée (si elle avait lieu), vous pouvez imaginer la suite.

J'avais confiance en James, certes, ce qui signifiait que mon petit radar personnel à dingue n'avait pas sonné une seule fois, mais je n'étais pas sûre à cent pour cent d'épouser le James qui paraissait à la fois sidéré par l'ivrogne qui se jetait sur lui avec celui qui réclamait ma culotte ; ou celui qui pensait qu'une invitation à dîner chez lui était une mauvaise idée. Qui était le vrai James ? Dans quelle proverbiale galère me jetais-je ? D'ailleurs, pourquoi m'en faire puisque nous vivions dans des sphères si différentes ?

Mais le petit chatouillis au creux du ventre s'était furieusement aggravé lorsque j'avais reçu, quelques heures plus tôt, un nouveau texto :

Pb de concentration. Me demande que faire de toi. x

Que voulait-il donc dire ? Faisait-il allusion aux grossièretés qu'il avait évoquées avant notre dîner annulé par mon article à boucler ou se demandait-il s'il devait préparer un jeu de Scrabble ? Mes compétences en matière de relations sociales étaient nulles : je n'en avais aucune idée. Il avait suffi de quelques baisers, e-mails et textos pour qu'il réduise ma cervelle en bouillie ; quel espoir me restait-il ?

Cela faillit également mettre un frein à ma productivité de l'après-midi car, avec la meilleure volonté du monde, il n'est pas facile de se concentrer sur les programmes budgétaires du conseil municipal lorsque votre esprit fourmille d'images érotiques ! Je n'arrivai pas à penser à autre chose qu'à ce que James envisageait.

Il y avait certainement dans ma tête un élément D/s, mais dans la sienne ? Ou était-ce seulement moi, dans un marasme post-Thomas, qui voyait du sado-maso là où il n'y en avait pas ? Ne risquai-je pas de plonger tête la première et de me ridiculiser totalement ? D'ailleurs, le fait que je m'y résigne sans cependant trouver le courage d'annuler tout simplement le rendez-vous me déprimait totalement aussi. J'étais vraiment maso de chez maso.

Je fis une tentative pour réintroduire un semblant de contrôle avec des résultats catastrophiques. Je me dis que je pouvais sans me mouiller lui envoyer un texto pour lui demander ce que je pouvais apporter (lire : ma contribution au dîner, du vin ou un dessert), mais sa réponse sans équivoque me fit rougir.

Des capotes. Bcp. x

Alors, il envisageait donc que nous aurions un rapport sexuel. Ou plusieurs. C'était sans doute un signe prometteur.

Inutile de dire que, cet après-midi-là, mon papier sur les œuvres du conseil municipal n'obtint pas le niveau de qualité professionnelle qu'exigeait mon contrat. Toutefois, j'eus l'air beaucoup plus gaie que d'habitude lorsque je m'attelle au compte rendu desdites œuvres.

Je trouvais enfin ce qui me parut être sa rue, garai ma voiture dans ce que j'espérais être son parking et me dirigeai vers ce que j'espérais être sa porte d'entrée. Dès que je tirai sur la sonnette, la chevillette chut et James apparu, pieds nus et rayonnant. En dépit de mon état proche de la crise de nerfs, je parvins à esquisser un sourire et nous montâmes jusqu'à son appartement, mais j'étais tellement distraite que je parvins à mi-hauteur de l'escalier avant qu'il se retourne pour me dire :

— Sophie ? Tu n'as pas fermé la porte ?

Rouge de honte, je redescendis les marches quatre à quatre, fermai la porte et remontai en essayant de prendre un air aussi posé que possible. Calme et posé… Oui, je sais, je suis moi-même impressionnée par ma capacité à garder mon calme dans les situations sociales délicates.

Une fois dans l'appartement, James indiqua le salon vers lequel je me dirigeai sans broncher, promenant mon regard dans toutes les directions en quête de signes qui, dans le désordre et sur les étagères, me fourniraient quelques indices sur le genre d'homme qu'il était.

Je sais que cela me donne l'air d'une voyeuse, mais je vous assure qu'il ne s'agit là que d'une déformation professionnelle (bien que beaucoup de gens affirment que journaliste et voyeur sont des synonymes).

Puis, James s'éclaircit la gorge.

— Ferme la porte, Sophie, s'il te plaît.

Qu'est-ce qu'il avait avec les portes ce type ? Je fermais délicatement la porte et me retournai pour le découvrir juste derrière moi, en pleine invasion de mon espace personnel. Il se pencha vers ma bouche et glissa les mains dans mes cheveux, comme ça, et je fermai tout aussi spontanément les yeux pour profiter du moment, de la manière dont il me dépassait, dont il me bloquait contre la porte pendant que sa langue envahissait ma bouche et que ses mains couraient sur mon corps, prenant mes fesses pour me rapprocher de lui.

Je n'avais jamais embrassé un homme aussi grand et (je ne suis pas une naine) c'était nouveau pour moi de me sentir toute petite entre ses bras à la fois protecteurs et dominants (selon ce qu'il avait dans la tête et que je n'avais toujours pas défini).

Il recula un peu et me caressa le bras qui, à ma grande gêne, était hérissé d'une attaque de chair de poule. Il me prit alors la main et m'entraîna hors de la pièce, mais pas spécialement en mode dominant.

Je sentis poindre un peu de déception, au moins jusqu'à ce que je repère les arômes irremplaçables de l'ail et du romarin qui provenaient de la cuisine.

Bon, ça, je savais faire.

J'adore la cuisine maison. Vraiment. Je préfère mille fois être invitée à dîner par quelqu'un qui cuisine pour moi que le restaurant le plus classe qui soit. Par ailleurs, comme je vis seule, cela signifie que j'ai tendance à ne pas me casser la tête la plupart du temps et à manger des surgelés, des grillades, de la soupe et des céréales.

De temps en temps, je prends la peine de préparer un plat plus élaboré, mais, très rapidement j'en ai marre de hacher, mariner, arroser, et je recommence alors à manger de la soupe pendant les trois mois suivants.

Par conséquent, rencontrer quelqu'un qui fait la cuisine est toujours une nouveauté bienvenue. Après m'avoir installée sur le tabouret de bar dans sa cuisine avec un verre de vin, James se mit à s'agiter et à découper des légumes qui accompagneraient un morceau de bœuf qu'il avait apparemment mis à mariner plus tôt. Nous bavardâmes en évoquant le travail, la télé, et il me raconta qu'il avait l'intention d'organiser un long week-end avec sa sœur pour fêter les noces d'or de leurs parents. Dans l'ensemble, nous passâmes un moment agréable et détendu, à des millions d'années-lumière des baisers passionnés de la minute d'avant.

Le changement de rythme m'avait prise complètement au dépourvu – même si, étant ce que je suis, je ne laissai rien paraître (et je résistai bravement à l'envie de poser un doigt sur mes lèvres pour vérifier à quel point elles étaient gonflées).

Le dîner fut délicieux, la conversation et la compagnie agréable, mais les trois quarts (au moins) de mon esprit ne pensaient qu'au sexe, et je peux dire que je n'ai jamais été autant excitée devant un homme en train de dévorer un steak. Le simple fait de le regarder mâcher et avaler chaque bouchée m'asséchait littéralement la gorge.

Je savais que j'étais en proie à une crise de folie et que j'aurais dû rentrer directement à la maison. À un moment, j'ai même dû forcer ma main à ne pas trembler autour de mon verre tant j'étais déstabilisée. Lorsque nous eûmes enfin empilé les assiettes dans l'évier et qu'il semblait à mes yeux plein d'espoirs que nous pourrions reprendre la séance de baisers, j'étais comme la chatte sur le toit brûlant.

L'analogie n'est pas innocente : James possédait deux chats siamois adorables qui arpentaient son appartement comme deux ninjas félins. J'avais été si surprise de les découvrir en arrivant que je m'étais exclamée :

— Comment trouves-tu le temps de t'occuper de ces deux-là ?

Il avait pris un air de chien battu (encore une de mes analogies à la noix) pour me répondre qu'il y avait une femme qui venait s'en occuper.

— Bien entendu, gloussai-je.

Au départ, les chatons semblèrent se méfier de moi mais, une fois que j'eus la patience de rester assise un moment sans bouger, le plus brave des deux vint se nicher sur mes genoux. Comme je n'avais pas eu d'animal domestique depuis mon départ de la maison de mes parents, ce simple plaisir m'avait manqué, et, spontanément, je me mis à jouer avec le chat pendant un long moment, gloussant de plaisir lorsqu'il me lécha les doigts de sa petite langue rugueuse. D'une manière qui révélait sans doute mes mauvaises manières, je n'étais même pas vraiment consciente de la présence de James qui, dans mon dos, me massait la nuque, jouant avec moi comme je jouais avec le chat. À un moment, je sentis un frisson me parcourir et me dis que – enfin – mon corps réagissait à ses caresses. Puis, je me figeai car je ne savais pas vraiment comment poursuivre et je ne voulais pas le faire fuir. D/s ou non, j'avais une envie de plus en plus délirante de faire l'amour avec ce type, pour pouvoir enfin explorer son corps à loisir, pour évaluer la tension qui allait croissant depuis notre première rencontre.

Donc, j'étais là à caresser le chat en scrutant sa fourrure avec une intensité peu commune, l'écoutant ronronner tandis que James me caressait la nuque. Le silence s'étira et James finit par venir se placer devant moi. Il retira le chat de mes genoux en le caressant tendrement et en frottant sa joue contre le petit museau avant de le poser sur le sol et de me prendre par la main.

— Je pense qu'il est l'heure de les laisser se coucher.

La gorge encore plus sèche, je sentis les papillons qui voletaient dans mon ventre depuis des jours se mettre à exécuter la danse de Saint-Guy. Comment était-il possible d'éprouver autant de soulagement et de tension simultanément ?

Enfin, le moment était venu. Cela allait arriver. Quoi ? Je ne sais pas, mais il me conduisit jusqu'à sa chambre et ferma soigneusement la porte derrière nous pour éviter que les intrus félins ne se mêlent de la situation.

Nous nous jetâmes sur le lit et, soudain, nous tournions comme des toupies, chacun d'entre nous essayant d'être celui qui chevaucherait l'autre. Je défis sa chemise, caressais son torse ferme, heureuse d'être enfin celle qui pouvait dicter le rythme.

Je descendis vers son ventre, dégrafai sa ceinture et commençai à tirer sur son pantalon sans jamais quitter ses lèvres de ma bouche. Il y a des préliminaires sensuels, lents et érotiques, mais notre union était presque primale ; il était tout aussi impatient que moi.

Il recula légèrement pour dégager son jean de ses hanches et enfila un préservatif pendant que je retirai ma culotte et que je m'empalai directement sur lui. À cet instant, dans le silence, il écarquilla les yeux sous le choc et ne fit plus aucun mouvement.

Était-ce la sensation, ma brusquerie, de découvrir que j'étais aussi dévergondée ? Je l'ignore. Pendant de longues secondes, je me contentai d'ajuster ma chatte à sa queue, de ressentir pleinement la sensation que celle-ci me procurait, et le seul mouvement fut celui de nos respirations.

Soudain, il parut s'impatienter et ses mains agrippèrent mes hanches pour guider le va-et-vient de ma fente au-dessus de son sexe. Sans prononcer un seul mot, il me fit comprendre par son mouvement qu'il voulait que je le guide. Vous auriez discuté, vous ? Je me mis donc à bouger les hanches en me penchant vers sa bouche.

Je ne saurais dire combien de temps dura notre chevauchée. Nos mains courraient partout, exploraient tout, nos doigts se glissaient dans chaque interstice, nos bouches luttaient, mordaient, exploraient aussi tandis que nos bassins ne cessaient leur ballet fougueux. Cela arriva brusquement, mais sa main qui pétrissait mes fesses s'éloigna pendant une demi-seconde avant de revenir claquer brutalement la chair douce. Je n'eus pas le temps d'enregistrer le geste que je sentis la douleur cuisante qui envahissait ma chair et je rougis en me demandant s'il avait compris à quel point ce simple geste m'excitait.

Alors, il recommença, d'une manière légère, comme par jeu, mais mon sang pulsait à présent dans mes veines comme un torrent. Il ramena ses mains pour caresser mes seins, faisant courir ses doigts sur la peau tendre qui dépassait de mon soutien-gorge, puis dégageant un sein avant de jouer avec le mamelon, de le pincer doucement, de le tordre – pas suffisamment pour que la sensation soit douloureuse, mais certainement assez pour que les vagues de plaisir aillent croissant.

Je lui adressai un sourire, heureuse de l'instant, du fait que je pouvais plonger mes yeux dans les siens pour boire son regard. Pendant un moment, mes hanches arrêtèrent leur ronde, hypnotisée que j'étais par ce regard énigmatique, mais je décelai aussitôt l'éclat d'impatience qui préluda au mouvement que James fit pour me retourner sur le lit sans que son sexe ne quitte ma fente.

Il s'empara alors de mes poignets d'une main et se mit à bouger à sa vitesse, plus vite, plus fort, sans paraître se soucier de moi. Je tentai de faire écho à son tempo, les hanches levées vers lui pour qu'il s'enfonce encore plus profondément en moi. J'arrachai mes mains à sa poigne et je les fis courir dans son dos, déclenchant de petites vagues de frissons avec mes ongles qui dessinaient sa colonne vertébrale. Il glissa alors ses doigts entre nous jusqu'à mon clitoris et je fus bientôt incapable de me retenir davantage. Au moment où je jouis, il gicla aussi en moi dans une vibration qui fut suivie d'un souffle de détente absolue.

Au bout de quelques secondes, il promena son nez dans mon cou et déposa un baiser au bord de ma clavicule. Encore sensible de toute la force de mon orgasme, je frissonnai et il se mit à rire en mordillant l'endroit qu'il venait d'embrasser, jusqu'à ce que je pointe un doigt sur son torse en laissant échapper un « Aïe ! ».

Je sentis son rire vibrer contre ma peau.

— Désolé. Je serai sage.

Je fis écho à son rire.

— Je ne te crois pas.

— Tu as raison.

Nous restâmes allongés pendant un moment, blottis l'un contre l'autre, tandis que les ombres s'allongeaient dans la chambre et que la nuit tombait. Le silence ne me paraissait pas embarrassant, et je ne ressentais pas le besoin de parler, mais mon esprit était en ébullition.

Il essayait de faire coïncider ce qui venait de se passer avec le caractère généralement charmant de James, tout en envisageant le contexte de manière plus vaste, ses motivations, la relation potentielle que nous pourrions avoir (était-ce une relation ?) ou mes espoirs pour une relation romantique avec un zeste (ou toute la peau ?) de D/s.

Était-il juste d'envisager de demeurer avec quelqu'un alors que vous n'êtes pas sûr d'être totalement compatible, fondamentalement, d'une manière que vous savez essentielle pour vous ? Est-il irrationnel d'essayer de prendre ce genre de décision lorsque vous ne savez pas exactement ce que l'autre partie désire exactement ? En outre, est-il normal de considérer quelqu'un que vous venez de baiser jusqu'à ce que vos orteils se recourbent comme « l'autre partie » ? Tandis que la confusion envahissait mon esprit, je réalisai qu'à côté de moi, James s'était endormi. Cela me fit sourire tout en me pinçant le cœur – il avait l'air si jeune et si détendu – mais cela m'aida à me secouer. Ce qui venait de se passer pouvait avoir de l'importance, mais cela n'en avait pas encore. De petits pas, voilà ce qu'il fallait faire. J'essayai de mettre ma cervelle sur « *off* » et de profiter de la langueur de la félicité post-orgasmique. J'ai même dû somnoler un peu.

Lorsque je me réveillai, il faisait vraiment nuit. James était toujours allongé près de moi, mais la petite lueur dans l'obscurité indiquait qu'il était en train de vérifier son Blackberry.

— Salut.

Il leva les yeux.

— Salut toi. Bien dormi ?

Je hochai la tête en m'étirant.

— Mmmmmm. Oui, merci. Et toi ?

Il eut la grâce d'avoir l'air un peu décontenancé.

— Ah, je me suis donc endormi le premier ? Quel cliché !

J'éclatai de rire.

— Pas de problème.

Je me penchai pour lui donner un baiser.

— Je prendrai ça comme un signe que je t'ai épuisé.

Il posa un baiser chaste sur ma bouche et murmura.

— Débauchée.

Puis il tâtonna jusqu'à la table de chevet pour mettre son Blackberry à l'abri avant de revenir vers moi pour me caresser le dos. Ses baisers se firent plus profonds et nous repartîmes de plus belle.

Tout contre ses lèvres, j'esquissais un sourire : il n'allait pas être difficile à s'habituer à ça.

Pour finir, je ne passais pas la nuit chez lui. Il le proposa et je fus délicieusement tentée, mais je n'avais rien apporté pour la nuit afin de ne pas me montrer trop présomptueuse.

— Je croyais que le fait de te demander d'apporter des préservatifs était un signe qui te permettait d'être présomptueuse, déclara-t-il d'un air bougon tandis que je rassemblai mes affaires.

Or, l'idée retourner au bureau dans mes vêtements de la veille ne m'attirait pas le moins du monde. À deux heures du matin, James me raccompagna donc à ma voiture et, après m'avoir soigneusement embrassée, me demanda de lui envoyer un texto pour lui dire que j'étais bien arrivée.

Je refusai en affirmant qu'il ferait mieux de dormir un peu avant de démarrer sa journée de travail, mais il insista.

— Parfait. Mais si tu es crevé demain, tu ne m'en voudras pas.

Il se pencha par ma fenêtre ouverte pendant que j'attachais la ceinture de sécurité.

— Je t'en voudrais absolument, à toi et à tes manières irrésistibles.

Il quémanda un baiser mais je le repoussai, certaine que le fait de lui rouler sur le pied gâcherait définitivement la soirée.

— C'est toi qui as commencé.

Tandis que je m'éloignais, il souriait dans mon rétroviseur, mais il avait l'air pensif et bien moins insouciant que lorsqu'il dormait.

Nous nous retrouvâmes ensuite pour un déjeuner. Toute la semaine, j'avais pris du retard et il était totalement inutile de programmer quoi que ce soit pour une soirée dans la mesure où, lorsque je sortais du journal, la plupart des gens ordinaires (normaux), notamment ceux qui commencent à travailler tôt le matin, comme James, se préparaient à aller se coucher. Une partie de moi avait envie d'aller dormir chez lui mais, franchement, si nous avions tous deux clairement pris beaucoup de plaisir à ce qui s'était passé entre nous, il n'avait pas encore parlé de répéter l'opération et je ne voulais pas me trahir trop tôt. Certes, s'il l'avait proposé, j'aurais foncé, affaires présomptueuses pour la nuit et tout.

Le déjeuner se passa bien. James avait choisi un adorable pub près de la Tamise. Pour profiter du beau temps, nous nous installâmes à l'extérieur alors que la plupart des clients, des touristes en cet après-midi de milieu de semaine, se regroupaient autour du feu. Nous bavardâmes au sujet de notre travail et je lui racontai la dispute récente que Ian avait eue au téléphone avec un lecteur offensé, une dispute d'une telle ampleur que tout le monde s'était arrêté de travailler pour écouter ce que Ian répondait aux accusations de plus en plus surréalistes que lui lançait son interlocuteur, pour finir par applaudir lorsque, après avoir répété pendant deux minutes entières que « si vous continuez à m'insulter de cette manière, je devrai vous raccrocher au nez », Ian raccrocha enfin le téléphone. Puis il annonça, médusé, que son adversaire était la vieille Mme Vickers, une conseillère de la paroisse, qui se plaignait d'une critique peu expansive de la représentation théâtrale en matinée de *Un Inspecteur vous demande*, de J. B. Priestley.

James revint sur son organisation des noces d'or de ses parents en précisant qu'il profiterait pour ce faire d'un voyage à Genève. Avec sa sœur, ils avaient réservé un cottage en Cornouailles lors d'un long week-end afin que tout le monde puisse se réunir autour de l'heureux couple et faire la fête dans un restaurant de fruits de mer.

Lorsqu'il parlait de sa famille, il s'animait davantage qu'à propos de son travail, et c'était vraiment agréable d'avoir en face de soi un homme dont les tentatives pour apprendre à parler de son neveu lui donnaient tant de joie.

— Ma sœur est vraiment une mère parfaite, et Joseph est un enfant adorable, dit-il, mais il est à cet âge où il fait des bruits incompréhensibles. Alors, je hoche la tête pour feindre d'avoir compris, et sa mère m'affirme qu'il vient juste de me demander de lui donner sa cuiller. J'essaie de ne pas éclater de rire, mais c'est l'équivalent humain de « Alors, Lassie, le petit Tim est coincé dans un puits ? »

Je ris de bon cœur.

— Je parie qu'il se débrouille comme un chef pour courir dans le jardin.

James avala une gorgée de sa boisson en hochant la tête.

— Exact. Il faut que je pense à acheter un ballon de foot pour jouer avec lui lorsque nous irons en Cornouailles. Et puis, à quoi servent les mots ? Je pense qu'utiliser les mots est quelque chose de très surfait.

Je sais, c'est terrible, mais je me mis à rougir en me souvenant d'un moment où les mots avaient également été inutiles. Je fixai mon assiette pendant quelques secondes, jusqu'à ce que ma rougeur se dissipe, et je sentis sa main dans la mienne et, en levant les yeux, vis qu'il me regardait en souriant.

Je n'étais pas sûre que ce soit génial qu'il lise aussi bien en moi.

Après le déjeuner, je parvins à attirer l'attention d'un serveur pour payer l'addition avant que James ne puisse faire un geste, ce qui m'emplit d'un sentiment de triomphe mêlé d'amusement. Il tenta de rappeler le serveur, qui n'avait clairement pas le temps de s'occuper de débats féministes, et passa la main dans ses cheveux.

— Merci pour le déjeuner, Sophie, c'est vraiment gentil, mais, normalement, quand j'ai rendez-vous avec une femme, c'est moi qui paie l'addition.

Je lui tirai la langue.

— Qui a dit que c'était un rendez-vous ?

Pendant quelques secondes, son expression vira à la perplexité avant de se couvrir d'un sourire lorsqu'il se souvint des mots qu'il avait prononcés lors de notre première rencontre.

— Aie ! Touché, Mme Morgan. Quand j'y repense, je crains de m'être totalement ridiculisé lors de cette interview.

— Un peu, oui, mais tu t'es rattrapé depuis. Et que tu peux continuer à te racheter en me laissant t'offrir le déjeuner.

Il secoua la tête d'exaspération.

— Normalement, les femmes ne rechignent pas à ce que je les invite.

J'ignorai délibérément le pincement inattendu qui m'avait saisie à l'image d'une pléthore de femmes sur sa liste d'invitations à déjeuner, et j'enroulai mon écharpe autour de mon cou.

— Tu sors peut-être avec le mauvais genre de femmes.

Il me lança un regard méfiant qui se termina en sourire.

— Tu as peut-être raison.

Lorsque je fus de retour au bureau, j'avais décidé qu'il était temps d'être un peu plus directe. Le long baiser que nous avions échangé à la sortie du pub avant de nous séparer indiquait que James était toujours intéressé par quelque chose de plus que l'amitié, mais il semblait avoir fait un pas en arrière depuis que nous avions fait l'amour.

J'étais quasiment sûre qu'il n'était pas du genre à s'amuser avec moi – pour dire les choses crûment, il avait eu l'occasion de me mettre la main à la culotte et il était toujours dans le coin – je n'étais donc pas inquiète. Mais quant à en parler directement, c'était plus difficile. Je trouvais qu'il était moins difficile de parler de sexe virtuellement – au moins, on n'avait pas besoin de se regarder dans les yeux. Je me connectai donc sur Messenger.

Sophie dit : Voulais juste te remercier pour adorable lunch. Contente de te voir. À renouveler à ton retour de Genève.

Ne me tombez pas dessus : je m'efforçais de faire preuve d'un peu de subtilité. Ce n'est pas comme si je pouvais attaquer directement les questions de sexe, non ? Je ne voulais pas lui faire peur encore une fois.

La réponse arriva une minute plus tard.

James dit : Puisque c'est toi qui invites, c'est moi qui remercie, non ? Très content de t'avoir vue aussi. À renouveler absolument.

James dit : PS Merci.

James dit : PPS Tu es très belle avec ce pull.

Je souris. OK, le genre de badinage facile. C'était même amusant.

Sophie dit : Faut que tu surmontes le pb des sous. Cela ne signifie pas que tu es impuissant.

Sa réponse immédiate et brève me fit sourire comme une idiote.

James dit : Mais si j'ai envie d'être puissant ?

Sophie dit : Le plus simple est de – hum – faire le premier pas. Carpe diem !

James dit : Je croyais que les types gentils ne le faisaient pas.

Je grimaçai en me rappelant soudain que pour autant que nous soyons extrêmement compatibles sur de nombreux plans et que je l'appréciais vraiment, James et moi étions fondamentalement différents sur d'autres. Ne vous méprenez pas, je n'ai ni le temps ni l'envie de fricoter avec des salauds, mais s'il n'était pas conscient de l'existence d'un genre de comportement entre deux, je n'avais vraiment rien à faire avec lui.

Bref, je répondis, mais le badinage ne me paraissait plus aussi amusant.

Sophie dit : Je pense qu'il est possible d'être gentil sans être ennuyeux. Tant que tu penses que le pas est bienvenu, je pense que c OK.

Sophie dit : PS Pour éviter toute ambiguïté, il le serait.

James dit : Ah mais tu n'as pas encore vu mes meilleurs pas. Ils pourraient te faire peur...

Cela me semblait plus prometteur, même si je levai les yeux au ciel à l'idée qu'il se croyait capable de me faire peur.

Sophie dit : Je suis sûre d'être capable d'affronter le pire.

James dit : Vraiment ? La culotte t'a déstabilisée, non ?

J'étais sincèrement perplexe, et plutôt irritée. Je n'avais pas été du tout prise au dépourvu, non, espèce de ! Je ne suis pas sûre à quel point mon sentiment d'outrage perçait dans ma réponse.

Sophie dit : Je n'ai pas du tout été déstabilisée !

Sophie dit : Et tu me dois toujours une culotte.

Il fallut quelques minutes pour que sa réponse me parvienne et, lorsque ce fut le cas, l'humour badin semblait avoir totalement disparu.

James dit : Sur le moment, tu n'as pas eu trop l'air déstabilisée, mais, comme tu as annulé le dîner, j'ai cru t'avoir poussée trop loin.

J'étais sidérée, et un peu agacée qu'il ait imaginé que je n'avais pas été franche avec lui. Bon sang, ma franchise – pour ne pas dire ma brusquerie – était sans doute ce qui m'avait causé le plus de problèmes dans toute ma vie.

Sophie dit : Non, j'avais vraiment du travail. Ce n'était pas une fausse excuse. Si je ne voulais pas te voir, je l'aurais dit.

Il ne répondit pas pendant plusieurs longues minutes, suffisamment en tout cas pour que je puisse terminer mon papier, que je l'imprime et que je revienne avec une tasse de thé.

J'avais l'impression de devoir ajouter quelque chose, mais je n'avais aucune idée de ce qui pourrait améliorer la situation, et si c'était seulement possible.

Sophie dit : La culotte, c'était OK. Chaud oui. Mais pas qque ch que je ne peux pas affronter.

Puis, une nouvelle pensée s'insinua en moi.

Sophie dit : Et si j'étais gênée, mal à l'aise ou fâchée par ce genre de truc, je ne serais pas venue dîner, non ?

Au bord de ma table de travail, mon téléphone se mit à vibrer. Un texto :

Un bon steak et des jeux avec les chatons ?

Je souris de toutes mes dents. Avant que je puisse formuler une réponse, la messagerie s'activa.

James dit : La culotte c'était chaud : Chaud comme excitant ou chaud comme honte et confusion ?

Je rougis en y pensant.

Sophie dit : Ça pourrait pas être les deux ?

James dit : Je pense que oui, mais bcp de gens ne sont pas d'accord.

Sophie dit : Je crois que, pour ça, suis OK ac toi.

James dit : Intéressant : je pense que tu pourrais être OK ac moi sur plusieurs fronts. G une réunion. À plus. X

Sympa, le côté « *cliffhanger* ». Je croyais comprendre ce qu'il voulait dire… la pensée s'épanouit dans ma tête et je sentis que, d'une certaine manière, les signes que j'avais inconsciemment repérés étaient de bons indices : James était un dominant. Mais j'étais trop cynique pour faire autre chose que dresser la liste des choses qu'il aurait pu vouloir dire et où n'entrait nullement l'intention de chambouler mon monde de toutes les manières vicieuses ou pas que j'espérais. Prévoyez le pire et priez pour le meilleur, etc.

Dans tous les cas, il me tenait.

Enfin, vers neuf heures du soir, alors que j'étais seulement sur le point de fermer la boutique, j'entendis le ping familier de la messagerie de mon téléphone.

Mis à part la culotte, y a-t-il qque ch du dîner que tu as trouvé chaud ?

Je fis une petite grimace, en espérant qu'il visait bien ce que je croyais, mais je n'étais pas décidée à l'aider tant qu'il ne montrerait pas davantage ses cartes. Je sais, je donne l'impression de jouer à un petit jeu malsain, mais ce n'était pas le cas.

Promis. Et jusqu'à ce que je sache exactement jusqu'où il était prêt à aller, je n'avais pas l'intention de lui faire une peur bleue.

Sophie dit : Tu vas à la pêche aux compliments ? Tu avais un truc à demander ? Précis ?

J'imaginais son air outragé parce qu'il avait été accusé de provoquer les compliments. Cela commençait à m'amuser vraiment.

James dit : Et quand je t'ai frappée ?

Là, j'étais morte de rire. OK, je suppose que je ne risquais rien à aller un peu plus loin, mais je ne pus m'empêcher de le provoquer davantage.

Sophie dit : J'ai bien aimé, mais tu ne m'as pas vraiment fait mal.

Provocante, moi ? C'était cependant extrêmement plaisant.

James dit : Qui dit que je voulais te faire mal ?

OK, là, j'avais la gorge sèche et je ne savais vraiment pas quoi répondre. Avant que je ne puisse aller plus loin dans ma réflexion afin de dire quelque chose d'intelligent, mon téléphone vibra dans mes mains.

James dit : Tu veux que je te fasse mal ?

Je connaissais la réponse et j'étais pratiquement sûre qu'il la connaissait aussi, mais le fait de taper ces quelques lettres correspondait à un immense pas en avant dans l'inconnu. Je n'étais pas sûre de pouvoir oser. À la place, je me dérobais.

Sophie dit : Je croyais que tu pensais que les types gentils ne faisaient pas ça ?

James dit : Je croyais que tu disais que les types ennuyeux ne faisaient pas ça mais que les gentils pouvaient le faire ?

Arroseur arrosé.

Sophie dit : Oui.

James dit : Oui quoi ? Les gentils peuvent ou tu veux que je te fasse mal ?

Je n'avais jamais ressenti une telle inquiétude au creux du ventre. Soit les choses allaient s'avérer époustouflantes, soit la méprise était totale et hideuse, et j'allais me ridiculiser comme jamais.

Je rassemblai tout mon courage.

Sophie dit : Les deux.

Je fixai le téléphone sans arriver à décider quel message je voulais recevoir, à la fois euphorique et terrifiée de ce qui allait se passer si les choses se déroulaient comme je l'espérais. J'aurais dû ne pas réagir – au cas où il ne s'agissait que de frime – mais cela m'était impossible. Les esprits curieux ont besoin de savoir.

Sophie dit : Tu VEUX me faire mal ?

Je ne le compris que lorsque mon téléphone se mit à vibrer, mais j'avais retenu ma respiration dans l'attente de sa réponse. Je ne suis même pas sûre de savoir ce que je voulais comme réponse.

James dit : Si tu me demandes si je suis sadique, non, je ne crois pas, pas vraiment, pas habituellement. Causer de la souffrance ne m'excite pas. Mais défier une soumise qui est excitée par la douleur m'excite. Oui. Si tu comprends ce que je veux dire. J'adore l'idée de la pousser dans ses limites et de briser les barrières pour aller jusqu'aux cris.

Sophie dit : Je comprends.

Je le pense vraiment. Je n'avais aucune autre idée de la manière de lui répondre !

James dit : Je pense que c'est le message le moins bavard que j'aurai de toi...

Je levai les yeux au ciel. Je savais qu'il avait raison, mais le fait d'échanger à ce sujet avec James me paraissait bizarre, alors que cela ne l'avait jamais été avec Thomas. Je savais que l'explication tenait dans ce que j'avais été moins soucieuse de l'avis de Thomas ou de la crainte qu'il me juge parce que je ne considérais pas que nous avions une relation amoureuse… Franchement, cela ne m'aidait pas du tout.

Sophie dit : Ne sais que répondre...

James dit : Je suppose que c'est un effet de mes mauvaises manières d'admettre que j'aime l'idée de te déconcerter ?

J'esquissais un sourire : je redevenais moi-même.

Sophie dit : Oui, c'est pas poli. Mais tu marques des points pour l'emploi du verbe déconcerter.

Nous passâmes tout le reste de la soirée à taper des textos et des messages. Je sais, ça a l'air totalement idiot – il m'aurait suffi de filer jusque chez lui pour poursuivre notre conversation, mais je pense que nous sentions autant l'un que l'autre que le sujet était trop délicat pour l'aborder face à face, qu'il était trop difficile ainsi d'admettre ces désirs secrets que d'autres pouvaient condamner. Cependant, je compris que, si j'avais imaginé qu'il serait vraiment pénible d'expliquer à un petit ami potentiel que j'aimerais qu'il me domine dans des situations salaces mais mutuellement agréables, l'inverse était encore plus compliqué – ce que James me fit comprendre en exprimant ses craintes d'être considéré comme un misogyne, un sadique ou pis.

Notre échange fut stupéfiant. J'avais abordé avec Thomas ses motivations quant à son besoin de dominer ses partenaires, mais le fait d'apprendre à connaître toute cette facette différente de James, de la faire coïncider avec sa personnalité d'homme charmant, intelligent, travailleur, aimant la vie de famille, que j'avais appris à connaître, était encore plus fascinant.

J'avais tant de questions à lui poser – et il répondit à toutes. Depuis combien de temps savait-il qu'il était attiré par ce genre de comportements – ce qui est vraiment drôle, c'est qu'il était fasciné par les retours de péril du personnage de dessin animé cartoon Penelope Pitstop depuis un très jeune âge, qu'il adorait la voir capturée et ligotée au moment même où je me plongeais dans mes rêveries au sujet de la Belle Marianne – jusqu'à la question de comment il trouvait ses idées sur ce qu'il pouvait faire avec ses soumises.

James dit : Bien sûr, le plus souvent, le sexe, même le sexe D/s est spontané. Il peut commencer par être plutôt cool, mais il suffit d'une claque ou d'un regard pour modifier la dynamique, même s'il n'y a pas grand-chose d'autre. Toutefois, pour moi, le meilleur sexe D/s exige une certaine planification. Parfois, je souhaite mettre en place un fantasme ; parfois, je suis simplement en train d'expérimenter ; mais il y a généralement un objectif que je souhaite atteindre. Si une soumise est particulièrement récalcitrante et fait ce qu'il faut pour me provoquer, attirer mon attention et être punie, je vais par exemple m'assurer qu'elle n'obtiendra pas ce qu'elle veut. Je pourrais, par exemple, la ligoter et la laisser dans un coin en l'ignorant totalement jusqu'à ce qu'elle comprenne que je ne vais pas me laisser manipuler pour lui donner ce qu'elle veut.

James dit : Mais une soumise peut aussi trouver difficile de s'exprimer pendant la séance de D/s parce qu'elle a honte ou simplement parce que cette situation ne facilite pas la communication. Dans ce cas, je peux veiller à créer une situation où elle serait punie parce qu'elle ne parle pas quand je le veux ou être récompensée si elle réagit rapidement.

James dit : J'aime prévoir les choses et je suis mon programme si je peux, mais j'ai également besoin d'être plus souple pour m'adapter à la situation. Si je découvre que quelque chose correspond à un véritable défi pour ma soumise, je dois pouvoir prendre une décision quant à la nécessité de la pousser jusqu'à ses limites du défi ou si je dois reculer. Il est extrêmement rare que je pousse la soumise vers quelque chose pour laquelle elle n'est pas prête, mais parfois, en y repensant, je me dis que j'ai renoncé trop tôt, trop vite – ce qui ne veut pas dire que je lâche facilement du lest. Je pense que je suis capable de sentir si ma soumise veut être poussée et que je la force à faire ces choses.

Il semblait avoir beaucoup plus d'expérience que moi, notamment en matière de relations – même normales – à long terme, plus quelques passades D/s. Il semblait aussi capable de trouver un équilibre entre une partenaire de jeu et une compagne. Et il répondit à toutes mes questions de manière claire et rationnelle, même à celles que j'écrivais en retenant mon souffle.

James dit : Je m'y suis mis pratiquement dès que le sexe est devenu quelque chose de régulier pour moi. Un jour, j'étais au lit avec une femme qui évoqua l'idée de la fessée. C'était une chose à laquelle j'avais déjà pensé, mais je ne sautais pas sur l'occasion, contrairement à ce à quoi tu pourrais t'attendre. Je fis preuve de rationalité et j'évoquais avec elle l'idée de la fessée et d'autres choses du même genre qui m'excitaient, mais je ne voulais pas entreprendre à moins qu'elle ne soit sûre. Comme elle affirmait qu'elle l'était, nous avons fait l'amour avec elle au-dessus de moi et je la frappai légèrement. Elle déclara qu'elle aimait ça mais que je devais frapper plus fort, ce que je fis. Lorsque nous avons joui, ses fesses étaient rouges et ma main me cuisait. Au départ, je trouvais cela gênant – j'ai été élevé par des parents qui condamnaient toute violence – mais sa réaction fut extrêmement positive et je réalisai bientôt que toute la différence reposait sur le concept de consentement. Elle m'autorisait à lui donner la fessée, à la ligoter, etc. Le niveau de douleur et les sanctions que je pouvais lui infliger dépendaient d'elle, et non de moi. Si elle demandait d'arrêter (ou prononçait le code de sécurité que je préfère utiliser), j'arrêtai tout immédiatement. J'aime le pouvoir que cela me donne, le contrôle et le jeu – je trouve l'aspect psychologique fascinant : quelle meilleure manière de faire ce que tu veux faire ? Je pourrais te laisser deviner, perturber tes repères, te déstabiliser à chaque mouvement, obsédée par l'incertitude de l'étape suivante. Ou je pourrais t'annoncer une semaine à l'avance ce que j'ai l'intention de faire, et te laisser y réfléchir, le ruminer dans ta tête, te tourmenter ou te provoquer, une manière de te tester avant l'acte même. Selon le contexte, les deux fonctionnent aussi bien quand on veut pousser la soumise dans ses retranchements.

Son discernement me rendait insolente. Je ne pouvais m'en empêcher.

Sophie dit : Qui dit que je suis prête à t'obéir ?

Sa réponse me coupa le souffle.

James dit : Je pense que j'ai décelé chez toi des indices dès le début, mais, après la soirée que tu as annulée et ta réaction lorsque je t'ai tenu les poignets, je n'étais pas sûr et je n'ai pas voulu pousser les choses trop loin. À présent, je suis sûr. Bien sûr que tu veux que je te domine ! Cela me donnerait du plaisir, et c'est ce que tu veux, non ?

Je savais que j'avais l'air d'ergoter, mais je m'en fichai.

Sophie dit : Ah, vraiment ?

James dit : Allons ! Mais oui, vraiment. J'ai horreur d'étiqueter les gens, ne serait-ce parce que cela n'aide pas, mais, dans mon expérience, j'ai rencontré des soumises avec lesquelles, parce qu'il n'y a pas de meilleur mot, le côté récalcitrant apparent (qui se comporte de manière à provoquer des réactions) correspond à une personne qui aime être dominée en dépit justement de sa tendance à ruer dans les brancards. Cela lui fait davantage d'effet. Même si tu n'as pas la langue dans ta poche et que tu as tendance à utiliser les sarcasmes, je ne pense pas que ce soit ce dont il s'agit avec toi. Rappelle-toi le restaurant : je ne t'ai pas obligée à me donner ta culotte. Je t'ai lancé un défi, que tu pouvais ou non relever. Tu l'as relevé afin de me prouver que tu en étais capable. Tu voulais gagner, ce qui est assez paradoxal dans le sens où, une fois que j'avais ta culotte, j'étais le gagnant absolu. Tu aimes qu'on te force à faire des choses difficiles parce que tu apprécies le fait de surmonter les défis. C'est ça qui prime pour toi, le jeu et le défi.

Mon téléphone se mit soudain à peser très lourd entre mes mains. Il avait raison, même si je ne l'aurais pas dit de cette manière. Le fait qu'il ait été capable de comprendre cela, de décoder mon état d'esprit avec une telle finesse, me terrifiait et m'excitait à la fois. C'était érotique, ensorcelant, et cela offrait une foule de possibilités. Je ne savais pas davantage le formuler, mais j'avais le sentiment qu'il serait l'homme le plus stimulant que je rencontrerai.

Il fallait également que je lui rende justice car il me rassurait sur les aspects les plus inquiétants de mes préoccupations. Alors qu'il appelait ça des « punitions », il ne cherchait pas à me punir pour un comportement ou un autre, il me punissait parce qu'il aimait le pouvoir et qu'il savait que j'aimais la douleur. Oui, cela me rassurait, d'autant que l'idée d'une relation qui se serait fondée sur une punition suscitée par un retard de dix minutes ne m'intéressait pas : ce n'était pas ce genre de jeu auquel je voulais jouer.

Il me promit également qu'il prendrait son temps et n'irait pas trop loin. Je suppose que nous avions des notions assez différentes de ce « trop loin » mais j'avoue que j'étais intriguée, et plus que ravie de donner une chance de le découvrir.

Il partit pour Genève pendant quatre jours et, à la fin de son séjour, nous nous étions rendus fous l'un l'autre avec nos questions, nos pensées sensuelles, nos e-mails au milieu de la nuit.

Comme nous avions décidé que nous allions donner sa chance à ce jeu, nous avions déjà tenté de jeter les grandes lignes de notre engagement. Comme James le dit dans l'un de ses messages nocturnes : « *Ce n'est pas comme si nous avions besoin de dresser un fichu contrat* », mais nous avions abordé les limites, les codes de sécurité, les limites douces et les limites dures, et nous avions décidé que je viendrai chez lui le soir de son retour.

En substance, le ton de nos échanges n'avait pas changé, ce en quoi j'étais rassurée. Quand il s'agissait de l'aspect quotidien, non sexuel, de notre relation, il n'y avait pas de dominant ni de dominé, pas de faux-semblants, et il demeurait aussi soucieux de connaître mon avis et mes connaissances qu'il l'avait toujours été.

Sans doute était-ce naïf (avec le recul, je sais que ça l'était) mais, à l'époque, j'étais soulagée de savoir qu'en dépit du ballet de soumission et de domination que nous avions d'une certaine manière entamé, la dynamique générale de notre amitié, notre relation ou quel que soit le nom qu'on lui donne, n'avait pas changé.

La seule différence se traduisit par une sorte de jeu pédant auquel on se livrait depuis que je lui avais fait remarquer une faute dans un e-mail qu'il m'avait envoyé (je sais, c'est encore le tyran de la grammaire en moi). Il répliqua en soulignant une de mes erreurs, qui, pour mémoire, reposait sur le fait que je tapais mes textos en mode T9 : je plaidais non coupable.

Nos échanges adoptèrent alors le ton de chamailleries bon enfant et, chaque fois que je faisais une erreur ou que je lui en faisais remarquer une qui s'avérait par la suite correcte, il ajoutait cinq points à un compte dont, disait-il, il se servirait lorsque nous serions « dans le même pays ». Lorsqu'il faisait une erreur que je remarquai (à juste titre), il retirait cinq points du compte.

Du jour au lendemain, nos textos et nos e-mails se transformèrent littéralement en joutes verbales, combats de mots où nous cherchions sans cesse à nous corriger avant que l'autre n'ait le temps de repérer la faute.

C'était puéril, drôle et le genre de compétition bénigne qui me disait que James était une personne fiable : lorsque nous nous lancerions dans ce que nous voulions entreprendre, il n'allait pas m'entraîner dans une cave isolée pour me torturer. Sa personnalité demeurait celle d'un homme charmant, drôle et attentionné, qui détestait autant que moi l'usage impropre du subjonctif.

12

Bon, il ne m'entraîna pas dans son sous-sol lorsque je le retrouvai à son retour. En fait, il m'ouvrit à peine la porte. J'étais extrêmement nerveuse, excitée, si excitée de découvrir la suite, mais aussi un peu perturbée. Je venais voir mon ami (mon petit ami ? demanda ma petite voix intérieure) que je n'avais pas vu depuis au moins une semaine mais, en même temps, j'étais aussi sur le point de me lancer dans ce qui pourrait être une séance intense de sexe avec un nouveau dominant. J'étais donc excitée et effrayée. Je n'avais pas peur de lui, mais plutôt de ne pas être à la hauteur – et cela me rendait encore plus nerveuse parce qu'il avait décelé cette part de moi avant que j'aie l'occasion de la lui confier.

Lorsqu'il ouvrit la porte, il avait l'air normal et en forme. Il portait une chemise en coton souple et un pantalon décontracté, et ses pieds encore nus. Avec un sourire, il me guida par le bras à l'intérieur en fermant doucement la porte derrière moi. J'entendis le « clic » du verrou.

Je m'approchai de l'escalier mais, avant que je ne pose le pied sur la première marche, il m'empoigna le poignet et me ramena vers lui, m'enveloppant dans une étreinte tandis qu'il s'emparait de ma bouche avec ses lèvres. Nous échangeâmes un baiser, enfin, c'est-à-dire que je soupirai dans sa bouche, je goûtais sa saveur, le ballet de nos langues et le bonheur d'être ensemble après ce qui m'avait paru un siècle, le temps décuplé par l'anticipation. Je me reculai un peu pour le dévisager en quête de signes révélateurs. Mais il n'avait pas changé, même si je savais désormais que nous étions sur la même longueur d'onde.

Tandis que je me disais que les choses avaient l'air normales, pas du tout étranges, il se pencha vers moi et je me haussai un peu en espérant un autre baiser. Mais il posa les mains sur mes épaules pour me repousser légèrement et se rapprocha de mon oreille.

Son discours était courtois, et sa voix me fit encore une fois battre le cœur, mais ce qu'il siffla dans mon oreille en accéléra les battements pour une tout autre raison.

— Nous savons tous deux que tu as passé la semaine à penser à des saletés, petite vicieuse, et je suis impatient d'en explorer certaines, mais, avant tout, je veux que tu fasses quelque chose pour moi. Je veux que tu me suces pour l'apéritif. À genoux, tout de suite.

Il recula très légèrement pour vérifier ma réaction.

Dans le silence, tout parut immobile, comme figé. Nos regards se croisèrent pendant plusieurs secondes et James releva un sourcil d'une manière qui paraissait moqueuse et défiante à la fois. D'un côté, cela me donnait envie de répliquer et de refuser, et ce bien que ma langue imaginât déjà le goût de son foutre.

Depuis que nos échanges avaient abordé le sexe, c'était inévitable. Je voulais me soumettre à lui, j'en avais rêvé chaque nuit, en me demandant ce que j'éprouverai, comment la soumission conjuguée à un lien émotionnel fonctionnerait. Au fond de mon cœur, je savais ce que j'éprouvais, je savais ce que j'allais faire, même si mon cerveau me répétait que c'était stupide, fou, dangereux. Mais alors qu'il me regardait, si confiant dans l'idée que j'allais me laisser tomber sur les genoux parce qu'il me l'avait demandé, une autre part de moi sentit monter la colère.

Je n'avais même pas encore retiré mon manteau bon sang !

J'avais envie de l'envoyer au diable, et j'étais pratiquement sûre que le regard rebelle que je lui jetai était suffisamment significatif, mais quand je plongeai mes yeux dans les siens, je savais que la seule manière de savoir s'il était vraiment ce que j'espérais consistait à lui obéir tout de suite.

Fléchir ou périr (ou quelque chose comme ça), c'était le moment ou jamais.

Je fléchis (littéralement aussi) et m'agenouillai devant lui, à la fois ravie et irritée par le sourire grimace de satisfaction qui envahit alors son visage.

Il me tapota les cheveux.

— Bonne fille.

Le fait de m'entendre appeler « fille » est l'une des choses qui me hérisse, mais, si une part de moi ruait devant la nature condescendante du mot (affectueux paraît-il), une autre part du même moi s'en délectait, au point de vouloir lui prouver exactement quelle bonne fille j'étais. Je me penchai, défis sa braguette et sortis délicatement sa queue de son pantalon.

Je pris mon temps, d'abord en faisant courir ma langue sur toute sa longueur avant de la prendre dans ma bouche. À ce moment-là, il empoigna ma nuque et se mit à appuyer pour s'enfoncer plus vite et plus profond sans me laisser le temps de reprendre mon souffle. Pendant une minute, nos deux volontés s'opposèrent. Je luttais pour conserver un tempo lent alors qu'il voulait prendre son plaisir à son rythme. J'étouffai presque, mais il retira sa queue d'un mouvement vif qui me soulagea.

Pendant que je reprenais mon souffle, il frotta son sexe sur mon visage, étalant salive et gouttes de sperme mêlées. Quand j'écris cela, cela paraît anodin, mais à cet instant, j'étais pure fureur. La sensation poisseuse contre mes joues fit jaillir une colère brûlante en moi.

Je serrai les poings en luttant pour contrôler les hurlements qui, dans ma tête, m'incitaient à me révolter, à reculer. Personne ne m'avait jamais traitée ainsi et je me sentais avilie au point qu'il me fallut rassembler toutes mes forces pour ne pas réagir et le laisser poursuivre.

En dépit de la part de moi qui aimait cela, c'était la colère qui dominait – mais je ne voulais pas que cette part l'emporte. J'étais aussi furieuse contre moi-même de la violence de ma réaction à la première chose qu'il m'avait imposée que je l'étais de commencer notre relation D/s de manière aussi directe.

Tout en luttant pour reprendre le contrôle de moi-même, je fermai les yeux pour oublier l'image, et pour masquer ma propre réaction. En prenant de longues inspirations, je fis tout ce que je pus pour continuer à me soumettre.

Comme j'avais les yeux fermés, la claque me prit totalement au dépourvu. Je ne peux pas dire qu'elle me fit mal, mais c'était bel et bien une claque qui me fit ouvrir les yeux pour comprendre ce qu'il était en train de faire : juste à temps pour découvrir qu'il me frappait avec son sexe. Je poussai un gémissement d'humiliation, mais il continua à me frapper en tirant sur mes cheveux pour maintenir mon visage assez près de son bas-ventre. Et il continua ainsi à me frapper et à se frotter contre mon visage.

J'étais écœurée, humiliée, et, à ma grande surprise, mes sécrétions coulaient entre mes cuisses. Je me déplaçai légèrement sur mes genoux.

Il me frappa encore une fois et tira plus fort sur mes cheveux pour s'enfoncer dans ma bouche de force. J'ouvris les lèvres aussi largement que possible pour le laisser me pénétrer, en bougeant la langue au rythme de son va-et-vient et il jouit, éjaculant si soudainement au fond de ma gorge que je faillis étouffer. Mais j'avalai le foutre et je commençai à le nettoyer à petits coups de langue quand il se retira brusquement et se rhabilla prestement.

Moi, j'étais encore à genoux, à ses pieds, incertaine de ce que je devais faire ou de ce qui allait se passer à présent. J'avais les mamelons si durs dans mon soutien-gorge, et le goût de son sperme n'avait pas encore disparu de mes lèvres. Il me caressa les cheveux pendant une seconde avant de se pencher et, d'un mouvement empreint de sollicitude, m'aida à me relever.

— Laisse-moi prendre ton manteau. À présent, nous allons préparer le dîner et nous détendre un peu.

Avec la sensation qu'avait dû éprouver Alice lorsqu'elle était tombée dans le terrier du lapin (un lapin sexy mais tout aussi déconcertant), je retirai mon manteau et suivis James jusqu'à son appartement et dans la cuisine. Je n'étais pas chez lui depuis dix minutes que je remarquai les changements depuis ma dernière visite.

Dîner, conversation, un verre de vin chacun – pas plus sans doute car nous étions tous deux soucieux de garder les idées claires pour la suite. Pour ma part, j'étais comme un zombie face au changement total d'atmosphère. Je me contentai de fournir ma part du jeu de rôles tout en comptant mentalement les minutes qui me séparaient de sa chambre.

Le moment tant attendu arriva enfin.

Il semblait que les chats siamois de James voulaient participer au jeu. Comme ils nous suivaient dans la chambre, James les prit l'un après l'autre et les caressa pendant quelques secondes avant de les pousser gentiment mais fermement vers la porte sans cesser de leur murmurer à l'oreille avant de les déposer dans le couloir. C'était une scène si douce, si naturelle, qu'elle rendit le changement d'atmosphère encore plus incongru lorsqu'il referma la porte.

Il m'ordonna sans détours de me déshabiller et s'installa pour me regarder retirer mes vêtements devant lui.

Toutes les femmes, aussi belles et parfaites soient-elles, trouvent toujours à leur corps un défaut. Pour ma part, croyez-moi sur parole si je vous dis que j'en ai plusieurs. En général, j'évite d'y penser : je me nourris sainement, je vais à la salle de sport au moins trois fois par semaine et je suis plutôt optimiste dans la mesure où, dans les affres de la passion, la plupart des mecs sont concentrés sur d'innombrables choses, mais *pas* sur la fermeté de votre ventre.

Ceci étant dit, lorsqu'un type qui vous plaît vous demande de vous déshabiller devant lui tandis que : a) il reste résolument habillé ; b) il ne fait rien d'autre que de vous scruter pendant que vous retirez vos vêtements un par un ; vous avez de quoi être un peu gênée.

Avec une économie de mouvements et le peu de grâce dont j'étais capable, je retirai d'abord mon pull, puis mon pantalon (en enlevant mes chaussettes en même temps dans la mesure où c'est sans doute l'accessoire le moins sexy par excellence).

Je regardai James et son sourire qui jouait aux commissures de ses lèvres, ce qui me fit penser qu'il était temps de le prendre à son propre jeu. Je savais que j'en étais capable : je pouvais parfaitement feindre une assurance que je n'éprouvais pas. N'avais-je pas dû jouer ce rôle pour mon boulot des milliers de fois ? OK, pas parce qu'il fallait que je me déshabille, mais personne n'avait trouvé à y redire.

Par conséquent, un léger sourire entendu sur les lèvres, et dans l'espoir que je n'étais pas aussi rouge que ce que je craignais, je plaçai les mains dans mon dos pour dégrafer mon soutien-gorge et le faire glisser doucement sur mes seins. Sans une seule hésitation palpable, j'attaquai ensuite la culotte et la fit glisser rapidement le long de mes jambes avant de reposer le tout en pile sur le lit.

Puis, je me retournai lentement vers lui en résistant à l'envie irrépressible de croiser les bras sur ma poitrine.

Nous restâmes ainsi pendant quelques (plusieurs) minutes : moi, la peau nue frissonnant sous la brise qui provenait de la fenêtre ouverte ; James immobile qui me regardait.

Dans le soleil de la fin d'après-midi, la chambre avait adopté une lumière irréelle et le silence n'était entrecoupé que par des claquements de portière et les cris d'enfants qui jouaient au foot dehors.

Je ne bougeais pas.

James se leva, traversa la pièce et vint placer ses mains en coupe autour de mes fesses. Par réflexe, je me recroquevillai contre lui, avide que j'étais de ce geste de réconfort, avide de lui. Il se pencha pour m'embrasser et tout le reste s'effaça pour ne laisser que la sensation de ses mains sur mon corps et de sa bouche contre la mienne.

Puis, il recula en lissant une mèche de mes cheveux sur mon épaule et en souriant.

— Mmmmm... Mais avant de poursuivre, tu dois subir ta punition.

Une vague de colère et de rébellion déferla en moi. Bon sang, avait-il besoin de me déstabiliser sans cesse ? C'était quoi cette manie de douche écossaise ?

Je lui jetai un regard plein de méfiance, d'autant que je savais que, grâce aux errements des textos en T9 et à un pari perdu (à cause d'informations erronées) sur le nom du prochain grand manager britannique, j'avais désormais cent points sur notre ardoise. Comme j'ignorais totalement à quoi correspondaient ces points, j'étais un peu inquiète.

J'avais espéré une bonne nuit au lit pour commencer.

— Est-ce vraiment nécessaire ? demandai-je pleine d'un espoir candide.

— Non, si tu préfères attendre, je peux trouver un créneau pour la fessée.

Je lui jetai un regard furieux et il secoua la tête sans cependant cesser de me caresser le visage.

— Sophie, tu sais bien que ce sera pire. Veux-tu ou non voir de quoi nous sommes capables, ma douce ? Souviens-toi : *Carpe diem* !

Il souriait, plaisantait, mais je me sentais blessée. Je savais que le choix que j'allais faire était essentiel pour la suite de notre relation. Le problème étant que je savais déjà que j'allais obéir, c'est ce qui m'irritait le plus. Comment pouvais-je être à la fois aussi récalcitrante de me soumettre à quelqu'un qui me plaisait, qui me faisait de l'effet, qui m'incitait à m'engager dans une longue relation ?

Sous le regard intense de James, je poussai un soupir.

— OK, parfait. Dis-moi ce que je dois faire.

Son sourire m'alla droit au cœur. Il avait l'air si heureux que cela me rendit heureuse aussi. En tout cas, jusqu'au moment où il reprit la parole. Il me conduisit jusqu'au tapis posé devant la cheminée.

— J'aimerais que tu te penches. Tu peux t'appuyer en mettant tes mains sur tes chevilles ou sur tes genoux pour être plus à l'aise. Mais une fois en position, tu ne bouges plus. Tu vas compter jusqu'à cent à voix haute et me remercier pour chaque coup. Tu as compris ?

La voix étouffée sous mes cheveux qui me tombaient devant le visage tandis que je prenais la posture, l'esprit comme un tourbillon cyclonique quant à ce qu'il allait utiliser comme instrument pour asséner cent – *cent* – coups, fit que, pour la première fois depuis que tout avait commencé, je fus vraiment terrifiée à l'idée de la douleur qui allait m'être infligée. Comment allais-je pouvoir en supporter autant ?

James me tapota les fesses comme pour me prévenir de l'imminence du début des opérations, un geste qui me tira de ma panique croissante.

— Désolé, Sophie. Oui, je comprends.

Je bandai mes fesses pour le premier coup, mais James se tenait à présent devant moi, se penchait et cherchait mes yeux entre les mèches de mes cheveux. Pendant de longues secondes, il scruta mon regard et, lorsqu'il parla enfin, ce fut d'une voix douce, étrangement apaisante.

— Je vais me servir de la cravache, Sophie. Je te promets que tu seras parfaitement capable d'encaisser les coups, mais, si pour une raison ou pour une autre, tu veux que j'arrête, tu n'auras qu'à utiliser le code de sécurité. Tu t'en souviens, n'est-ce pas ?

Je hochai la tête, avec le sentiment que ce n'était pas le bon moment pour avouer que mon subconscient était déjà en train de le hurler à tous vents. Il me sourit et, à cet instant minuscule, nous étions à nouveau James et Sophie et tout allait bien.

Puis, il commença.

Les dix premiers coups ne me firent pas mal du tout. Je les comptais soigneusement en remerciant à chaque fois, pas vraiment préoccupée par les tapotements qui me piquaient les fesses mais plutôt par les fantasmes de ce qui allait se passer lorsque cette stupide punition prendrait fin, déjà soulagée de ne pas souffrir autant que ce que je l'avais craint.

Puis, soudain, un déclic se fit – l'angle de son mouvement changea de manière imperceptible ou il avait trouvé son rythme de croisière, dans tous les cas, les coups devinrent alors si douloureux qu'ils me coupèrent le souffle. Je ne cessai pas de compter et ma position ne changea pas, ou si peu, mais un coup particulièrement violent me déséquilibra et je dus m'aider de mes deux mains pour me redresser. Je le fis vivement, comme par réflexe, tout en le suppliant de m'excuser tant je craignais qu'il n'ajoute quelques coups à la centaine, juste pour me punir de ne pas avoir gardé la pose. Mais non.

Je ponctuai chaque coup d'un « merci » mais, lorsque nous en fûmes à cinquante, j'avais les dents si serrées que ma voix ne paraissait pas vraiment empreinte de gratitude. La douleur était bien plus vive que ce à quoi je m'étais attendue, et mon obstination était la seule chose qui me poussait à continuer à compter et à ne pas m'écrouler.

Il avait adopté une cadence implacable, uniquement destinée à ma fesse gauche, et, alors qu'il frappait encore et encore au même endroit, la douleur enfla au point que je trouvai de plus en plus difficile de sortir les « merci » de ma bouche.

À soixante coups, il s'arrêta, tira sur mes cheveux pour me relever la tête et plongea ses yeux dans les miens.

— Tu pleures ? On dirait bien que tu pleures !

L'orgueilleuse obstinée qui se cachait en moi répondit à ma place :

— Pas du tout.

Ses yeux scrutèrent les miens comme pour repérer un éclair qui trahirait le mensonge ou le moment où je flancherai, et, curieusement, ce regard me donna du courage et m'apaisa en dépit de la douleur que je continuais de combattre.

Il hocha légèrement la tête et ajouta :

— Tu veux qu'on arrête ?

Le menton levé, j'entendis ma voix provenir de très loin et prononcer d'un ton plus confiant que ce que je ressentais :

— Non, ça va.

Quelle bécasse !

Il lâcha mes cheveux et revint se placer derrière moi, et tout ce à quoi je pus penser fut les avertissements incessants de ma mère qui affirmait que mon obstination causerait ma perte – bien que je ne pense pas qu'elle eut ce genre de perte en tête.

Heureusement, James s'attaqua à ma fesse droite et ma mère disparut de mes pensées.

Lorsque nous atteignîmes le chiffre de quatre-vingt, je n'étais plus concentrée que sur l'idée de garder la position. Une victoire pour tête de mule, mais, à chaque coup, mon monologue intérieur hurlait « plus que vingt, plus que dix-neuf, dix-huit ».

Mes jambes tremblaient et je souffrais le martyre, mais nous parvînmes à cent et je sentis alors une vague de soulagement m'envahir. Finalement, cela n'était pas si difficile, non ?

James m'autorisa alors à me redresser et il se plaça devant moi pour déposer un baiser sur mon front pendant que je tremblais de tous mes membres sous les assauts de la douleur et de l'adrénaline.

— Bonne fille, tu as été très courageuse.

Je réprimai une grimace en entendant le mot haï et sentis son doigt glisser entre mes cuisses. Gémissant de plaisir, je m'appuyais sur lui en me laissant aller à son exploration. Il gloussa de sentir ma fente aussi juteuse et de voir à quel point mes jambes se dérobaient sous moi tandis qu'il me poussait, avec une facilité ridicule, au bord de l'orgasme. Puis, il retira ses doigts.

Je parvins à réprimer une plainte : je n'avais aucune intention de faire quoi que ce fut pour le voir reprendre la cravache. Mais je suis sûre que mon regard trahit ma frustration lorsqu'il s'assit au bord du lit, défit son pantalon et me fit signe de m'agenouiller devant lui.

Je lui jetai un regard plein d'espoir, attendant inconsciemment son hochement d'approbation, puis ouvris la bouche pour le prendre.

Je le léchais avec gourmandise, ravie de sentir ses mains dans mes cheveux, de sentir ses doigts se serrer et se détendre tandis qu'il gonflait entre mes lèvres. J'oubliai tout pour ne me préoccuper que de son sexe et la douleur reflua tandis que je le suçais.

C'est alors qu'il me tira par les cheveux, s'empara de mes bras pour me relever et me remettre sur le tapis. Pendant une minute, mon cerveau fut comme court-circuité. Je voyais bien la position qu'il voulait que je prenne, et je n'arrivai pas à penser à autre chose qu'à la cravache et à la douleur, mais j'étais incapable de prononcer un seul mot, sans parler de phrases, et je ne pus qu'émettre des miaulements venus du fond de ma gorge. C'était à la fois des suppliques et des dénégations.

Pendant quelques secondes, ma panique fut telle que je ne saisis pas ce qu'il disait, mais il se mit à embrasser mon front et à me caresser avec la douceur qu'il avait prodiguée à ses chats un peu plus tôt et, d'une certaine manière, je compris qu'il était en train d'essayer d'apaiser mes terreurs. Malgré le tonnerre qui grondait dans ma tête, je finis par comprendre.

— Je ne vais pas te punir une nouvelle fois. Je veux simplement que tu te mettes là pour que je puisse te baiser.

Je le laissai me relever et repris la position que j'avais adoptée quelques minutes plus tôt. Il fit glisser un préservatif sur son érection et, empoignant mes hanches à pleines mains pour s'assurer qu'il contrôlerait le rythme et la profondeur, il me pénétra et me pilonna en heurtant mes fesses cuisantes à chaque coup. Ce fut stupéfiant. J'étais encore pleine de l'adrénaline des coups de cravache, je ne pensais à rien, j'étais tout entière dans ses coups de boutoir, le rythme qu'il m'imposait. Il passa une main pour venir titiller mon clitoris et je giclai sur lui comme un torrent.

Lorsque je repris mes esprits, il nous avait installés sur le lit et j'étais allongée sur le côté (il allait me falloir au moins une semaine avant de pouvoir m'asseoir sans souffrir). Tout contre lui, je levai les yeux, un peu gênée soudain de cette perte de conscience, mais il me souriait. En caressant mes cheveux, il déposa un autre baiser sur mon front.

— Tu as été merveilleuse, vraiment. Une très bonne fille.

Je lui rendis son sourire en fermant les yeux pendant une seconde pour savourer la douceur de ses lèvres. À cet instant, le mot condescendant ne me paraissait plus si important : j'étais emplie d'un sentiment d'accomplissement, une sorte de fierté d'avoir réussi à lui plaire, comme un travail bien fait.

Je ne réalisai guère que ce n'était là que le début.

13

En matière de relations amoureuses et de rendez-vous galants, je me vante de ne pas me laisser embarquer dans les histoires de protocole, et la plupart de mes amis sont comme moi. Pour nous, pas question de règles pour définir qui appelle le premier ou pas, nous sommes des gens intelligents et directs. Si quelqu'un vous plaît, où est l'intérêt de toutes ces tergiversations ?

Ainsi, si je veux le voir, je le lui propose ; s'il veut me voir, génial ; s'il ne veut pas, tant pis, même si mon assurance en prend un coup, mais je n'en mourrai pas.

Sauf qu'avec James, cela ne marchait pas comme ça.

Je peux dire en toute sincérité que je ne dépends pas des stéréotypes et autres questions de genre, et que j'essaie de ne pas me transformer en cliché ambulant, du style « *Dois-je lui envoyer un texto ou aurais-je l'air de lui courir après ? Si je lui envoie un texto, combien de x pour baisers dois-je ajouter ? Mais, au fait, il n'a pas mis de croix, lui, la dernière fois. Mais la fois d'avant, oui. Qu'est-ce que cela peut bien vouloir signifier ?* »

Bref, si je trouvais que le protocole en matière de relation amoureuse était un truc idiot, ce n'est rien en comparaison du protocole en matière de relation D/s.

Voyez plutôt : *Si je lui propose de le revoir, suis-je trop provocante ? Pas assez soumise ? Dois-je attendre qu'il se décide à arranger un rendez-vous ? Et s'il ne fait rien, combien de temps dois-je attendre ? Quand dois-je laisser tomber et me dire qu'il n'est pas intéressé ? Le fait que je sois la personne la moins patiente du monde va-t-il jouer en ma défaveur ?*

Lorsque j'avais retrouvé James, j'étais dans une période où le travail m'absorbait totalement et je n'avais pas le temps de penser à m'amuser.

À cette époque, plusieurs personnes de la rédaction étaient en congé, mais on allait lancer une nouvelle publication, ce qui se traduisait par le genre d'horaires où un petit somme sur la moquette de mon bureau m'aurait paru paradisiaque.

Cela signifiait également que je n'étais pas vraiment disponible. J'échangeai des e-mails avec James plusieurs fois par jour, et je les trouvais toujours aussi agréables et intéressants, mais, pendant une ou deux semaines, les choses passèrent de, disons, très très chaud à tiède. J'avais passé des heures à me plaindre de mon boulot ou à lui parler de trucs qui ne concernaient que le journal, mais le sexe ? Petit à petit, je ne sais comment, les choses prirent un tour qui me fit me demander s'il était toujours aussi intéressé par moi.

Or donc, dans cette manière bien personnelle de me comporter, je pris la décision d'oublier tout ça, de faire comme si tout allait bien, d'attendre et voir. Jusqu'à ce que je craque et que les vannes s'ouvrent.

Magnifique.

C'était un jeudi après-midi, juste avant le lancement du Grand Grand Projet, à l'instant précis du processus où tous les problèmes paraissent insurmontables, mais que vous surmonterez parce que vous n'avez pas le choix et que vous allez garder les yeux ouverts jusqu'à ce qu'ils vous tombent de la tête et que votre cerveau refuse de vous donner un mot de plus.

J'étais connectée sur Messenger parce que je devais négocier les choix définitifs de couleur pour les titres des différentes pages du magazine avec notre responsable de la conception, mais, dans une autre fenêtre, je chattais avec James pendant qu'il se battait avec de très méchants requins de la finance.

La conversation avait démarré sur un mode relativement incongru, mais un commentaire que j'aurais normalement eu l'intelligence de laisser passer me fit grimper sur mes grands chevaux.

James dit : Nous verrons ce qui se passera quand nous nous reverrons.

Sophie dit : Oui, mais quand ? Parce que nous n'avons encore rien programmé... ☺

En me relisant, je réalisai qu'il y avait une pointe de sarcasme dans chacune des syllabes de la phrase. Il fallait que je récupère le coup.

Sophie dit : Ce n'est pas que je me plaigne.

Sophie dit : Juste pour dire.

Sophie dit : Et si tu ne veux pas qu'on se revoie – pcque ça fait un moment maintenant – ben c'est OK. Vraiment.

Et merde ! Est-ce que j'ai l'air de lui dire qu'il ne m'intéresse pas ?

Sophie dit : Je veux dire évidemment que j'aimerais qu'on se revoie.

Pourquoi est-ce que je pense à cette Vera Lynn qui chantait pour soutenir le moral des troupes ? Comment vais-je pouvoir me dégager de cette fichue galère ?

Sophie dit : Mais si tu ne veux pas, c'est OK. Je veux simplement savoir.

Aïe ! Vous pensiez qu'il était impossible d'avoir l'air avide et désinvolte en même temps ? Eh bien : j'avais parfaitement réussi mon coup. Superbe !

Pendant que j'hésitai à me déconnecter en imputant le soudain silence à des problèmes techniques (peut-être genre lobotomie partielle) afin de ne pas m'enfoncer davantage, je perçus le signal de la réponse.

J'étais tellement convaincue qu'il ne s'agissait pas de savoir s'il valait mieux utiliser du vert ou du violet pour la section « Style de vie » du magazine que je n'osai pas tourner les yeux vers l'écran.

James dit : Bien sûr que j'ai envie de te revoir. Pourquoi penserais-tu autrement ?

James dit : J'ai cru, pcque tu as l'air tellement tendue chaque fois que je te parle depuis ces derniers tps, qu'il ne serait pas très malin (question soutien moral je veux dire) de te harceler comme l'épée de Damoclès. Enfin, tu vois quoi.

James dit : Je peux donc en conclure que tu pourrais être libre et disposée à jouer un peu bientôt ?

Soudain, le pire jour de travail de toute mon existence ne me préoccupait plus et je me surpris à sourire béatement à mon reflet dans l'écran de l'ordinateur, d'une manière qui aurait terrifié mes collègues quand on sait que je n'avais pas esquissé un seul sourire depuis une quinzaine de jours.

C'est ainsi que je passais vingt-quatre heures pleines sous le contrôle absolu de James. Comme il m'en donna l'idée, je pris un jour de congé lorsque le Grand Grand Projet fut mis sous presse, dans les délais impartis et ma santé mentale intacte.

C'était une idée de génie, parce que lorsque vous avez terminé quelque chose d'important, vous vous retrouvez le lendemain matin, une tasse de café à la main en priant pour que le téléphone ne sonne pas, car, s'il sonne, c'est que vous avez merdé dans les grandes largeurs, et vous ne pouvez plus rien y faire.

L'idée de passer une journée entière loin de mon bureau, dans une ignorance totale de ce qui pouvait s'y passer, à brûler le surplus d'énergie en compagnie de James me paraissait le summum d'une journée de détente. Au moins, jusqu'à ce que je comprenne exactement dans quoi je m'étais engagée et que le mot « détente » n'était sans doute pas le plus apte à qualifier la journée en question.

J'arrivai chez James à dix-neuf heures, après un périple dans la circulation de l'heure de pointe, et tout intérêt (entendez joie) quant à la manière dont les choses allaient démarrer fut abruptement brisé. Je le suivis dans son appartement et me penchai pour caresser les chats. Dès que je me redressai, il s'approcha de moi et prit mon sac contenant mes affaires pour la nuit.

— Tu n'en auras pas besoin, dit-il tout en me conduisant jusqu'au salon et en jetant le sac à terre.

Il s'affala sur le canapé et me laissa debout devant lui avec le sentiment que quelque chose n'allait pas. Comme il était étalé de tout son long sur le divan, sans me laisser de place, je n'étais pas très sûre de ce que j'étais censée faire. D'ailleurs, je ne fus sûre de rien jusqu'au moment où il parla.

— Fais-moi un strip-tease. Allez, maintenant.

Je le regardais avec son air détendu et souriant, digne d'une pub télé, comme le type qui sait qu'il sera obéi. Comme toujours, le début de la séance était la partie qui me posait le plus de difficultés, et le spectacle de l'arrogance faite homme que présentait alors James n'arrangeait pas les choses : il était là, détendu, attendant que je m'exécute, certain que j'allais le faire, et j'en grinçai déjà des dents en retirant mes chaussures et en commençant à déboutonner ma chemise.

— Une seconde ! Stop !

Je m'arrêtai au troisième bouton pour le regarder en espérant qu'il se décide : voulait-il ou non que je me déshabille ?

— Oui ?

Même à mes oreilles, ma voix était un rien stridente. Je savais que c'était dû à la gêne, mais je craignis soudain qu'il le prenne comme une mauvaise disposition d'esprit et je répétai un ton en dessous.

— Oui ?

L'éclair qui traversa ses yeux m'inspira un sursaut de désir alors même que mon estomac se tordait, et se déchirait lorsque je compris ce qu'il était en train de dire.

— Pendant les vingt-quatre prochaines heures, tu es à moi. Entièrement à moi. Tout ce que tu feras sera pour moi. Tes souhaits, tes besoins, même ta dignité ne comptent pas. Tu feras tout ce que je te demanderai de faire, au mieux de tes capacités, et de la manière qui me procurera le plus de plaisir. Est-ce bien clair ?

Je dus déglutir avant de pouvoir répondre. Les ramifications immédiates de ce discours avaient déjà entamé leur course dans ma tête et mes joues dévoilaient une rougeur révélatrice.

— Oui.

— Bien, alors ne crois-tu pas que quand je dis « strip-tease », c'est un peu plus lent et élégant que juste retirer tes vêtements ?

Comme je ne faisais déjà plus confiance à ma voix, je me contentai d'acquiescer d'un hochement de tête.

— Bonne fille. Allez, fais-moi un vrai strip-tease. Sois sensuelle, pas fonctionnelle. Montre-moi ton corps. Montre-moi ce qui est à moi.

Si, sur le plan intellectuel, j'étais consciente qu'il cherchait simplement à provoquer une réaction, il me fallut beaucoup d'efforts pour ne pas refuser, notamment à l'idée d'être « ce qui lui appartient ». Je savais que cela faisait partie de notre accord, et que, vraiment, une part de moi voulait me rendre à ses exigences de cette manière – au moins pendant un moment, le temps que je voie où il allait nous mener.

Dents serrées et doigts maladroits, je commençai à jouer avec mon décolleté pour dévoiler un morceau de mon soutien-gorge et attirer l'attention sur mon corps en faisant courir mes mains à certains endroits stratégiques, sur mes hanches et mes cuisses, avant de continuer à me déshabiller.

Les cinq minutes qui suivirent me parurent durer une éternité. Je n'osais regarder James dans les yeux, alors je fixai un point vers le mur derrière lui, qui s'ornait malheureusement d'une horloge (sans elle, j'aurais juré que cela dura plus d'une heure).

Je n'ai pas vraiment de problèmes avec mon corps, mais, comme je l'ai déjà dit, j'ai tout à fait conscience de ses imperfections ; en outre, même dans les meilleures conditions du monde, je n'aime guère être au centre de l'attention. Ce genre de strip-tease me paraissait ridicule, gênant et pour le moins me réduisait au statut d'objet pur et simple. Mon instinct me disait d'en finir rapidement et une fois pour toutes, tout en restant sensuelle et érotique pour autant que je le pouvais.

Lorsque je fus en culotte, la rougeur avait envahi également ma poitrine et je me dissimulais du mieux possible derrière mes cheveux. Je ne pense pas avoir jamais eu autant l'impression d'être vulnérable, une sensation peu agréable s'il en est. La gorge nouée, je me sentais proche des larmes, d'une manière inexplicable.

Je retirai enfin ma culotte et me tins devant lui, nue, physiquement et émotionnellement. Au bout d'un long moment, il vint vers moi.

— Tu sais que ta posture est vraiment atroce.

D'un air impassible, il se pencha vers moi, me mit les mains dans mon dos pour repousser les omoplates afin que mes seins ressortent, les mamelons frottant contre la laine rugueuse de son pull.

— Je sais que tu es gênée par la taille de tes seins, déclara-t-il en traçant une ligne de feu sur ma poitrine, mais cela n'est pas une excuse. Et ce n'est pas parce que tu te tiens comme une bossue que cela les fait paraître moins gros. D'ailleurs, tu ne devrais pas chercher à les cacher.

Je me sentis intimidée, ce qui était parfaitement ridicule.

— Désolée.

Il laissa échapper un claquement de langue en me tordant un téton pour bien marquer sa désapprobation.

— Je vois qu'il va nous falloir également travailler sur ta manière de t'adresser correctement à moi.

Quoi encore ?

— Pendant les vingt-quatre prochaines heures, tu vas me donner du « Monsieur » et me vouvoyer.

Je lui jetai un regard interrogateur.

Cette idée, que nous avions abordée dans nos discussions et que j'avais qualifiée de ridicule, ne faisait cependant pas partie des limites.

L'éclair qui dansait dans ses yeux et son sourire me prouvaient qu'il se souvenait de notre conversation à ce sujet.

— Seulement pendant les prochaines vingt-quatre heures.

Je levai les yeux vers lui, mais il n'y avait rien à redire.

— D'accord.

Il tordit plus fort mon mamelon.

— Pardon, je voulais dire : « Oui, Monsieur ».

Quand il sourit, l'impression nauséeuse que j'avais dans le ventre disparut, remplacée par une fierté qui était aussi rassurante que choquante. Le fait de savoir que je lui avais fait plaisir semblait en valoir quelque peu la peine, mais je me sentirais plus rassurée, et heureuse, lorsqu'il serait enfin nu lui aussi.

Il lissa mes cheveux pour les écarter de mon visage pendant que je demeurais immobile, dans l'attente de l'étape suivante. Il déposa un baiser sur mon épaule et passa derrière moi.

Je l'entendis fourrager dans un placard, la porte claqua, puis un cliquetis qui me donna furieusement envie de me retourner tout en sachant pertinemment qu'il valait mieux éviter. Les épaules tendues, je me préparai pour la suite.

Lorsque James réapparut devant moi, il ne tenait rien qui risquait de me faire sauter par la fenêtre. En fait, il n'avait pas l'air de tenir quoi que ce soit.

— As-tu confiance en moi ?

— Oui, Monsieur, répondis-je sur-le-champ d'une voix ferme, car je le pensais vraiment (à part le Monsieur).

C'est alors qu'il me banda les yeux avec le linge qu'il avait tenu serré dans son poing. La dernière chose que je vis fut son sourire.

— C'est bien.

Jusqu'alors, je n'avais jamais eu de rapports sexuels les yeux bandés, et, mis à part quelques parties de colin-maillard, je n'avais jamais porté de bandeau sur les yeux. Je fus donc extrêmement surprise du sentiment de vulnérabilité que cela procurait.

En dépit du fait que j'avais soigneusement évité son regard pendant toute la séance de strip-tease quelques minutes plus tôt, le fait de ne pas voir ne me mettait pas plus mal à l'aise, seulement plus exposée. Et cela ajouter au mystère qui allait suivre...

J'attendis.

Le cliquetis résonna à nouveau derrière moi et, dans mon dos, James s'empara de mes poignets pour les menotter dans un objet froid et dur. Il m'attacha ensuite les chevilles avec une sorte de tissu, très serré, qui ne me laissait que très peu de mouvement.

Lorsqu'il se releva derrière moi, sa voix dans mon oreille me fit sursauter.

— Je pense que nous allons travailler la posture pour commencer, ma douce. Je sais que tu n'es pas très à l'aise à l'idée de te montrer, mais, pour le moment, c'est ce que je veux. Je vais me servir un verre de vin et m'asseoir en face de toi juste pour t'admirer pendant quelques minutes avant de décider de la suite.

Et en gloussant, il me mordilla l'oreille d'une manière qui me fit frissonner.

— Tant et tant de possibilités ; tant et tant d'idées. Je ne sais même pas par quoi commencer. Mets-toi à genoux.

Essayez de vous agenouiller avec les chevilles liées et les mains derrière vous et vous verrez à quel point cela peut vous déstabiliser. Il me fallut un petit moment et je me sentis encore moins attirante.

J'avais perdu mes repères et j'étais incapable de dire où était James – peut-être dans la cuisine où il était allé chercher son verre – mais j'avais l'impression qu'il avait les yeux rivés sur moi.

J'étais là, à genoux, les épaules bien ramenées en arrière pour faire ressortir mes seins, et j'attendis.

J'attendis encore.

À chaque mouvement ou courant d'air dans la pièce, je sursautai. Que faisait-il ? Était-ce lui ou l'un des chats ? Et si c'était l'un des chats, comment allais-je pouvoir les éloigner ?

Soudain, il posa sa main dans mes cheveux et sa bouche contre mon oreille.

— Écarte les cuisses pour moi, ma douce. Je veux te voir tout entière.

J'ouvris légèrement les genoux.

Le claquement qu'il laissa échapper, juste devant moi, me fit sursauter. Du pied, il poussa l'un de mes genoux pour écarter davantage mes cuisses.

— C'est mieux. Je veux voir à quel point tu mouilles quand je te traite comme ça. Même si tu es réticente. Même si je ne t'ai pas encore touchée. Tu rougis, mais je ne peux pas être sûr que ce soit parce que tu es gênée. Quoique tu le devrais dans une position pareille ! Mais tu as l'air excitée et tes seins sont tendus vers moi. Vers mes mains ou vers mes dents ? Et pour le reste, tu es totalement luisante.

Soudain, j'étais ravie d'avoir les yeux bandés car je savais que malgré l'inconfort (ou à cause) de la position, il avait raison. Je me sentais couler entre les cuisses.

Son pied poussa encore un peu et je me demandai brièvement pourquoi je ne sentais pas monter la colère qui me venait habituellement. Les liens, le bandeau, quelque chose avait changé et j'avais l'impression que rien n'était réel. Ou peut-être hyper-réel.

— Tu coules sur ma chaussure, petite cochonne. Je devrais te la faire lécher. Si tu fais des saletés, tu devras nettoyer. C'est juste, non ?

La colère était de retour. Je ne rétorquai pas, mais mon ton approchait dangereusement la rébellion.

— C'est comme vous voulez, Monsieur.

Il éclata de rire.

— Bonne réponse. Et j'aime l'idée de voir ta langue sur mes chaussures pour nettoyer les preuves de ton excitation. Mais, pour le moment, je préfère regarder ce qui se passe entre tes cuisses.

Derrière le bandeau, je fermai les yeux. Je l'entendis boire une gorgée de son vin.

Il se mit à me raconter qu'il avait longuement réfléchi à la manière dont il pourrait me pousser dans mes retranchements. Comment il avait analysé les messages que nous avions échangés, le dîner, le premier rapport sexuel. Tout conduisait à ce moment, mais il avait également compris que je n'avais aucune idée de ce à quoi je m'étais engagée. J'étais totalement à sa merci et, tout en sachant que je pouvais lui faire confiance, mon estomac se tordit.

Je ne pouvais ni bouger, ni voir quoi que ce soit. Soudain, j'eus envie d'arracher le bandeau pour le regarder dans les yeux, juste une seconde, pour me rassurer.

Mais je sentais aussi que la panique qui montait en moi suscitait un sentiment d'impuissance qui m'excitait plus encore.

Dans le silence, je serrai les lèvres pour les empêcher de trembler.

Je sentais ses yeux sur moi et le moindre mouvement dans la pièce m'inclinait à me recroqueviller davantage comme quelqu'un qui attend les coups qui allaient pleuvoir.

Je l'entendis prendre une nouvelle gorgée. J'avais la bouche sèche et je déglutis.

— As-tu soif ? demanda-t-il depuis l'endroit où se trouvait le canapé. Voudrais-tu boire quelque chose ?

Je commençai par hocher la tête mais me rattrapai :

— Oui, s'il vous plaît.

Il n'ajouta rien, mais au bout de quelques secondes, je compris.

Seigneur !

— Oui, s'il vous plaît, Monsieur.

Il se pencha vers moi.

— Bonne fille. Je pourrais remplir une écuelle d'eau pour te faire boire comme un animal.

Soudain, il ne me paraissait plus si important d'étancher ma soif et quelque chose dans ma réaction dut lui mettre la puce à l'oreille car il se mit à rire.

— Mais, pour cette fois, je vais être gentil.

Il poussa un verre jusqu'à mon visage et j'osais à peine y poser mes lèvres tant je me méfiais, mais il l'inclina pour que je puisse avaler quelques gorgées et éviter que l'eau ne dégouline sur mes seins.

C'était de l'eau pétillante, fraîche et citronnée, et elle eut un goût merveilleux. James inclina davantage le verre et je dus avaler plus vite pendant que la colère m'assaillait à nouveau en constatant qu'il voulait manifester le pouvoir qu'il avait sur moi-même pour un acte aussi banal.

Il retourna au canapé et j'entendis le crissement révélateur : il était en train de manger !

Ma position, le fait qu'il m'ait transformée en spectacle pendant qu'il mangeait me mit en fureur. Heureusement, le bandeau dissimulait mon regard meurtrier.

— Tout va bien, ma douce ? Tu voulais dire quelque chose ?

Je ne cachais donc pas si bien mes réactions. Je savais qu'il cherchait uniquement à me provoquer, et on aurait pu croire que, sachant cela, il m'était plus facile de conserver un calme olympien. Pas du tout.

— Non, merci. Tout va bien.

Il me caressa les cheveux.

— Si tu le dis. Je ne serais pas heureux que tu ne dises pas les choses franchement.

J'étais pratiquement certaine que la franchise ne m'apporterait que des problèmes, et je me contentai de secouer la tête et de serrer mes lèvres pour réprimer l'envie de hurler.

— As-tu faim ? C'est ça, n'est-ce pas ? Veux-tu que je te nourrisse ?

Avec encore dans la tête l'image de l'écuelle dans laquelle j'aurais dû laper l'eau, j'hésitais : je ne tenais pas à manger comme une chienne. Non, c'était trop d'avilissement.

Lorsque j'ouvris la bouche pour refuser, il posa un doigt sur mes lèvres et poussa un cube de fromage sur ma langue. Je mâchais lentement pour déguster la bouchée. Lorsque j'eus avalé le fromage, il me présenta une olive, douce et grasse. Je l'avalai et sentis ses doigts de nouveau sur mes lèvres, mais ils ne tenaient rien et, spontanément, je les léchais longuement.

Moi qui parlais de l'avilissement d'être traitée comme un animal, j'avais désormais l'impression d'être l'un de ses chats.

Il retira ses doigts et je sentis quelque chose d'autre pousser entre mes lèvres. Lorsque je reconnus sa queue, j'ouvris la bouche pour l'accueillir, avide, ravie de le sucer, jusqu'à ce qu'il m'empoigne les cheveux pour me maintenir en place et se mettre à baiser ma bouche.

Prise d'une soudaine panique à l'idée d'étouffer, je tordis les bras mais je me souvins aussitôt que j'étais immobilisée. J'essayais désespérément de reprendre ma respiration, mais je ne pouvais que bouger légèrement la tête : si seulement j'avais pu reculer un peu, aspirer un peu d'air ! Je sentais son sexe gonfler dans ma bouche et il me semblait que le fait que je me débatte le rendait encore plus dur et plus gros.

Je tentai d'esquisser un signe qui montrerait que c'en était trop, que j'avais besoin d'une seconde de répit, mais je ne pouvais ni bouger, ni parler, ni exprimer quoi que ce soit par un regard.

D'ailleurs, alors que le bandeau était trempé de larmes, j'avais l'impression que James n'en était pas conscient. Ou qu'il ne s'en souciait pas.

Lorsqu'il éjacula dans ma bouche, j'avalai en toussant et, dès qu'il se retira, je pris une grande inspiration. Le liquide gluant que je sentis dégouliner sur mon menton me fit plus honte que jamais.

En me tenant toujours par les cheveux, il me traîna jusqu'au canapé où il s'installa sans cesser de me caresser les cheveux. Je me calmais un peu et les battements de mon cœur ralentirent, mais je ne me sentais pas plus détendue pour autant.

J'avais perdu la notion du temps, mais nous restâmes ainsi suffisamment longtemps pour que nos respirations redeviennent normales. Sa main qui caressait mes cheveux m'hypnotisait et je me sentais de mieux en mieux.

Jusqu'à ce qu'il reprenne la parole.

— Nous n'avons toujours pas vraiment travaillé ta posture. Et ta manière de t'adresser à moi, n'est-ce pas ?

Mais d'où sortait-il ces idées ? Combien de fois l'avais-je appelé « Monsieur » au cours de la dernière heure ? Et n'avait-il pas apprécié que je me traîne comme une chienne devant lui ? Je me redressai – comme s'il n'était pas trop tard pour remettre tout en question – dans l'espoir de manifester ma réprobation !

Quand il tordit mon mamelon, la panique reflua.

— N'est-ce pas ?

— Oui.

— Oui ?

Aïe !

— Oui, Monsieur.

Il me releva et me libéra les bras. Je m'étirai un peu, rassurée et avec le sentiment que je reprenais un peu le contrôle de la situation – pendant une seconde, jusqu'à ce qu'il me menotte les poignets devant.

— Penche-toi.

Mon cœur battait déjà la chamade : je savais que c'était la position préférée de James pour les coups.

Sa voix tout près de mon oreille était d'autant plus dure que je ne pouvais pas voir son visage et je fus traversée par un éclair de terreur pure.

— Je ne le dirai pas une nouvelle fois : penche-toi.

En tremblant, je pris la position, sans même envisager de désobéir. Était-ce un progrès ou de la bêtise ? Je n'en étais pas entièrement sûre. Il commença à me frapper, non pas avec la cravache mais avec quelque chose d'autre ; quelque chose de plus long, de plus cinglant, qui faisait si mal que mes poumons expulsaient l'air à chaque coup en rythme avec le sifflement de l'objet et le déchirement qu'il produisait sur mes fesses.

Une fesse après l'autre, il continua. Je n'avais plus aucun repère : je ne savais pas combien de coups j'allais recevoir, combien de temps cela durerait. Tout ce que je savais, c'était que chaque coup était insupportable. Je n'étais plus que souffrance, douleur irradiante. Jamais je n'avais éprouvé une douleur aussi vive. Je ne sais combien de fois il frappa, combien de fois il me plongea dans une véritable agonie, dans un mouvement inlassable qui me donnait l'impression qu'il avait perdu tout contrôle. Le fait de ne pas savoir combien de temps cela allait durer ajoutait à l'insupportable.

À côté, la punition de Charlotte me paraissait bénigne.

Enfin, il s'arrêta et me pinça la fesse en annonçant :

— Tu crois que tu vas te souvenir à présent ?

En grinçant des dents, je parvins à répondre rapidement :

— Oui, oui, tout à fait.

Rapidité et stupidité. Je compris mon erreur en l'entendant s'éloigner à nouveau.

— Désolée, oui, Monsieur. Oui, Monsieur.

Et il recommença. Les coups étaient trop rapides pour que je puisse les surmonter ou les supporter. Chacun me déchirait, ouvrait des plaies sanguinolentes. J'avais si mal que j'étais sûre qu'il y avait du sang. Je ne pouvais pas imaginer une telle douleur sans y associer des flots de sang.

Je voulais que ça s'arrête, mais je ne voulais pas le décevoir.

Non, je n'utiliserais pas le code de sécurité, je pouvais tenir encore. Pas parce que j'étais une foutue tête de mule, mais parce que c'était là le plus grand défi qu'il m'ait été donné de relever et que je n'avais pas l'intention d'échouer. Mais la douleur était atroce et durait tant et tant que je n'étais pas sûre de pouvoir tenir.

Après les tensions et la fatigue des derniers jours au travail, l'humiliation du strip-tease, la privation sensorielle qui m'empêchait de me rassurer dans le regard de James, je débordais.

Je me mis à pleurer, d'abord de petites larmes désespérées qui se transformèrent en sanglots provenant du tréfonds de mon ventre. Le bruit me paraissait étrange, choquant, comme s'il y avait eu dans la pièce quelqu'un d'autre, un petit être blessé, brisé, désespéré.

James assena encore deux ou trois coups avant que j'entende le tintement de l'objet qui tombait sur le sol. Les coups avaient cessé, mais je ne pouvais arrêter mes pleurs.

Je continuai à sangloter pendant qu'il défit les liens de mes poignets et de mes chevilles, retira le bandeau de mes yeux, attrapa une couverture. Je sanglotais tandis qu'il me conduisait sur le canapé, m'allongeai contre lui, la tête sur ses genoux. Je sanglotais lorsqu'il m'enveloppa délicatement de la couverture en veillant à ne pas toucher mes fesses. Je sanglotais jusqu'à ce que j'en aie la gorge à vif, jusqu'à ce que mes sanglots se dissipent en reniflements ponctués de hoquets. Je sanglotais jusqu'à ce que j'aie la sensation de ne plus avoir de larmes, jamais.

C'étaient des larmes de catharsis, qui soulageaient la tension que je n'avais même pas eu conscience de porter en moi. J'eus l'impression d'avoir été piétinée et reconstruite, comme dans une véritable renaissance.

Je sanglotais et pendant tout ce temps, James me caressait les cheveux, patient.

Puis, je m'endormis.

*

Lorsque je me réveillai, je baignais dans mes larmes et ma morve sur les genoux de James. Très élégant ! Quand j'y songe, il avait dû me trouver complètement dingue. En l'espace d'une seconde, tout ce qui venait de se passer me traversa l'esprit, me laissant horrifiée. Je n'arrivais pas à trouver de point de comparaison : jamais je ne m'étais comportée de manière aussi irrationnelle et je me sentis idiote, gênée, déprimée et malade. J'avais envie d'enfiler mes vêtements et de partir en courant sans un seul regard en arrière. Mais il aurait fallu bouger, parler et le regarder. Comment pouvais-je regarder James en face à nouveau ? Alors, je restais là, immobile, dans la lueur vacillante de la télévision qu'il avait allumée pendant que je dormais, à essayer de deviner quelle heure il pouvait bien être et ce que j'allais faire ensuite.

— Tu es réveillée ?

Sa voix était pleine de sollicitude, sans trace de sarcasme ou d'inquiétude à l'idée d'avoir chez lui une folle et que cette folle s'était comportée d'une manière bien peu attrayante, qu'elle avait failli s'étouffer sur sa queue, sans parler de la crise de panique qui avait culminé en une crise de larmes avant que ladite dingue ne perde conscience sur son canapé.

Malgré l'envie qui me taraudait de continuer à feindre le sommeil, je me dis qu'il devait avoir compris que je ne dormais plus puisque sa question correspondait à la dizaine de secondes près au moment où je m'étais réveillée. Sans doute avais-je ronflé par-dessus le marché !

C'est d'une voix faible que je répondis :

— Non.

Il rit et les vibrations de son rire me secouèrent légèrement sur ses genoux.

Il me caressa les cheveux et le geste m'aida à retrouver un lien qui me réconfortait.

— Non, Monsieur peut-être ?

Je me redressai d'un bond, plus combative. Je n'allais pas le laisser continuer avant de lui avoir dit le fond de ma pensée. Dans ma hâte, je parvins à me cogner les fesses d'un coup de talon et la douleur fut si vive que j'en laissais échapper une plainte. Je commençai à m'excuser, avec un « Monsieur » tous les deux mots. Le désespoir et la terreur me donnaient le vertige, et je plongeai mes yeux dans les siens en quête de réconfort.

Il m'arrêta en posant un doigt sur ma bouche. Dans un sourire doux et gentil, il conclut :

— Chuuuuut. Tout va bien. Tout va bien. Nous en avons fini. Chuuuut. Tu as été magnifique, vraiment.

Il m'embrassa et rajusta le plaid pour nous en recouvrir tous les deux.

Je crois que c'est à ce moment-là que je tombai amoureuse de lui.

14

À partir de ce jour, James et moi nous installâmes dans les premiers émois caractéristiques d'une relation plus stable. D'un accord tacite, nous n'avions rien défini, peut-être parce que nous avions inconsciemment l'impression que cela ferait disparaître le côté magique de notre histoire.

Mais nous partagions nombre de moments agréables. Nous nous parlions tous les jours, soit par téléphone ou par e-mails, échangeant des textos à des moments inattendus lorsque le reste ne suffisait pas.

Nous allions au cinéma, nous promener le long de la Tamise, passions des heures à parler en buvant un verre et en mangeant du fromage dans une cave à vin, et, d'une manière générale, exécutâmes tous les actes qui ponctuent généralement une relation naissante entre un homme et une femme. À part la baise, bien sûr, que nous faisions de toutes les manières possibles, sucer, mordre, et jouer jusqu'à ce que nous soyons tous deux épuisés et que je finisse en pleurs et couverte de bleus.

Ne vous méprenez pas : nous n'étions pas collés l'un à l'autre. Je rendis visite à Ella et à Thomas, rejoignis mes parents pour l'anniversaire de mon père et y passais le week-end entier, et je dus assumer plusieurs heures de travail au journal les week-ends. Je pensais à James nuit et jour, comme une adolescente amoureuse, au point que, chaque fois qu'il m'arrivait quelque chose, c'était lui que j'appelai. Pendant six semaines, nous fûmes ainsi « connectés », et il nous suffisait de décrocher le téléphone pour nous parler.

Puis, le journal m'envoya en stage.

Sur la lancée du Grand Projet qu'un miracle avait réussi à ne pas transformer en catastrophe, on me demanda de passer une semaine dans une filiale de la compagnie pour laquelle je travaillais. Loin d'ici. J'étais censée les aider à mettre sur pied une sorte de Grand Projet du même genre.

Bien sûr, cela signifiait que j'allais devoir passer des heures à travailler, et que je ne pourrais pas communiquer avec James aussi souvent que les semaines passées. Il me manqua ; pas seulement pour le sexe, même si mes journées étaient si pleines que son absence me rendait plus mélancolique que sensuelle, sauf lorsque je finissais par me coucher et par disposer d'un peu de temps pour laisser mes pensées vagabonder.

Dans tous les cas, je n'avais pas vraiment le temps de lui parler longuement tant j'étais occupée, et je n'eus certainement pas le temps de rédiger mes fantasmes quant à ce que nous pourrions faire lors de nos retrouvailles et que je lui avais promis de lui envoyer pendant mon absence.

Sincèrement, après avoir passé dix heures devant mon ordinateur dans un bureau, je n'avais aucune envie, dans ma chambre d'hôtel, de rallumer mon portable pour quoi que ce soit, d'autant que j'avais entre-deux avalé quelques verres de vin en échangeant avec des confrères des ragots sur le monde incestueux du journalisme. Je n'étais tout simplement pas dans l'état d'esprit qu'il fallait pour écrire des trucs érotiques. Le dernier jour, je me dis que, de toute façon, je le verrai quelques heures plus tard, en chair et en os, et qu'il était inutile d'écrire quoi que ce soit.

Il m'appela dès mon retour du pub. Je venais de prendre une douche et je m'étais confortablement installée pour regarder les dernières nouvelles à la télévision lorsque son nom apparut sur l'écran de mon téléphone.

Un sourire dans la voix, je répondis, mais son ton me refroidit aussitôt. Après qu'il eut répondu à mes questions sur sa journée, qu'il m'eut raconté les derniers caprices de ses chats et m'eut poliment demandé comment s'était passé mon lancement, je le trouvai brusque à un point qui fit monter la tension d'un cran.

J'allais bientôt comprendre pourquoi.

En général, James et moi n'avions aucun problème avec les silences, mais lorsque les seuls sons qui provenaient de mon téléphone furent ceux de l'électricité statique, alors que j'attendais qu'il commente ma dernière anecdote, je ne trouvai rien pour remplir le vide. Comme c'est lui qui avait appelé, je pensais qu'il devait avoir quelque chose de précis à me dire, et j'attendais qu'il l'aborde, mais cela devenait une torture. Durant les longues secondes que dura ce silence, je sentis la nausée monter dans mon estomac. Je compris alors quelle part importante James avait pris dans ma vie en une période relativement courte, et je me demandai déjà comment j'allais pouvoir affronter la tristesse qui suivrait inévitablement la rupture que je sentais venir. D'ailleurs, pourquoi, comment pouvait-il imaginer rompre ? Nous n'avions même pas encore décidé quel type de relation était la nôtre !

Pour finir, il parla.

— Tu as quelque chose à me dire.

L'esprit figé, je fus soudain assaillie par la culpabilité. Je sais que c'est ridicule, puisque je n'avais rien fait qui méritait un tel sentiment, mais je ne pus m'empêcher de m'inquiéter. Que devais-je lui dire ? Qu'avais-je donc fait ? J'étais la personne la plus ennuyeuse que je connaissais et mon seul secret était l'aspect D/s de ma vie. Et il le savait parfaitement.

Le cœur battant, je cherchai désespérément quelque chose à répondre en me sentant totalement impuissante – et pas dans le sens où cela aurait fait battre mon cœur à toute allure.

— Eh bien, Sophie ?

Je n'aurais pas cru que sa voix puisse prendre un ton plus irrité, mais c'était bien le cas.

Je pris une longue inspiration et essayai de parler mais, honnêtement, je n'avais rien à répondre. J'expirai un grand coup en tentant d'avoir l'air plus calme.

— Eh bien quoi ? Est-ce que tout va bien ?

Les secondes s'écoulèrent.

— Tu penses que tout va bien, Sophie ?

Mais que voulait-il donc dire ? Tout quoi ? Tout dans le monde ? Tout dans notre relation qui n'était pas vraiment une relation ? Tout ce dont nous avions parlé ce jour-là ? J'avais besoin d'indices pour ne pas avoir l'air si hésitante.

— Je crois que oui ? Pourquoi ? Tu as l'impression du contraire ? S'est-il passé quelque chose ?

Sa réponse ne tarda pas.

— Non, il ne s'est rien passé, Sophie, c'est justement là le problème.

J'aime croire qu'un jour normal, où ma cervelle n'aurait pas été embrumée par deux verres de vin, j'aurais repéré qu'il utilisait mon prénom encore et encore (avec James, c'était un signe fiable de problèmes, je l'avais appris à mes dépens) et j'aurais compris avant de plonger la tête la première dans le piège.

— Qu'est-ce que tu veux dire ?

— Que crois-tu que je veuille dire, Sophie ?

Trois « Sophie », c'était vraiment mauvais signe, mais je n'avais toujours aucune idée de ce qu'il voulait dire.

Je tentais de limiter la pointe d'agacement que je sentais monter en moi, car je savais que cela ne ferait qu'empirer les choses, mais c'était juste. Je réprimai les mots qui me vinrent à l'esprit (ce genre de sentiment d'impuissance me donne toujours envie de donner des coups de pieds dans quelque chose).

— Je ne sais pas de quoi tu parles, c'est la raison pour laquelle je pose la question.

Il laissa échapper un soupir, et je me sentis coupable, en dépit du fait qu'il m'agaçait au moins autant que je devais l'agacer. Je regrettais d'avoir décroché le téléphone. J'aurais pu prétendre par la suite que je dormais déjà.

— Que devais-tu faire cette semaine, Sophie ?

Il n'avait pas oublié. Bien sûr que non !

— Ah oui, l'e-mail… oui, c'est vrai, mais je n'ai vraiment pas eu le temps. On a travaillé comme des dingues et la connexion à l'hôtel n'est pas très bonne. Et je ne me suis pas sentie particulièrement sexy. Tu sais, le soir, quand je rentre, je suis épuisée…

Même à mes oreilles, j'avais l'air geignard.

Il répondit avec un tel calme qu'il me fallut appuyer le doigt sur mon autre oreille pour l'entendre.

— Je t'ai demandé une seule chose, Sophie. L'as-tu faite ?

La boule qui me bloquait soudain la gorge et le pincement qui saisit mon cœur me fit souhaiter de toutes les fibres de mon être qu'il aurait pu se montrer compréhensif. Ce n'était pas un jeu, ce n'était même pas amusant. Je me sentais si mal de l'avoir laissé tomber et – peut-être – de l'avoir involontairement blessé parce que je lui avais ainsi montré que je ne pensais pas vraiment à lui lorsque j'étais loin de lui. OK, je lui avais désobéi. C'était vraiment étrange : d'un côté, c'était un sentiment totalement irrationnel, mais, de l'autre, il était profondément ancré en moi.

Je répondis d'une voix calme :

— Non, je ne l'ai pas faite. Je suis désolée.

Seul le silence me répondit et, tandis que j'écoutais les crépitements sur la ligne, le sentiment de culpabilité se fit plus lourd.

— J'ai mis quelque chose dans ton sac. Va le chercher.

Mon anxiété commençait à atteindre des sommets. Je défis le papier brun et retirai quatre paires de baguettes, du genre de celles qu'on vous offre dans les restaurants chinois.

— Bien, de quoi s'agit-il ?

Je ne pus cacher la perplexité de ma voix

— Des baguettes… Suffisamment pour une petite fête entre amis en tout cas.

Il gloussa et, pendant un instant, je le retrouvai et, même s'il avait l'air irrité, je me sentis soulagée. Mais il n'en avait pas terminé.

— Il t'en faut utiliser trois paires, avec les élastiques.

Les élastiques ? Je plongeai dans le sac où je les dénichais.

— Enroule un élastique autour des extrémités de chaque paire. Serre bien.

Je m'exécutai, je voulais me racheter.

— Quand tu auras fini, déshabille-toi entièrement.

La voix restait raisonnable, dénuée de toute colère, et l'agressivité antérieure avait disparu. Il avait l'air résolu, mais calme, comme si ce qui allait suivre était inévitable. Cela pouvait ou non déclencher son plaisir, mais la chose paraissait théorique. Il fallait que ce soit fait. Une leçon. Je le compris avant qu'il ne l'exprime : je devais me punir.

Pour être franche, je n'étais pas vraiment sûre que cela fonctionne parce qu'il n'était pas dans la même pièce que moi et que je n'ai pas vraiment des tendances masochistes – quoi que vous puissiez croire. Je n'aime guère me faire mal sans raison. Par exemple, je ne m'épile pas les sourcils parce que c'est trop douloureux.

D'ailleurs, ce n'était certainement pas difficile puisqu'il n'était pas là. Tout ce que je pouvais m'infliger à moi-même serait certainement moins douloureux que ce que James pouvait me faire en personne, non ?

Ce en quoi je le sous-estimais encore !

Lorsqu'il m'expliqua comment je devais pincer mes mamelons entre les deux baguettes, je compris que les choses n'allaient pas être aussi faciles que ça. Il m'ordonna alors de placer la première paire.

Pendant une demi-seconde, avant que l'élastique rapproche les deux baguettes, je crus que cela allait être simple. Une preuve de plus, si besoin est, de ma tête de linotte. Cela me fit mal. Beaucoup.

Tandis que j'inspirais profondément en essayant de surmonter la douleur, de l'affronter, d'attendre qu'elle se transforme en une sorte d'anesthésie bienvenue pour que je ne sente plus le feu qui s'était emparé de mon bout de sein, j'étais déjà en train d'essayer de ne pas étouffer et je sentais monter les larmes à toute allure.

Pour finir, j'eus l'impression de pouvoir parler.

— Je les ai mises.

— Vraiment ? Très intéressant ! Je n'avais pas réalisé que tu avais des pouvoirs de télépathie. Tu sais lire dans les esprits, ma très chère Sophie ?

— Quoi ?

Je n'arrivai pas à comprendre ce qu'il disait tant la douleur était vive.

— Ai-je précisé comment tu devais poser la pince ?

Bien sûr que non !

— Non, non tu n'as rien dit.

— Espèce d'idiote ! Comment l'as-tu posée ?

Je voyais à présent ce qui m'attendait et je fus soudain saisie à la fois de panique et de fureur. D'un ton proche de la mutinerie, je lui répondis de manière à lui faire comprendre que quelle que soit son idée, elle était stupide.

— La pince est à l'horizontale sur mon sein.

Il claqua de la langue si fort que je fus contente de ne pas être avec lui. Je n'aurais pas pu m'empêcher de lui jeter un regard furieux qui aurait sûrement déclenché d'autres punitions.

— Si seulement tu avais posé la question ! Je veux que les baguettes soient dirigées vers ton épaule, en diagonale. Déplace-les. Vite !

Dans ma tête, la petite voix qui ne peut s'empêcher de répliquer me demanda pourquoi, Dieu du ciel, j'étais en train d'accepter cette injonction alors que James était si loin et que je ne voyais même pas son visage. Mais la grande part en moi voulait se racheter, lui plaire, voulait qu'il puisse être fier de moi.

C'est ce que j'allais faire, ce qu'il exigeait.

Lorsque j'aurais stoppé le tremblement de mes mains.

Je dus écarter les baguettes avant de remettre les pinces en place et le seul fait de libérer mon mamelon m'envoya une douleur fulgurante et un cri qui ne cessa pas, alors même que je remettais la pince en place comme James l'avait dit.

J'entendis son murmure d'approbation dans le téléphone.

— C'est bien, tu es une bonne fille. Pose la deuxième à présent.

— De quelle manière veux-tu que je la mette ? ne puis-je m'empêcher de répliquer d'un ton sec.

Heureusement, il rit sans relever mon ton rebelle.

— Excellente question, ma grande. Symétrique à la

première. Fais-le correctement et tu n'auras pas à recommencer.

Je pris la deuxième paire et écartai les baguettes en me préparant à la douleur qui ne manquerait pas de suivre.

J'étais allongée sur le lit, nue et immobile, depuis au moins dix minutes lorsqu'il reprit la parole. J'avais les trois paires de baguettes en place et je ne pouvais pas bouger si ce n'est tenir le téléphone à mon oreille, tranquillement, à écouter la respiration de quelqu'un qui se trouvait à plusieurs centaines de kilomètres de là.

Par comparaison, ma respiration était saccadée, même si les gémissements avaient disparu. J'étais entièrement concentrée sur la douleur, sur le mouvement des baguettes qui suivaient mes inspirations et expirations.

La pose du deuxième jeu de baguettes sur mon autre mamelon avait été plus pénible car je savais désormais à quoi m'attendre. Mes bouts de seins étaient tendus, rouges, traversés par des pulsations lancinantes qui déferlaient avec la régularité d'un métronome. Quand à mon clitoris, où j'avais dû placer la troisième paire de baguettes, il était congestionné, sensible et brûlant de douleur.

Les jambes écartées, je demeurais là, en essayant de ne pas bouger, de ne rien faire qui risquait d'exacerber la douleur qui me traversait le corps. Cette souffrance était étrange dans le sens où elle n'avait justement de sens que pour James et pour moi, que je la lui devais ; il fallait que je la supporte, car j'étais déterminée à ne pas le laisser tomber une fois de plus.

Mais lorsqu'il reprit la parole, je sursautai.

— Bien, à présent, nous pouvons entamer la punition à proprement parler, Sophie, n'est-ce pas ?

Entamer ?

D'une voix charmante, parfaitement rationnelle, il commença. Il n'avait pas l'air furieux, simplement pragmatique, comme un professeur qui explique que vous n'avez pas fait votre devoir : après tout, j'étais quelqu'un dont la vie professionnelle reposait sur ma plume, mais j'étais aussi affligée de procrastination et je repoussais toujours les choses jusqu'à la dernière minute, quand je n'essayais pas de les éviter complètement.

Il m'expliqua qu'il avait glissé les baguettes dans la poche latérale de mon sac le dernier soir que nous avions passé ensemble en espérant ne pas en avoir besoin.

Il me rappela qu'il m'avait demandé comment se passait mon travail d'écriture dans l'espoir que j'avais au moins commencé à m'y attacher, et qu'il avait été extrêmement déçu lorsqu'il lui était apparu que, non seulement je ne m'en occupais pas, mais que j'éludais délibérément ses questions quant à l'échéance.

Cela révélait un manque total de respect envers lui.

Allongée sur le lit, le corps poignardé de douleur, je l'écoutais avec intensité tandis que le remords s'insinuait en moi parce que je l'avais déçu. J'attendais le moment où je pourrais enfin m'excuser, mais il me coupa mes effets en me demandant si je mouillais. Malgré l'aiguille qui semblait traverser mon clitoris (du côté des seins, la douleur avait reflué dans un flou moins incisif), je savais que je coulais. J'étais déjà punie, non ? Devais-je le lui rappeler ou cela rendrait-il les choses plus difficiles ? Tandis que mon esprit essayait de se débarrasser de la sensation de douleur pour réfléchir au dilemme : devais-je mentir ou dire la vérité, quel était le pire des choix ? Il gloussa.

— Ne t'inquiète pas, ma douce, je sais que tu mouilles. Tu ne peux pas t'en empêcher, n'est-ce pas ?

Je commençai par émettre une sorte de grognement récalcitrant, mais je changeai d'avis en cours de route.

— Glisse un doigt dans ta fente et étale ton jus sur ton clitoris. Tu penses que tu peux faire ça ?

Je fis une tentative, terrifiée à l'idée de heurter les baguettes qui pinçaient mes seins. J'enfonçais le doigt dans mon vagin et je me mis à recouvrir mon clitoris de mes sécrétions : évidemment, je le déplaçai légèrement entre les baguettes, ce qui me fit l'effet d'un nouveau coup de poignard.

En dépit de tout, je commençai à éprouver une délicieuse sensation mêlée à la douleur, mais, lorsque ma respiration s'accéléra, James comprit ce qui se passait et m'ordonna d'arrêter. Je réprimai un cri de frustration – il me semblait que c'était plus sûr, et j'avais certainement raison.

— Pourquoi mérites-tu ta punition ?

— Parce que je n'ai pas envoyé le mail que je t'avais promis. Je suis vraiment désolée.

— Tu le seras, tu peux en être sûre. Mais ce n'est pas tout. Et quoi d'autre ?

Quoi ? Qu'est-ce que j'avais bien pu faire d'autre ? Sincèrement, je ne voyais rien qui puisse l'agacer à ce point, mais je ne pouvais pas le lui dire.

Tout en fouillant mon cerveau en quête de ce à quoi il pouvait penser, il siffla dans mon oreille :

— Tu ne t'en souviens même pas, n'est-ce pas ?

Mon cœur se mit à battre la chamade.

— Non seulement, tu n'as pas fait ce que je t'avais demandé de faire, la seule petite chose parmi tout ce que tu as fait cette semaine, mais je t'ai demandé à trois reprises si tu avais commencé à m'écrire et tu m'as affirmé que oui. Lors d'une occasion précise, tu m'as même écrit un texto où tu m'envoyais une pique (sa voix était teintée d'une incrédulité à l'idée que j'ose agir ainsi) pour me faire comprendre que tu n'allais pas faire ce que je t'avais demandé de faire.

Seigneur ! Je commençai à renouveler mes excuses, mais il me coupa la parole.

— Je ne veux pas que tu parles avant que je te le

permette. Franchement, comment puis-je me fier aux paroles que tu ne cesses de déverser sans compter. C'est pour cela que tu vas être punie, Sophie.

Que je *vais* être punie ?

Si j'en avais eu le culot, je lui aurais demandé ce vers quoi tout ce cinéma le menait. Avec le recul, j'ai bien fait de me taire.

— Retire tout de suite la pince de ton clitoris.

Son ordre me procura un certain soulagement en pensant que quelle que soit la punition qui m'attendait, elle ne concernait plus mon clitoris. D'une main rapide, et malgré le halètement que le retrait de la pince déclencha, je ne fis pas un bruit tandis que le sang refluait douloureusement vers mon clitoris torturé. Pour essayer d'alléger la douleur croissante, je me contentai de me tortiller sur le lit.

Le changement du rythme de ma respiration ne passa pas inaperçu.

— Bonne fille.

Malgré la punition et l'inquiétude quant à la suite, son éloge me réchauffa le cœur, mais, une fois encore, c'était une manière de mieux me déstabiliser.

— À présent, place cette pince sur ta langue.

Le sentiment de sécurité s'évanouit comme une volute de fumée et je ne pus garder le silence.

— Quoi ?

— Tu as bien entendu. C'est ta langue moqueuse qui t'a mise dans ce pétrin et c'est elle qui va faire partie de la punition. Tire la langue et place les baguettes dessus aussi loin que possible. J'attends.

Les mains tremblantes, je cédais à la colère mêlée de gêne, de culpabilité, de honte. Tout en me demandant encore une fois pourquoi je le laissais me faire ça alors que je sentais que ce serait ma pénitence, une manière de me racheter. Comme je ne savais pas à quel point cela serait douloureux, j'étais terrifiée, mais je savais que je le lui devais. J'espérais simplement en être capable. Oui, j'aurais l'air complètement idiot, mais il n'y avait personne pour me voir, et James ne serait même pas capable de m'entendre. Je pouvais le faire. J'en étais parfaitement capable.

Je plaçai la pince.

La première impression inattendue fut le goût de mes sécrétions sur les baguettes. Une demi-seconde plus tard la douleur enfla. Je gémis, et je n'aurais honnêtement pas pu dire quelle était la sensation la plus troublante.

En fait, j'étais parfaitement incapable de dire quoi que ce soit. Je fis une tentative pour faire rouler les baguettes sur ma langue afin de les placer dans une position moins douloureuse en les bloquant entre mes dents, un peu comme un cheval récalcitrant.

— Elles sont en place ?

Réaction idiote, je hochai d'abord la tête avant de murmurer un oui.

— Je suis sûr que tu savoures ton jus, non ?

Je savais qu'il s'attendait à une réponse, mais mon second murmure fut plus faible et – si tant est qu'un murmure puisse l'être – teinté de honte.

James se mit à rire.

— Allons, Sophie, tu connais les règles. Réponds-moi correctement.

Furieuse, je fermais les lèvres sur les baguettes du mieux que je pus alors que ma langue se baladait dans l'air de la nuit.

— Tu peux tout à fait parler même avec ce genre de pince, Sophie. Et tu vas parler. Moi, j'ai toute la nuit et tout ce que tu es en train de faire pour le moment, c'est d'ajouter d'autres problèmes à celui-ci.

Je ne pipai mot.

— OK, donne-toi une claque entre les jambes. Trois

fois. Et assez fort pour que je puisse entendre, sinon, tu recommenceras jusqu'à ce que j'entende.

Je n'eus pas l'idée de lui désobéir, mais je sentais la panique monter en pensant que chaque moment qui passait exigeait davantage de moi.

Tout le temps que j'essayais de rassembler assez de courage pour m'infliger le premier coup, je serrai et desserrai les poings au-dessus de ma tête.

Puis, je frappai, plus violemment que je ne l'avais prévu, directement sur mon clitoris. En tentant de réprimer une plainte, je me mordis la langue. Le second coup se passa mieux – si tant est qu'on puisse décrire ce genre de torture que je m'infligeais ainsi – mais le troisième fut atroce car je heurtais dans le mouvement la pince de mon sein gauche. Cette fois-là, je ne pus m'empêcher de hurler, et j'entendis un claquement de dans le téléphone. J'étais en train de lutter pour lui obéir, mais ses expressions de désapprobation commençaient à me chauffer les oreilles.

— Tu n'es pas très polie, ce soir, outre que tu te montres particulièrement désobéissante. Tu sais que tu dois me remercier de chaque coup que je t'inflige.

Je ne pouvais pas parler. Je ne voulais pas parler.

Il dit alors une chose qui me fit tressaillir d'effroi.

— On peut continuer comme ça toute la nuit. Tu vas frapper encore six fois. Et si tu ne comptes pas à voix haute et ne me remercie pas à chaque coup, je vais doubler les coups, puis les doubler encore, et nous continuerons jusqu'à ce que tu me donnes ce que je veux. Tu vois, cela ne tient qu'à toi. Moi, je passe une excellente soirée à écouter tes gémissements de douleur et de désespoir. En fait, c'est vraiment divertissant, mais, d'une manière ou d'une autre, Sophie, tu vas recevoir ta punition et tu vas me parler.

À cet instant précis, je le haïssais. Il ne s'agissait pas de me soumettre pour répondre à un défi, ou pour m'exciter ou l'exciter lui. Il n'était pas en train de me pousser dans mes retranchements pour notre plaisir à tous les deux. Non, il était en train de m'humilier, de m'avilir d'une manière totalement nouvelle.

Je le détestais cordialement, mais la haine était teintée d'une honte cuisante et d'un sentiment authentique de culpabilité. J'ouvris la bouche pour essayer de parler, de former des mots autour de ma langue immobile ; j'essayai d'avaler la salive qui dégoulinait aux coins de mes lèvres, mais c'était comme être debout au bord d'un précipice.

Je savais ce qu'il voulait et je savais que j'avais le choix d'une certaine manière. Je savais aussi que je ne voulais pas le faire, que toutes les fibres de mon corps se révulsaient à cette idée, et qu'il me suffisait de raccrocher le téléphone. Mais je voulais aussi lui plaire, soulager ma culpabilité, je voulais atteindre l'objectif, aussi élevé soit-il, qu'il me fixait. Le décevoir, c'était me décevoir aussi.

C'était mon choix, mais, d'une certaine manière, je détestai d'avoir à faire ce choix-là, parce qu'il rendait l'humiliation, la soumission, plus aiguë, plus pénible. C'était mon choix et je choisissais déjà d'accepter la punition, de me laisser rabaisser ainsi, et il le savait tout comme il savait que je haïssais chaque seconde de cette séance.

Je me frappai. Suffisamment fort pour que cela me coupe le souffle. Puis, d'une voix chargée de larmes, je parvins je ne sais comment à dire :

— Un. Merci.

En fait, ce n'était pas tout à fait ça. Je dis quelque chose qui paraissait parfaitement ridicule, en bredouillant et en zozotant juste le nombre correct de syllabes. Probablement du moins. La honte et l'humiliation m'envahirent et, pour les écarter, je frappai une nouvelle fois. La deuxième fois, entendre ma voix me parut encore plus horrible que la première fois, même si je ne sais pas expliquer pourquoi.

Elle paraissait toujours provenir d'un débile profond, et le ridicule déclencha mes larmes, ce qui me rendit encore moins intelligible. Je continuais à frapper et à compter et à remercier et, lorsque j'atteignis le nombre de six, je sanglotais littéralement en espérant simplement que cette humiliation allait prendre fin.

En matière de relations sexuelles, le concept de la punition est intéressant. Une grande part de la dynamique des relations D/s concerne la douleur : le fait de l'infliger, de la supporter. Les adeptes aiment qu'on leur donne la fessée ou des coups de canne sans vraie raison, par jeu, parce que cela fait bander ou mouiller l'un ou l'autre.

Mais ceci était totalement différent. Je me sentais vraiment désolée de l'avoir déçu, triste qu'il ait considéré cela comme inévitable au point qu'il prévoie de mettre dans ma valise les outils de ma sanction, et, soudain, allongée sur un lit d'hôtel loin de chez moi, les seins douloureux et la langue à vif, à devoir exécuter des actes dégradants et plutôt horribles, je me sentis seule au monde. Je sais, c'est aussi ce que la punition est censée vous faire éprouver, mais je ne m'attendais pas à ce que trois paires de baguettes et quelques élastiques fassent si bien l'affaire.

Au bout d'un moment, je sentis que mes larmes refluer et je tentais de les essuyer sans heurter une seule baguette. Mes sanglots se transformèrent en reniflements sporadiques et, enfin, James reprit la parole.

— Comprends-tu pourquoi je t'ai punie de cette manière ?

Je déglutis du mieux que je pus avant de glisser un « oui » entre les baguettes, en fermant les yeux pour oublier le son ridicule que ma bouche rendait.

— Je t'ai punie parce que tu t'es conduite comme une vilaine petite fille et c'est comme ça qu'on punit les vilaines petites filles.

Si j'avais été dans mon état normal de grande gueule, j'aurais rétorqué quelque chose d'intelligent à ce moment-là, voire levé les yeux au ciel à son emploi du mot « fille », mais je demeurais sans voix, en essayant de ne pas baver, la langue gonflée de douleur.

— Tu es une vilaine petite fille, n'est-ce pas ?

Non, pensais-je, *ne fais pas ça !* Cela pouvait être amusant d'être qualifiée de petite fille lors d'une séance de jeu, mais pas ça… Je serrai les dents autour des baguettes pour tirer la langue dans un geste vain de rébellion silencieuse.

— Frappe encore une fois.

Même si les pensées les plus scandalisées avaient envahi mon cerveau, ma main exécuta automatiquement son ordre et je le remerciai.

— Raconte-moi.

Je poussai un soupir, ouvris la bouche, la refermai et fit une nouvelle tentative. Soudain, les baguettes paraissaient me gêner encore davantage lorsque j'essayais de parler, d'une manière qui n'avait pas paru difficile auparavant.

Si les mots n'étaient pas audibles, je pense que la honte l'était parfaitement.

— Je suis une vilaine petite fille.

— Les vilaines petites filles lancent des piques non ?

J'acquiesçai dans une sorte de plainte. Tout ce qu'il voulait. Tout ce qu'il voulait pour que cette souffrance et cette humiliation prennent fin.

— Tu pourrais lancer une pique à présent ?

Je bredouillais et je pense que la seule expression audible était celle de mon désespoir.

— Non, je ne peux pas.

— Essaie donc, siffla-t-il.

Allez, Sophie, c'est bientôt fini. Cela ne peut pas être pire.

Les larmes coulant sur mon visage, je fis une nouvelle tentative. Encore et encore, submergée par le désespoir. Je soufflai l'air de ma bouche, sifflais pratiquement pour dire quelque chose, les lèvres serrées au point que je craignais de ne plus pouvoir jamais les ouvrir. Les mâchoires contractées à m'en faire mal.

Bien entendu, cela ne fit qu'empirer les choses.

— Mets la main entre tes cuisses et dis-moi ce que tu sens.

Je rougis, comme s'il était encore possible de ressentir quoi que ce soit. Je savais qu'en dépit de tout, je coulais comme une fontaine.

Le son moite de ma main me trahit, et je n'eus pas besoin de regarder mes doigts luisants.

— Trop intimidée pour le dire. Mets les doigts sur ta langue, suce-toi. Raconte-moi.

Je plaçai mes doigts sur ma langue douloureuse et léchai mes jus, preuve de la trahison de mon corps. D'un grincement de dents, je lui dis ce qu'il attendait :

— Je mouille.

— Quoi ?

À cette seconde, je le haïssais plus que jamais, même si je voulais lui obéir. Je voulais lui montrer que j'étais meilleure que lui, que je savais me soumettre totalement. Dans mon esprit, il s'agissait d'une compétition et la seule manière de l'emporter était de ne jamais céder, surtout pas maintenant. Illusion ? Peut-être, mais la douleur ne me rendait-elle pas aussi irrationnelle qu'une pilule magique ?

Je grinçai à nouveau des dents :

— Je mouille.

— Bonne fille.

Ma haine reflua et j'éprouvais une bouffée de fierté suivie aussitôt d'une pointe de panique à l'idée d'être si bien conditionnée.

— À présent, tu peux te faire jouir. Lorsque j'entendrai ton orgasme, je t'autoriserai à retirer les pinces.

J'ignore totalement si les choses auraient été pires ou non si j'avais eu un orgasme dans les secondes qui suivirent. La douleur que je ressentais dans la langue, les difficultés que j'avais à avaler la morve, ainsi qu'un profond sentiment d'humiliation combiné à un remords sous-jacent, tout cela fit que je ne pus me concentrer suffisamment pour jouir facilement.

Lorsque j'eus enfin mon orgasme, ma voix aiguë et teintée de désespoir et intelligible, mon corps meurtri, j'avais l'impression qu'il m'avait tout pris, tout arraché. J'étais totalement sienne, pour le meilleur et pour le pire, et je jurai de ne jamais recommencer une telle erreur.

Lorsque je revins sur terre, que je retirai délicatement les pinces de mes seins et de ma langue, et que je sentis la douleur revenir alors que le sang refluait vers mes organes blessés, je me sentais épuisée, vidée, et étrangement perturbée. Je voulais lui parler mais je ne savais que dire.

J'éprouvais une telle honte – parce que je l'avais déçu et parce que j'avais dû exécuter des choses si humiliantes sous ses ordres, par ma propre main – que je n'arrivais pas à lui parler normalement.

Je me sentais plus muette qu'avec les pinces sur la langue.

Il fut, d'une manière à la fois incongrue et rassurante, plus attentionné que jamais, me demandant si tout allait bien, s'il fallait que je mette de la glace sur ma langue pour calmer la douleur. Sa sollicitude me fit monter les larmes aux yeux.

Lorsque je tentai de parler, ma voix émit un craquement rauque, et j'avais la bouche sèche d'avoir dû la garder ouverte si longtemps.

— Cela va aller, je t'assure. Merci.

Je savais que c'était vrai, mais je savais aussi que cette leçon ne quitterait pas mon esprit avant longtemps, et que je ne regarderai plus jamais les baguettes de la même manière.

— Bonne fille.

Je déglutis et d'un ton plaintif que je ne pus réprimer, je persistai :

— Je suis vraiment désolée, tu sais.

Sa voix était chaude, réconfortante.

— Je sais, mais, si tu veux, je peux te donner un autre devoir pour que tu puisses te racheter.

Il n'avait pas terminé sa phrase que j'acquiesçai, ravie de la chance qu'il me donnait de m'amender. Il me dit d'aller voir dans la poche avant de ma valise – j'étais en train de me dire que j'aurais dû mieux contrôler ce qu'il y avait dans mes bagages – où se trouvait un petit sac an aumônière qu'il me demanda d'ouvrir. Il contenant un vibromasseur, un plug d'anus et un tube de lubrifiant.

Je considérais la collection d'articles étalés sur le lit et mon cœur se remit à battre à toute allure parce que, après tout ce qui venait de se passer, je n'étais pas sûre de pouvoir endurer autre chose. Il me dit qu'il voulait que je place le bouchon dans mon anus et que je branche le vibromasseur avant de m'installer pour écrire une nouvelle lettre, mais, au lieu de lui raconter mes fantasmes lors de nos retrouvailles, je devais lui expliquer comment je m'étais sentie au cours de chaque minute humiliante de la punition que je venais de subir.

Je n'étais pas autorisée à avoir mon orgasme avant la fin de mon texte et je devais le lui envoyer par mail afin qu'il puisse le lire avant de décider de la suite. Il fallait qu'il fasse au moins deux milles mots (huit pages ?!) – sauf si je jouissais avant la fin et je devrais alors ajouter mille mots, et ainsi de suite pour chaque « accident ». S'il ne recevait rien dans les quelques heures qui suivaient, il me punirait encore, en personne, peut-être avec les pinces sur la langue car il avait deviné à quel point cela me perturbait. Il ajouta que l'idée de me voir essayer de parler avec la pince pendant qu'il m'assenait des coups de canne le rendait assez impatient.

La bouche sèche, je fixai d'un air terrifié le plug qui était largement plus gros que tout ce que j'avais pu me glisser dans l'anus. D'une voix hésitante, je déclarai :

— Il est presque une heure du matin.

J'imaginai son sourire.

— Je sais. Je devrais aller me coucher, parce que j'ai besoin de me lever tôt pour aller bosser. Il vaut mieux que tu t'y mettes tout de suite.

Je m'enfilai tous les articles et m'installais, le corps pure douleur, devant le petit bureau de la chambre. J'écrivis pendant des heures, soucieuse de m'expliquer, de m'excuser, de lui plaire. Je sentais tout le poids de la responsabilité dans cet acte et, lorsque j'eus enfin rédigé une lettre dont j'étais satisfaite, je la lui envoyai. Il ne me restait qu'une ou deux heures pour dormir avant ma dernière journée de travail sur le site.

Pendant le trajet de retour, je fus en proie à une certaine anxiété. Depuis le début, j'avais été claire quant à la possibilité de mêler la relation amoureuse au quotidien aux règles du D/s et sur le fait qu'une vexation, ou pire, dans la vie de tous les jours, ne devait pas autoriser James à utiliser la « rétribution » par la douleur ou l'humiliation. Je ne pensais pas vraiment que la soirée de la veille entrait dans cette catégorie, mais je n'étais pas si sûre de moi – cela avait été plus *borderline* que ce à quoi je m'attendais.

James n'avait pas répondu à mon mail, ni même accusé réception, et je ne pouvais m'empêcher de penser que j'avais peut-être franchi une limite ; ou que James avait franchi une limite. Je ne voyais tout simplement pas comment nous allions pouvoir reprendre notre relation décontractée et normale après ça.

Je descendis du train en tirant ma valise sur le quai tout en retenant la lanière de mon sac qui glissait de mon épaule, et tendis mon ticket au contrôleur tout en réfléchissant à l'attitude que j'adopterai face à James.

Puis, il fut là, devant moi, avec son sourire et ses bras autour de moi, qui m'embrassait à pleine bouche, au point que nous eûmes rapidement l'air de devoir trouver sans attendre un coin plus tranquille.

Il prit ma main, empoigna ma valise de l'autre et m'entraîna hors de la gare. Soudain, la nervosité qui m'oppressait depuis le matin se dissipa et tout ce que je ressentis fut la joie de le retrouver, d'être avec lui.

Avec la quantité voulue de concupiscence.

15

Entre nous, la concupiscence battait effectivement son plein. J'avais déjà expérimenté la phase « lune de miel » de plusieurs relations, et, avec Thomas, il y avait même eu une véritable période de bonheur tandis que nous jouions à cocher toutes les cases d'une liste d'expériences, mais, avec James, c'était différent.

La tension sexuelle était toujours présente, d'une part parce que je le trouvais irrésistiblement attirant, mais, d'autre part, l'élément D/s de notre relation teintait tout le reste. Tout regorgeait de possibilités. C'était agréable, bien plus que des rapports sexuels ordinaires, et cela me donnait l'impression que nous partagions un secret, que nous avions ensemble des moments très spéciaux dont personne n'était informé et dont personne ne pouvait se mêler.

À tout instant, l'atmosphère entre nous pouvait changer presque imperceptiblement. Nous étions, par exemple, blottis l'un contre l'autre sur le canapé, à regarder la télé, et il se mettait à me chatouiller. Je l'empêchais de continuer en lui enfonçant le doigt dans les côtes et, soudain, il me tenait prisonnière dans ses poignets. Nous continuions à regarder l'émission, ses mains qui me maintenaient fermement, qui resserraient leur poigne lorsque j'essayais de bouger, et, sans prononcer un seul mot, je le provoquais pour voir s'il allait me lâcher. Brusquement, il quittait la pièce et revenait avec la cordelette dont il enroulait mes poignets, fermement mais sans trop forcer, devant moi, pour tout le temps que nous allions passer sur le canapé.

C'était une dynamique étrange, qui brouillait les limites entre la sexualité et ces moments paisibles qui interviennent dans toute relation, lorsque vous êtes simplement heureux d'être ensemble, de traîner ou de faire des choses, mais je trouvais cela grisant.

Il y avait toujours un petit détail qui évoquait le côté moins conventionnel de notre relation. Ces moments imprégnaient l'atmosphère d'une impatience palpable. Les mains liées, je me penchai, par exemple, pour prendre ma tasse de thé et cela ravissait James qui adorait me voir contourner les difficultés qu'il mettait en travers de mon chemin, y compris lorsqu'il m'imposait des défis plus diaboliques ou qu'il se contentait de glisser la main sous mes vêtements pour me caresser les seins alors que je ne pouvais faire un geste à cause de mes liens.

La limite floue entre les deux contextes – le sexe et la vie normale – donnait cependant un mélange déconcertant : à tout moment, les choses pouvaient changer, et les actes les plus simples de la vie, comme lorsque j'étais allongée sur le sol pour regarder la télé alors qu'il était installé sur le canapé, pesaient d'une étrange sorte de double sens. Je n'ai jamais eu autant de plaisir à regarder *Qui veut gagner des millions ?*!

Au fil des semaines, nous adoptâmes un rythme de croisière qui rapprochait davantage notre relation d'un engagement à long terme. Nous ne passions pas tout notre temps ensemble, d'autant que nous avions tous deux des emplois très prenants qui entraînaient de nombreuses réunions tard le soir et des cocktails, mais nous passions au moins une soirée par semaine ensemble et, lorsque je ne travaillais pas, un week-end de temps en temps. Les choses étaient simples, détendues, agréables. L'élément D/s de nos rapports prit une certaine ampleur ou plutôt, de nouveaux chemins. Parfois, nous nous blottissions au lit pour bavarder ou il me massait le dos si j'avais passé toute la journée dans la voiture. La dualité nous paraissait aller de soi.

C'est pourquoi, lorsque le sol se mit à trembler sous mes pieds, les choses furent encore plus intenses.

Si l'on oublie la débâcle des pinces chinoises, je dirais que je suis généralement dans les temps. En tant que journaliste, on vous le répète chaque jour : on ne manque pas la date butoir. Jamais. Pas de « si », ni de « mais » ou de « peut-être ». L'échéance, c'est l'échéance. Point barre.

Vous pouvez être stressée, sur le point de débloquer totalement, l'adrénaline vous booste et vous faites tout ce que vous pouvez pour respecter l'échéance. Il n'y a pas de demimesure : vous tenez les délais ou vous ratez l'échéance, et, dans ce cas : « *game over* ». Vous pouvez avoir manqué le train d'un kilomètre ou d'un millimètre, cela ne change strictement rien à rien.

Mais ça, c'est lorsque je termine un papier annoncé en première page ou que je donne de la copie pour l'un de nos sites Web. Dans les autres domaines, avec la meilleure volonté du monde, les échéances me paraissent inaccessibles.

J'étais en train de pleurer. Les larmes coulaient sur mon visage en faisant de petites rigoles pour venir goutter sur mes seins nus, de petites gouttes qui ne faisaient rien pour rafraîchir la rougeur qui avait envahi toute ma poitrine, un signe à la fois d'excitation et d'embarras. Dans un coin de ma tête, je craignais aussi la présence de coulées de morve qui auraient ajouté à ma honte, mais, comme j'avais les mains menottées, je n'avais aucun moyen de les essuyer discrètement.

Lorsqu'il bougea, les similitudes entre moi et la femme du *Projet Blair Witch* me parurent être le cadet de mes soucis. La main de James se glissa vicieusement dans mes cheveux afin de les tirer pour que je le regarde dans les yeux et y voie sa domination qui reflétait ma soumission. C'était à couper le souffle, terrifiant, et cela ne fit rien pour m'aider à retrouver un quelconque vestige d'équilibre.

Je respirais par à-coups, en petits sanglots que j'essayais de mon mieux de ravaler. Je me mordis la lèvre et fixai mon regard au-delà de son visage, loin, pour essayer de me reprendre, essayer d'ordonner les sensations et les émotions conflictuelles qui bouillonnaient en moi : la douleur, la terreur, l'excitation.

La voix de James, si proche que son souffle me balaya le visage, me fit sursauter.

— Tu as bien compris ?

J'allai hocher la tête avant de réaliser que sa main tenait mes cheveux et que cela ne ferait qu'ajouter à la douleur et je forçais plutôt les mots à travers mes lèvres tremblantes et desséchées.

— Oui, Monsieur.

À ce stade, il m'était devenu plus facile de lui donner du « Monsieur », au point que je pensais parfois à lui comme ça. Une ou deux fois, il m'avait demandé de l'appeler « Maître », mais cela ne sortait pas si aisément. Ce soir-là, je l'aurais appelé le Grand Vizir du Smorgasbord de la Planète Zarg si j'avais pensé que cela pouvait aider, mais non. C'était un nouveau niveau de domination, qui exigeait un nouveau niveau de soumission et, alors que la flaque qui s'étalait entre mes cuisses prouvait que j'aimais ça, je me sentais encore plus déstabilisée que jamais. Cette méthode m'affectait encore plus que les pinces sur la langue ou les soirées de plus en plus intenses que nous avions passées depuis mon retour, tout cela entre les moments sympas, les séances de cinéma et les soirées au pub ou lorsque nous faisions la cuisine ensemble.

C'était stimulant, terrifiant et libérateur.

C'est d'une voix charmeuse qu'il continua.

— Bien. Donc, puisque nous n'avons pas compté les coups, je pense que nous pouvons partir du principe que je t'ai déjà donné vingt gifles. Cela te paraît-il raisonnable ?

J'acquiesçai sur-le-champ. Je n'avais aucune idée du nombre de claques, mais cela semblait correspondre, d'autant que cela signifiait sans doute que je n'aurais pas à en endurer beaucoup plus. Il ne m'avait jamais punie de manière si prolongée et…

— Je pense que, pour être juste, nous allons monter jusqu'à cent.

Ses mots déclenchèrent de nouveaux tremblements, plus puissants que jamais.

Qu'est-ce qu'il a donc avec le chiffre cent !

Je crois que tout avait commencé par une parodie de fessée. James m'avait demandé de me déshabiller et de m'installer sur le fauteuil à oreillettes, en écartant bien les jambes sur le siège de manière à ce qu'il puisse attacher chacune de mes chevilles à un pied tout en me laissant grande ouverte pour qu'il puisse me regarder – et me toucher. Lorsqu'il avait exhumé les menottes, son regard pétillait, et il ramena mes mains derrière le dossier. Mais ce n'est que lorsqu'il disparut dans la cuisine pour en revenir avec une cuiller en bois et deux pinces à linge que l'alarme commença à sonner dans ma tête. Hélas, il était bien trop tard pour prendre mes jambes à mon cou.

Pour commencer, il joua un peu avec mes seins en les caressant longuement d'un toucher apaisant, qui me laissa croire que la séance n'allait pas être si dure cette fois.

Puis il pinça mes mamelons jusqu'à ce qu'ils durcissent sous son regard scrutateur, et mon corps se laissa aller à baigner dans ce regard. Lorsqu'il posa ses lèvres sur le bout de mon sein pour le laper et le sucer, je fermais les yeux dans une réelle félicité.

J'aurais dû me méfier. Dès qu'il sentit que j'étais détendue, il se mit à mordiller mes mamelons avec les dents, de plus en plus fort, jusqu'à ce qu'une plainte s'échappe de mes lèvres. Mes gémissements ne l'arrêtèrent cependant pas et mes seins furent rapidement couverts de salive et émaillés de marques de dents ou de suçons profonds. C'est alors qu'il posa les pinces à linge.

J'avais déjà les seins douloureux, et les pinces étaient du genre article domestique de qualité, c'est-à-dire plutôt robustes – imaginez la « qualité » de la douleur lorsque le ressort se retendit !

Je serrai et desserrai les poings dans mon dos, tentant de m'adapter à la souffrance et rougissant de la manière dont James fixait mes seins qui tressautaient au rythme de ma respiration tandis que je prenais de profondes inspirations par le nez pour tenter de supporter l'épreuve.

J'étais concentrée sur la douleur de mes seins, qui étaient devenus le centre de ma réalité, que j'oubliai la cuiller en bois jusqu'à ce que James m'en donne un coup sur un sein. Il avait déjà, par le passé, giflé mes seins, mais, notamment après les morsures, les coups furent plus douloureux, s'ajoutant aux pincements lancinants, comme des courants qui cherchent à lutter pour dominer. À cet instant, le monde entier se réduisait à ce bruit de coups de cuiller et à la douleur de mes mamelons.

Puis il frappa avec la cuiller entre mes cuisses.

Je ne pus m'empêcher de hurler. Après mon hurlement, le silence qui régnait dans la pièce me parut assourdissant. Rien ne bougeait, j'avais les yeux gorgés de larmes, et le silence n'était rythmé que par ma respiration rauque. James ne me demanda pas si tout allait bien. Il riva ses yeux dans les miens pendant que, inévitablement, je devais lui renvoyer un regard ivre de fureur.

Encore une fois, j'étais déchirée entre la colère que je ressentais envers lui pour cette souffrance qu'il m'infligeait et envers moi qui acceptais – qui désirais – cette souffrance. Au bout de quelques secondes, il dut être satisfait du spectacle car il commença à bouger.

Comme il se rapprochait, je fermais les yeux, incapable de supporter la vision du deuxième coup. Ce qui signifiait que je n'étais pas prête : le bruit de l'impact résonna dans toute la pièce et la douleur dépassa tout ce que j'avais encaissé jusqu'alors. Au fond de mon esprit, une voix paniquée geignait : « Je n'en peux plus », mais avant que je puisse faire quoi que ce soit pour l'arrêter (j'étais prête à hurler le code que je n'avais jamais prononcé jusqu'alors), le bruit du troisième coup parvint à mes oreilles et j'étais à nouveau en train de suffoquer de douleur et de lutter contre les larmes. Toutes les fibres de mon être étaient tournées vers l'homme qui se tenait devant moi et les efforts que je faisais pour tenter de surmonter les vagues de douleur irradiante qu'il m'infligeait.

Je ne sais pas si tout le monde est comme moi, mais, normalement, au bout de quelques coups, mon corps parvient à s'adapter à la douleur, à l'accueillir. J'ai toujours mal, bien sûr, mais, dans mon cerveau, quelque chose s'adapte et la douleur apporte avec elle un plaisir délicieux.

Mais tandis que James continuait à me battre avec la cuiller en bois, je ne ressentais que la douleur, et encore de la douleur. Je bougeais mes chevilles entravées, comme si j'allais pouvoir fermer mes cuisses pour repousser l'assaut, mais cela ne fit qu'accentuer mon désespoir. Tout ce que je pouvais faire était d'endurer les coups, de m'accrocher à l'espoir que les choses allaient s'améliorer ou s'arrêter, que ce ne serait pas cette fois-là que je flancherais et que je le décevrais, et moi avec lui. Je n'étais pas vraiment sûr de pouvoir aller jusqu'au bout, sans parler d'en tirer un quelconque plaisir.

James n'était pas du même avis.

Il avait fixé la limite – la grande échéance.

C'est en lissant une mèche de mes cheveux qu'il m'expliqua ce qui allait se passer ensuite et, pendant une seconde, le monde bascula alors que je tentai de comprendre ce qu'il disait et ce qu'il attendait.

— Le problème, c'est que tu pleurniches et tu te plains, mais tu mouilles quand même.

J'ouvris la bouche pour rétorquer, mais, avant que je puisse prononcer un seul mot, il appuya la cuiller contre mes lèvres. Je reconnus le goût de mes sécrétions sur le bois, rougis et fermai les yeux pour ne plus voir la preuve de la trahison de mon corps. Lorsqu'il recula la cuiller, je pressais mes lèvres tremblantes l'une contre l'autre pour ravaler la dénégation. Il valait certainement mieux que je la ferme : la discrétion n'est-elle pas la meilleure part de la valeur ?

— Je pense que si je te frappais assez longtemps, tu pourrais jouir.

Mes yeux s'ouvrirent en un éclair et je le découvris en train de me sourire, l'image même de la suffisance. Plus nous avancions dans ce jeu, mieux il repérait mes limites. Parfois, c'était incroyable, et il me poussait si loin que j'avais l'impression de me mettre à voler ; en revanche, à d'autres occasions – comme ce jour-là, lorsqu'il avait cet air joyeux et arrogant alors qu'il était en train de me pousser dans l'abîme – je l'aurais volontiers envoyé au diable.

Sauf que, comme toujours, la petite voix dans ma tête était déjà en train de désirer la prochaine séance, le prochain coup, et je me taisais. Pour l'heure en tout cas.

— Donc, je vais te donner une échéance : des coups jusqu'à ce que tu jouisses. Si tu ne jouis pas, je te ferai des trucs qui te donneront l'impression que, pour le moment, c'est une promenade de santé. Et si tu ne jouis pas, eh bien, cela ne m'importe guère parce que tu me suceras ou alors je te sodomiserai jusqu'à l'os.

Il passa alors la main entre mes cuisses, ce qui m'incita à me ruer dessus autant que je le pouvais malgré les liens.

— Et je te punirai d'une manière que tu ne peux même pas imaginer. Tu me supplieras mais tu ne sauras même pas si tu es en train de me supplier d'arrêter ou de continuer. Dans tous les cas, je t'utiliserais de la manière dont j'ai envie, pendant aussi longtemps que je le voudrais, jusqu'à ce que tu n'aies plus qu'une envie, c'est de ramper dans ton terrier pour lécher tes blessures. Et comme ni toi ni moi n'avons besoin de retourner bosser avant la fin du week-end, cela pourrait durer longtemps. Tu as bien compris ?

Au creux de mon ventre, je sentis de la peur, de l'excitation et, assez stupidement, le genre de poussée d'adrénaline que j'éprouve lorsqu'on me donne une nouvelle mission au journal. Oui, je sais, je suis un véritable cliché en la matière. J'étais déjà obsédée par l'idée de jouir et suffisamment compétitive pour me dire que j'allais essayer de surmonter tout cela, quoi que ce fut. La douleur ne pouvait pas durer si longtemps.

C'est d'une voix calme, mais – j'aimerais le croire – plutôt sûre que je répondis :

— Oui, Monsieur.

— Bien. Puisque nous n'avons pas encore compté les coups, je pense que nous pouvons à nouveau partir du principe que je t'ai frappée vingt fois. Cela te paraît-il raisonnable ? Si nous comptons jusqu'à une centaine, cela devrait être juste.

C'est le rythme qui me fit flancher. Même si la douleur

approchait le genre de torture que je n'avais jamais eu à supporter, c'est le tempo insidieux de ses coups qui fit monter le désir en moi. Sans oublier que je devais le remercier à chaque coup et qu'il allait de plus en plus vite au point que je bredouillais les mercis les uns par-dessus les autres. Au soixante-troisième coup, la sensation changea : il me frappa, aussi fort qu'il l'avait fait jusqu'alors, mais le contact du bois sur ma fente rendit un son moite – la preuve de mon excitation. Et avec chaque coup, le son devenait plus humide, plus liquide, jusqu'à ce que je ferme les yeux sous la honte. Mes larmes de douleurs continuaient à couler sous mes paupières closes, mais je sentais couler entre mes cuisses de plus en plus de liquide, jusqu'à mes fesses, une fontaine qui prouvait que, malgré ce que ma raison me disait, mon corps fonctionnait autrement.

Au soixante-neuvième coup, j'ouvris les yeux pour le voir ralentir le coup que j'attendais. Des fils de sécrétion reliaient la cuiller à ma fente tandis que James s'éloignait, et lorsque je compris ce que cela signifiait, à quel point la douleur me faisait de l'effet, mon esprit se figea, trop choqué pour enregistrer l'information. Lorsqu'il me frappa à nouveau, j'étais incapable de penser au nombre – soixante-neuf, soixante-dix ? Il secoua la tête et annonça que nous repartirions de soixante pour compenser mon erreur. Je dus me mordre les lèvres jusqu'au sang pour ne pas sangloter en pensant aux neuf coups supplémentaires.

Lorsque nous fûmes à quatre-vingt-cinq, il avait modifié l'angle de tir, si l'on peut dire, de manière à ce que chaque coup claque directement sur mon clitoris. Je n'avais jamais reçu de pire traitement, et mon corps sentait monter l'orgasme dont je redoutais la violence.

Tandis que nous approchions inexorablement de la centaine, ma respiration se fit plus hachée, et mes cuisses tremblaient sous la montée du désir.

Au centième coup, mon orgasme explosa. J'aurais pu m'étonner de m'être métamorphosée en quelque ridicule image d'Épinal du conditionnement de l'otage et du syndrome de Stockholm, mais après avoir enduré tout ce que j'avais enduré, après que le moindre soupçon de sensation ait été extirpé de mon corps, je n'en avais rien à faire. Je voulais jouir à tel point que cela me consumait.

C'était tout ce qui m'importait, tout ce que mes sens pouvaient percevoir, et j'eus le sentiment que jouir m'importait davantage que de respirer.

Mon orgasme fut à la fois brutal et douloureux, d'autant qu'il me fit me tendre dans mes liens d'une manière qui me laissa des marques autour des poignets et des chevilles que je dus dissimuler pendant plusieurs jours.

Les gémissements de gorge qui accompagnèrent cet orgasme me paraissaient venir de quelqu'un d'autre et je me déversais en un torrent tel que James dut maintenir le dossier du fauteuil pour éviter que la violence de ma réaction ne nous renverse tous les deux.

Lorsque je repris mes esprits, j'avais l'impression de sortir d'une transe, secouée par les chocs de l'intensité de ma jouissance. James était en train de défaire sa braguette. Il s'approcha et me pénétra brutalement, appuyant de tout son poids sur mon corps encore secoué de frissons, sur mon clitoris gonflé et sensible.

Je ne pus réprimer un hurlement et il se mit à me pilonner avec une cadence qui me rappela cruellement le rythme des coups de cuiller. La sensation irradiait à tel point que je ruais sous lui, faisant de mon mieux pour l'éloigner, pour me débarrasser de lui, le repousser, une manœuvre bien vaine avec les mains menottées et les chevilles liées.

S'il était possible, il plongea encore plus profond en moi et cessa de bouger pendant quelques secondes, le temps d'agripper mes cheveux à pleine main pour m'embrasser à pleine bouche et mordre mes lèvres jusqu'au sang. Puis ses doigts se mirent à tordre les pinces sur mes seins, à les tourner jusqu'à ce que j'aie la sensation que tout mon corps était en fusion. Je sanglotais, les larmes dégoulinaient sur mon visage, et il se remit à me pilonner en sifflant :

— Tu as joui au cent neuvième coup parce que nous avons dû recommencer quand tu t'es trompée. Tu as encore manqué ton échéance.

Dans le brouillard de plaisir explosif et de douleur intense, je compris exactement ce que cela signifiait. Et je me mis à trembler d'une manière incontrôlable, sachant que dans les prochaines minutes, les prochaines heures, jours – aussi longtemps qu'il aurait envie d'attendre – j'allais devoir repousser mes limites encore davantage.

Pas de « si », ni de « mais » ou de « peut-être » : on ne manque jamais l'échéance.

Les journées suivantes comptent parmi les plus difficiles de mon existence. James abusa de moi, se servit de moi, m'humilia, me fit pleurer, hurler ; il me fit mal, me poussa à bout encore et encore. Jamais il ne parvint cependant à me briser, mais j'avais parfois l'impression que j'allais craquer, m'écrouler dans la seconde suivante.

Il me baisait quand il le voulait, comme il le voulait, et quand j'étais trop épuisée pour rassembler assez d'énergie pour autre chose que rester là, un trou pour son plaisir, il me giflait et me tirait les cheveux pour me forcer à bouger.

À la fin du week-end, je n'étais que plaies et bleus, comme une toile abstraite qui aurait témoigné du temps que nous avions passé ensemble : les marques de morsure sur mes seins, les mamelons violacés d'avoir été pincés si fort, les bleus sur mes bras, les zébrures croisées de la ceinture sur mes fesses, tout m'arrachait des gémissements de douleur, mais aussi des coulées entre les cuisses lorsque je repensais à ce que nous avions fait, et pendant des semaines après.

À la fin du week-end, j'avais du foutre plein le visage et les cheveux, mon maquillage soigneusement appliqué avait coulé et mes cheveux étaient en bataille. Il avait démoli une à une toutes mes défenses.

Cela avait été terrifiant, mais aussi cathartique et libérateur. Il m'avait repoussé jusqu'au bord extrême de moi-même. Au fil des heures et des jours, il était devenu ma seule préoccupation : lui plaire, le satisfaire, ne rien faire pour ne pas lui donner de raison de me punir.

Il était mon monde et, pour la première fois, je compris ce qu'était le genre de soumission qui consume votre être tout entier.

Pour la première fois, je n'entendis plus cette petite voix intérieure qui soulignait ma honte et me demandait pourquoi je faisais cela. Elle avait été réduite au silence.

Je me sentais liée à James comme je ne l'avais jamais été à quiconque. Il me comprenait absolument, mieux que je ne me comprenais moi-même. Je sanglotais, je le suppliais d'arrêter les coups, j'implorais sa pitié en affirmant que je n'en pouvais plus, mais il continuait malgré cela. Je le haïssais, mais il relevait mon menton pour plonger ses yeux dans les miens et malgré la haine qui m'envahissait, je savais qu'il avait raison.

Il me demandait si je me souvenais du code de sécurité, et je lui répondais un oui entre mes dents serrées à se briser tout en luttant avec cette fierté obstinée et cet esprit de compétition qui faisait que je refusais de le prononcer. Il me demandait de le supplier de continuer et je le suppliais. Il me frappait jusqu'à ce que j'aie si mal que je ne sentais plus rien si ce n'est le sang qui coulait de mes blessures. Et lorsqu'il pensait que je n'en pouvais plus, il glissait doucement un doigt dans ma fente et je jouissais sur-le-champ.

Chaque fois que je reprenais mes esprits, hagarde et perplexe, car je ne comprenais pas pourquoi les coups pouvaient me donner tant de jouissance, je le voyais sourire, se pencher pour déposer un doux baiser avant de me dire que j'allais être punie pour avoir joui sans permission.

À la fin du week-end, il me repoussa comme une bête au pied du lit, les poignets toujours ligotés dans le dos, et je dormis du sommeil du guerrier – exténuée, en fœtus, dans une position disgracieuse mais qui était la seule qui ne me faisait pas hurler de douleur.

Il peut paraître étrange qu'une telle dose de cruauté et d'humiliation m'ait inspiré ce genre de pensées mais, à la fin de ce week-end, j'étais sûre que j'aimais profondément cet homme tordu, intelligent et tendre, qui ne supportait pas les gens qui malmenaient les animaux mais adorait me torturer. Il avait compris des aspects de mon être que j'aurais été incapable de formuler, et les avait exploités pour m'aider à endurer et à accomplir des actes cathartiques. L'intensité de ces séances me coupait le souffle : c'était comme si personne ne m'avait jamais si bien comprise. Personne, pas même moi, n'était capable de comprendre ma nature profonde aussi bien que lui.

16

Vous vous demandez sûrement ce qui peut suivre l'expérience sexuelle la plus intense de votre existence, celle qui vous transforme littéralement physiquement et mentalement.

Rien. La réponse est rien.

Au moment où nous nous séparâmes, il était plutôt silencieux, mais pas plus qu'il ne l'aurait été à la perspective de nous voir regagner nos pénates respectifs le dimanche soir pour reprendre notre travail le lendemain. Du moins, c'est ce que je pensais quand je me dressai sur la pointe des pieds pour un dernier baiser dans la chaleur de son étreinte.

Une fois rentrée, je lui envoyai un texto comme je le faisais toujours. Comme il ne répondait pas, je me pensais qu'il était fatigué et que, comme il était tard, il s'était écroulé dans son lit pour être prêt à démarrer tôt le lundi matin.

Le lendemain, pas plus de réponse, ni le matin, ni le soir. C'était quand même assez surprenant de la part de James puisque nous venions de passer plusieurs mois à échanger des messages plusieurs fois par jour. Il était donc naturel que je m'inquiète. Je lui envoyai un deuxième texto en lui demandant si tout allait bien. Rien. Puis, je passais aux mails en lui faisant parvenir un lien vers un article que je pensais pouvoir l'intéresser : je ne voulais pas avoir l'air de le coller, mais je lui adressai quand même le mail sur ses boîtes professionnelle et personnelle.

J'attendis la réponse.

Toujours rien.

Pendant les trois jours suivants, je me fis vraiment du souci. Les textos et les mails désinvoltes ne reçurent pas plus de réponses que les autres. Je continuais mes activités quotidiennes, j'allais travailler, je me rendis à un pot pour l'anniversaire d'un ami, mais pendant tout ce temps, je pensais à James.

Allait-il bien ? Pourquoi ne répondait-il pas ? Le matin du quatrième jour, comme je n'en pouvais plus, j'appelai son bureau sans donner mon nom. La réceptionniste fut adorable : oui, il était là, elle l'avait vu le matin même et il était dans son bureau, mais sa ligne était occupée. Voulais-je laisser un message ou pouvait-elle me donner son adresse e-mail ?

Je répondis que j'avais son adresse et raccrochai.

J'étais furieuse, inquiète, perplexe. Cela lui ressemblait tellement peu que je ne trouvai pas de solution pour affronter la situation. Je savais que toute tentative pour lui parler pendant qu'il était au bureau était vouée à l'échec, et je passais donc la majeure partie de la journée à réfléchir à la meilleure manière de manifester mon trouble sans avoir l'air d'une harpie. De plus, je devais tenir compte du facteur D/s. Après l'expérience intense du week-end, je ne voulais pas lui manquer de respect, mais je n'avais pas plus l'intention de devenir une sorte de potiche.

J'avais beau tourner et retourner le problème dans ma tête, je ne trouvais pas de solution.

À la fin de la journée, je décidai de me lancer dans un message insouciant et tout sauf acariâtre.

Coucou ! Tu n'as pas donné de nouvelles depuis le we. Espère que tvb. On s'appelle ce soir ?

Pas de réponse : au fond de moi, je n'en attendais pas vraiment une, mais je n'avais aucune idée de la raison de ce silence.

En général, le film classique d'une rupture est qu'une fois que votre soupirant vous a lâché comme une vieille chaussette, vous sombrez dans les affres du désespoir avec un pot entier de crème glacée de qualité supérieure et vous écoutez les tubes des slows des années soixante-dix ou quatre-vingt en boucle. Si c'est ce qui marche pour vous, tant mieux, mais, pour moi (pour paraphraser Billy Ocean), lorsque c'est trop dur, faut être encore plus dur.

Ce soir-là, je composais le numéro de James à deux reprises et je fus directement envoyée sur sa boîte vocale. J'allumai mon PC et, grâce aux joies des réseaux sociaux, constatais qu'il avait été en ligne dans plusieurs *chats* et forums ce même soir, heureux de parler même si ce n'était pas avec moi. Lorsque j'eus repéré un *post* qu'il avait publié sur un obscur blog de musique, et qui demandait de l'aide pour ses baffles, je me dis que c'en était trop.

Moi, Sophie, je suis là, le cœur en miettes et la tête à l'envers, et toi tu te demandes comment câbler ta sono ?

Je compris qu'il était temps de passer à autre chose.

Je ne suis pas une fana de la cuisine. Le fait de vivre seule fait que l'idée de cuisiner un repas entier me paraît être une perte de temps et un gaspillage d'énergie. Et l'idée de manger ne me paraît pas mériter tous les efforts nécessaires pour préparer quelque chose. En revanche, j'adore la pâtisserie. Sans doute parce que les biscuits et les gâteaux font partie des nourritures revigorantes en cas de déprime, mais aussi parce que j'aime la simplicité des recettes.

Il suffit de peser les ingrédients, de prendre le temps de mélanger soigneusement le sucre et le beurre pour obtenir une crème blanche, de faire cuire le tout pendant le temps indiqué et vous créez de vos propres mains quelque chose de vraiment agréable à partager avec vos proches qui vous pardonneront alors d'errer comme une âme en peine, le visage rouge et bouffi.

Il était une heure du matin lorsque je décidai de préparer un cake au gingembre. Je ne sais pas pourquoi je pensais plus particulièrement au gingembre, mais cela devint une idée fixe. J'avais déjà avalé la majeure partie d'une bouteille de vin rouge et je ne pouvais donc pas prendre le volant. J'enfilai mon manteau et marchais jusqu'à la boutique de la station-service ouverte 24 h/24 h.

Une remarque avant de poursuivre : je n'ai pas pour habitude d'aller chercher de l'essence (ou quoi que ce soit d'autre) dans une station-service au milieu de la nuit, et j'ignorais qu'ils fermaient les portes et vous servaient par une sorte de guichet équipé d'une grille, un peu comme si vous rendiez visite à un détenu.

Il suffisait de passer les trucs dans le petit (très petit) trou dans la vitre en Plexiglas. Ce détail est important pour vous expliquer à quel point mon cake au gingembre de la nuit se transforma en une véritable expédition.

Pour commencer, le type qui se trouvait derrière le comptoir refusa de me vendre autre chose que de l'essence (gazole ou normale), des cigarettes ou des capotes. Après m'avoir écouté ergoter pendant au moins cinq minutes, il m'annonça qu'il pensait qu'il pouvait me trouver un paquet de farine. Une fois qu'il eut cédé sur la farine, j'eus nettement moins de mal à obtenir un kilo de sucre, mais lorsque je lui demandai de vérifier si le beurre était du beurre doux ou du beurre salé, je décelai comme un éclair de haine dans ses yeux. Lorsque je réclamai le gingembre, il m'envoya sans ménagement au diable vauvert. Je comprends tout à fait que la probabilité de trouver du gingembre dans ce genre de boutique reste extrêmement faible, mais un cœur brisé et une bouteille de vin n'ont jamais entamé mon optimisme naturel. Pour finir, au lieu de pépites de chocolat, il me tendit une barre de chocolat aux fruits secs en me disant que je n'aurais qu'à la casser en morceau.

Lorsque j'eus glissé mes billets sous le guichet, je dégoulinais de gratitude au point que sa gentillesse me fit venir les larmes aux yeux. Je trébuchais jusqu'à mon appartement, en pensant que les larmes que j'étais sûre d'avoir vu briller dans les yeux du type étaient dues au soulagement de savoir que l'ivrogne qui venait de lui acheter des ingrédients pour un cake était allée voir ailleurs pour céder la place aux acheteurs nocturnes d'essence et aux camés qui viendraient chercher un truc à manger.

Le lendemain matin, je me réveillai sur le sol de mon living, après avoir tout oublié devant un DVD qui tournait pendant que j'attendais que la pâte du second cake lève dans le frigo.

Si vous pensez qu'il est pénible de se réveiller avec la gueule de bois après avoir été larguée (encore que je ne sois pas sûre qu'il s'agisse de cela lorsque la personne avec laquelle vous sortez est ce genre de crétin-abruti complet du point de vue émotionnel), le fait de se réveiller dans un four (le mien continuait de chauffer puisque j'avais oublié de l'éteindre) pour découvrir l'apocalypse dans la cuisine est certainement pire. Il y avait de la farine partout sur le sol, du beurre sur les placards (un effet de mon entrain à beurrer les moules) et chacun des plats et des cuillers en bois que je possédais semblait avoir été utilisé avant d'être jeté à terre. C'était comme si des vandales s'étaient introduits chez moi à la faveur de la nuit. Des vandales boulangers. Ajoutez une migraine spéciale vin rouge, le manque de sommeil et, comme je le constatai lorsque je me traînai jusqu'à la salle de bain, de la pâte dans les cheveux et le tableau sera complet : je me sentais vraiment mal.

En mode zombie, je me rendis au journal (les parts de cake firent merveille si mes collègues avaient eu l'intention de faire des commentaires) et j'essayai de ne pas penser à James.

Sans doute que le fait de penser à ne pas penser à James ne compte pas.

Au cours des semaines suivantes, mes collègues, mes amis et ma famille tirèrent un large bénéfice de ma rupture. Je préparai des variantes infinies de cake, et j'attaquais les génoises que lorsque notre vice-rédacteur émit quelques remarques sur le beurre et son cholestérol. Je cuisinais des cakes aux carottes, des bouchées, des cookies et, pendant que je fouettais les œufs, remuais la pâte et patientais pendant la cuisson, je repassais en boucle tous les éléments de ma relation avec James, les aspects sexe et pas sexe.

Cela me fit pleurer et m'excita, mais, le plus souvent, cela me mit en colère. Je n'arrivais pas à comprendre si tout ce qui s'était passé entre nous était fondé sur le mensonge que j'étais aussi attirée par lui qu'il l'était par moi, ou s'il s'était simplement lassé de moi, ou si j'avais fait quelque chose pour le faire fuir ou quoi.

Quelle que soit la manière dont j'abordais les choses, je ne trouvais d'autre réponse. Il m'avait jetée. Cela me donnait l'impression d'être pathétique, mais j'étais en deuil et j'avais besoin de verser des larmes. James ne m'avait toujours pas donné signe de vie, mais un mélange de fierté têtue et de honte m'empêchait désormais d'essayer d'entrer en contact avec lui. Je savais qu'il était vivant et en bonne santé, et, pour le reste, qu'il ne voulait pas me parler. Cela ne signifiait pas pour autant que je n'avais pas envie de lui parler, mais plutôt mourir que de le laisser voir à quel point il me blessait.

J'étais ce jour-là en train de râper du gruyère pour des muffins aux trois fromages lorsque Thomas téléphona. Il me demanda comment j'allais, ce à quoi je répondis « super » parce que je n'avais pas envie de raconter. Mais Thomas me fit réagir alors même que j'étais en train de trancher des morceaux de mimolette.

— Menteuse ! Tu ne vas pas bien, je le sais.

Pendant une seconde, je restai coite devant son ton à la fois furieux et blessé. J'étais sur le point de répéter que tout allait bien – à ce stade, c'était ma réponse par défaut – et de changer de sujet pour éviter d'avouer ce que nous savions tous deux.

— Arrête de te morfondre, Sophie, ça suffit. Je suis désolé que tu sois déprimée, et c'est un putain de crétin, mais arrête tes fichus gâteaux. Je viens avec Charlotte ce week-end. Nous apporterons des tonnes de DVD et du vin, et nous ne mangerons que des trucs salés : pas de gâteaux, ni de cakes, ni rien du tout de ce genre. Tu n'as pas le choix. D'ailleurs, je vais emporter le battoir et, si tu ne sors pas de ta déprime, je m'en servirai.

J'esquissai mon premier sourire spontané depuis des semaines. Nous savions tous deux qu'il n'avait aucunement l'intention de se servir du battoir puisque notre relation avait changé, mais cela me réchauffa le cœur. Il y avait autour de moi des gens sur lesquels je pouvais compter, même si – mis à part Thomas et Charlotte – ils n'avaient aucune idée de ce que je regrettais.

— Aïe, je ferai des efforts alors.

Aucun moyen de les décourager. Même lorsque je rappelai pour affirmer à Thomas que tout allait bien et que je n'avais pas besoin qu'on se soucie de moi. La seule discussion que nous eûmes au sujet du week-end concerna ensuite le choix des DVD – nous optâmes pour des explosions, des intrigues politiques, mais rien de ce qui pourrait me faire pleurer dans mon verre de vin comme un remake de *Bridget Jones*.

Pour finir, c'était une idée parfaite. Je compris soudain que je suffoquais sous la peine. La vie au fond du trou est plutôt épuisante, et, au bout d'un temps, assez terne. Lorsqu'une force de la nature comme Thomas et Charlotte envahit mon appartement, avec leur chargement de vin, de DVD et de chocolats de luxe, j'étais prête à m'ébrouer.

Ou à essayer. Le vin et les Pringles aidèrent largement, de même que les émissions les plus ridicules qu'il m'ait été donné de regarder à la télé.

Ils arrivèrent le vendredi soir et nous nous installâmes tout de suite sur le canapé. Thomas restait l'un de mes meilleurs amis mais aussi un homme et, dès qu'il constata que la simple mention du nom de James faisait tressauter mes lèvres, il décida qu'il valait mieux se contenter de la télé, de parler de tout et de rien, et d'éviter les grandes eaux.

Au bout de plusieurs DVD (et bouteilles), je leur cédai mon lit pour m'écrouler sur le canapé du salon, prête à recommencer à regarder des inepties le lendemain à l'aube – sauf que nous avions prévu d'aller prendre le petit-déjeuner en ville.

À huit heures trente, le samedi matin, lorsque la sonnette me tira de mon sommeil, je commençai par grogner. J'attendais une livraison d'Amazon et je savais qu'il fallait que je me lève pour aller la récupérer, mais il était vraiment tôt. En outre, j'avais l'air de quelqu'un qu'on a traîné le long d'un caniveau, et je savais que la sonnette avait dû déranger la grasse matinée prévue par Charlotte et Thomas.

J'ouvris la porte et, non, ce n'était pas le facteur. C'était l'homme que je m'attendais le moins à voir sur le seuil de ma porte, surtout un samedi matin si tôt. Je sais que j'ai dû avoir l'air surprise, mais ce fut la fureur, la fureur pure qui me traversa alors.

Il eut la décence d'avoir l'air un peu gêné, mais il recula comme s'il était également effrayé. James n'était jamais pris au dépourvu.

— Salut, désolé de te déranger si tôt.

J'avais envie de lui sauter dessus, mais je me contentai de croiser les bras sur ma poitrine et de lui jeter un regard furieux. En tant que journaliste, je mesure parfaitement le pouvoir du silence. Je ne dis rien, prenant le temps de le dévisager.

Il avait l'air fatigué, mais toujours aussi attirant pour que j'en aie un pincement au cœur. Pas suffisamment pour m'éviter d'avoir envie de le bourrer de coups de pied, mais je n'arrivais pas à décider si c'était une bonne chose ou non.

Au bout de quelques secondes, il céda.

— Je parie que tu ne t'attendais pas à me voir.

Vraiment intelligent ! C'est pour ça que je me morfondais depuis des semaines ? En fait, j'avais envie de lui mettre un direct du droit. Rien de sexuel, rien de D/s, juste un mouvement de violence pure qui le fit reculer. Mais il me fallut beaucoup de volonté pour garder l'air blasé.

J'optai pour la désinvolture.

— Comme j'ai commandé des livres pour l'anniversaire de ma sœur, je croyais que c'était le livreur.

— C'est l'anniversaire de ta sœur ?

— Pas tout de suite, non.

— Ah, bien sûr.

Après une longue pause, il ajouta :

— Je ne viens pas livrer des livres.

J'avais les mâchoires si serrées que cela me faisait mal.

— Je l'avais deviné.

Il se réfugia dans le silence. Nous étions en train de

patauger, mais je réalisai brusquement que je n'avais aucunement l'intention de lui faciliter les choses. Il avait envie de parler ? Enfin ?

Eh bien, il n'avait qu'à parler. Mais il ne disait rien. Ou ne pouvait pas. Ses yeux étaient intensément plongés dans les miens, comme s'ils cherchaient des réponses d'une manière qui me rappela violemment comment il me regardait pour comprendre si j'étais capable ou non d'endurer davantage de punition. Le souvenir me brisa le cœur.

C'est l'apparition de Thomas qui rompit le silence lorsqu'il ouvrit à la volée la porte de ma chambre, en caleçon, et longea le couloir tout en enfilant un t-shirt.

— Sophie ? Tout va bien ?

Pendant un dixième de seconde, le monde s'arrêta de tourner. Puis, James parla d'une voix dure, laide pour la première fois depuis que je le connaissais.

— Oh, je n'avais pas compris que tu avais de la compagnie.

Je fus envahie par la colère, par un sentiment d'injustice, parce qu'il avait d'abord pensé au pire et parce qu'il croyait qu'il pouvait encorese montrer vexé par la présence de Thomas. Il avait été adorable, sexy et vicieux, et lorsque j'avais été envoûtée, il m'avait laissé choir sans même me dire pourquoi. Et il avait le culot de monter sur ses grands chevaux parce qu'il pensait que j'étais déjà passée à autre chose ? Avait-il oublié à quel point je l'aimais ?

Je ne pus en supporter davantage.

— Qu'est-ce que ça peut te faire ?

La fureur dans ma voix me fit reculer.

— Vraiment, continuais-je James ? S'il y a une chose qui, au cours du mois qui vient de s'écouler, est évidente, c'est que tu n'as aucune envie de continuer avec moi. Parfait. Inutile de feindre qu'il reste un lien. Mais je croyais que tu étais suffisamment élégant pour me le dire en face.

Le rouge envahi ses joues. Il ouvrit la bouche et, pendant une minute, je crus qu'il allait parler, qu'il allait s'expliquer d'une manière ou d'une autre. Mais je vis qu'il regardait par-dessus mon épaule, sans doute vers Thomas qui s'était rapproché. Bien que je ne sache pas vraiment s'il était en train de m'apporter son soutien ou s'il voulait mieux entendre la dispute, sa présence était étrangement rassurante. James referma la bouche et déglutit en secouant la tête, comme s'il voulait dire qu'il n'allait pas me parler maintenant, pas dans ces conditions.

La rage me submergea.

— Tu sais quoi ? Je m'en fiche. Vraiment, cela m'est égal. Tu n'es pas la personne qu'il me faut. J'espérais que tu serais le vrai, celui qui me complétait.

Je sentis que Thomas reculait derrière moi, sans doute prêt à se carapater pour éviter le tsunami émotionnel.

— Même si cela peut paraître totalement naïf. Je croyais que tu étais cette personne, mais j'ai ensuite compris que non. Et, à présent, je m'en fiche. Je suis tombée amoureuse d'une personne qui n'existe pas. C'est moi qui me suis trompée. Par naïveté, je t'ai cru, j'ai eu confiance. Cela me servira de leçon, mais n'essaie pas de me faire culpabiliser. Ne t'approche pas de moi !

Pendant une seconde, seul le silence me répondit.

Je ne perds jamais mon sang-froid à ce point. Je ne me souviens même pas de la dernière fois où ça m'est arrivé. Du coin de l'œil, je voyais Thomas, bouche bée, tandis que James avait les yeux écarquillés.

Il s'avança, tendit la main pour la poser sur mon bras avant de déclarer d'un ton plaintif :

— Sophie… Je…

Je reculai comme si je m'étais brûlée, le repoussant avec une telle force que je fus choquée par mon geste, d'autant qu'il faillit tomber à la renverse.

— Ne me touche pas. C'est terminé.

Et je lui claquai la porte au nez de toute la force dont j'étais capable.

Lorsque je me retournai, Thomas me regardait comme si je débarquai tout droit de la planète Mars, avec l'air de quelqu'un qui ne sait que faire. Pour ma part, je sentis ma lèvre commencer à trembler et, pendant une seconde, un éclair de panique traversa son visage, juste avant qu'il ne vienne m'envelopper dans ses bras.

Je pleurais un peu, puis je me reculai et séchai mes larmes sur l'épaule humide de son t-shirt et il fit du thé. La pauvre Charlotte avait été réveillée par le claquement de la porte et mes beuglements de mauvais feuilleton. Thomas lui raconta toute l'histoire en précisant que j'avais été stupéfiante et que James avait une coiffure totalement idiote. Ce dont je n'étais pas sûre dans un cas comme dans l'autre, mais cela me permit de retrouver un peu de dignité et de voir mes yeux se dégonfler, sans parler d'être certaine que James avait abandonné la partie et que nous pouvions attaquer le petit-déjeuner. Je n'ai jamais pensé une seule seconde qu'il aurait pu traîner dans le coin, mais, en dépit de tout, j'étais déçue qu'il n'ait pas insisté.

Après tout, j'avais fait des crêpes : c'était ce genre de jour-là.

17

Quand je dis que je perds rarement mon sang-froid, c'est vrai. Comme toutes les femmes, il m'arrive à un moment ou à un autre de piquer ma crise, mais, en général, je suis plutôt de compagnie agréable. Ma confrontation avec James était totalement étrangère à mon caractère, au point que Thomas et Charlotte en furent plutôt retournés.

Nous passâmes le reste du week-end ensemble, comme prévu, mais l'incident avec James hantait l'atmosphère. Le fait de le revoir après tant de temps m'avait déboussolée, et j'étais furieuse, proprement furieuse, de sa réaction devant l'apparition de Thomas qui sortait – oui – de ma chambre. Ne vous méprenez pas : je sais que cela a l'air d'un mauvais timing, mais, s'il y avait quelqu'un qui pouvait se poser en moralisateur, ce n'était certainement M. Dominant, d'autant que (pardonnez-moi si j'ai l'air d'insister, mais cela me semble justifié) il n'avait pas donné signe de vie depuis des semaines. Qu'est-ce que cela pouvait donc lui faire que je sois seule ou en compagnie ? Pensait-il que j'allais rester à la maison à pleurnicher ? Je sais bien que c'était le cas, mais la question n'était absolument pas là. Et je n'avais aucunement l'intention de lui faire savoir que cela avait effectivement été le cas.

J'admets toutefois, avec le recul, que je regrette d'avoir claqué la porte. Au moment où je le fis, cela me parut extrêmement gratifiant, et c'était tout ce qu'il méritait – jusqu'à ce que le silence revienne et que je réalise qu'il n'allait plus frapper à la porte ni jamais revenir.

Jamais. En théorie, de telles envolées dramatiques sont merveilleuses, mais je dois avouer que j'étais consumée par la curiosité.

J'avais besoin de savoir pourquoi il avait disparu si brusquement, même si une autre part de moi se demandait pourquoi il était revenu. Bien sûr, mon imagination débordante tournait en boucle, comme elle l'avait fait pendant toute sa période de silence mais – un effet de mon cynisme sans nul doute – je me demandais s'il était revenu parce que je lui manquais et qu'il avait soudain compris qu'il ne pouvait se passer de moi.

En fait, si l'expression de son visage au moment où j'avais ouvert la porte pouvait être signifiante, j'aurais pensé qu'il revenait chercher sa deuxième paire de jeans préférée ou un truc comme ça. Il n'y avait rien qui trahissait l'urgence ou le désir sur ce visage, juste une expression légèrement vexée. Au moins jusqu'à l'apparition de Thomas.

J'étais dans un tel état de confusion ! Quand pouvait-on estimer qu'une crise de jalousie – je n'étais pas égocentrique, mais c'est ainsi que cela m'était apparu – était une bonne chose ? Quand cela signifiait-il que vous comptiez pour l'autre ? Dans quel genre de conneries étais-je en train de m'embarquer ? Le drame assorti de stupidités émotionnelles n'était pas ce que je recherchais dans une relation, non ? Alors, pourquoi me soucier de ce qu'il pouvait penser, notamment après tout ce qu'il m'avait fait ?

L'esprit en déroute, même lorsque nous regardions DVD après DVD, je passai le week-end à me murer dans le silence. Pour Thomas et Charlotte, le reste du week-end fut si banal qu'il en fut presque ennuyeux. Après le petit-déjeuner, nous nous lançâmes dans une nouvelle série de DVD avec de nombreuses tasses de thé, avant d'aller dîner dans un grand restaurant indien à côté de chez moi. J'aimerais pouvoir dire que je me sentais légère, mais je surpris plusieurs échanges de regards soucieux entre Thomas et Charlotte et je me dis que je n'étais peut-être pas aussi détendue que ça.

Non. Dans l'ensemble, j'allais bien, et le fait d'avoir explosé avait eu un effet étrangement cathartique, voire m'avait permis de poser des limites. Je n'avais même pas envie de faire des croissants, ce qui devait être un progrès.

Bien sûr, les vrais amis sont ceux qui sont capables de voir à travers les murs. Alors que j'étais en train de tirer ma couverture pour une seconde nuit sur le canapé, Charlotte posa la main sur mon épaule.

— Sophie, tu n'es pas obligée de dormir sur le canapé si tu n'en as pas envie.

Je levai les yeux vers elle sans comprendre. Toutes les choses que j'avais pu faire ces derniers temps me semblaient appartenir à un autre monde, à une autre vie que je ne regrettais pas, mais que je n'avais pas envie de retrouver. Je ne comprenais pas ce qu'elle me disait. Je m'éclaircis la gorge en essayant de trouver une manière élégante de refuser son offre, mais elle dut comprendre la cause de ma perplexité et secoua la tête.

— Non, je veux dire que tu pourrais venir dormir avec nous. Tous les trois dans ta chambre. Ne dors pas seule ici ce soir.

Je jetai un regard sur mon canapé plein de bosses, me rappelant le sommeil haché de la nuit précédente, même avant la sonnette du matin.

Je lui adressai un sourire.

— D'accord.

Derrière moi, Thomas commença à ronchonner.

— Tout ça est très bien et très gentil, mais ce lit n'est pas le plus vaste du monde, et je parie que c'est encore moi qui vais en faire les frais.

Charlotte lui donna une tape sur le bras.

— Tais-toi et sois gentil. Après tout, c'est son lit. Si tu veux, tu n'as qu'à aller dormir sur le canapé.

La réponse de Thomas ne tarda pas.

— Non, merci, ma douce, tu as tout à fait raison.

Cela me fit rire et, pour la première fois depuis le matin, c'était totalement spontané.

Le lendemain, je me réveillai avec l'impression étrange de m'être vraiment reposée. Charlotte était blottie contre moi, toutes deux soigneusement bordées sous les couvertures, en pyjama.

Lorsque j'ouvris les yeux pour découvrir Thomas collé contre le mur, la main serrée sur un coin de la couette de la taille d'un timbre-poste, je souris et sentis une bouffée d'affection pour mes amis si peu conventionnels.

Ils s'en allèrent dans l'après-midi et je me laissais à verser quelques larmes après leur départ. Lorsque vous ne perdez votre sang-froid qu'une fois tous les deux ans, il faut vous attendre à une gueule de bois émotionnelle. À me retrouver seule dans l'appartement, j'eus l'impression que je ne pourrais jamais la surmonter.

Je m'installai devant la télé, en comptant sur les rediffusions nulles et les tasses de thé pour évacuer la mélancolie qui me gagnait. Après toute cette anxiété, j'en avais un peu marre de moi-même, en fait. Au moins jusqu'au lendemain matin, au réveil, lorsque j'allumai mon téléphone.

Salut. Je sais que tu avais de la compagnie hier, mais je voudrais te parler J. xx

Deux croix ? Je lus et relus le texto. Il devait vouloir dire quelque chose, n'est-ce pas ? Mais quoi ? Et avais-je envie de savoir ? Est-ce que cela en valait la peine ? N'allait-il pas me faire le même coup ? Et que voulait-il dire par « compagnie » ? Est-ce qu'il pensait que je couchais avec Thomas ? Est-ce qu'il pensait que je n'étais plus libre ? Dans ce cas, pourquoi n'avait-il pas l'air plus soucieux ? Était-il soulagé ? Un phobique de l'engagement ? Est-ce qu'il me le dirait si c'était le cas ? Et qu'en avais-je à faire ? Est-ce que cela me préoccupait encore ?

D'une manière agaçante, la seule question dont je connaissais la réponse était la dernière et, paradoxalement, j'aurais préféré l'ignorer.

Il y a deux écoles de pensée, que Thomas et Charlotte avaient clairement résumées pour moi. Thomas pensait que la meilleure chose était de refuser de le revoir, en lui répondant par quelques mots doux du genre « va te faire voir et crève », de tirer un trait sur toute l'histoire et d'aller de l'avant.

D'un autre côté, Charlotte pensait que je devrais accepter de le revoir, en me montrant amicale mais pas séductrice, de me pointer avec un look de la mort, et de faire en sorte que James regrette ce qu'il avait laissé tomber.

Au bout de deux jours de tergiversations – plus question de répondre aux textos dans la minute à présent – j'optai pour la seconde stratégie. Sans doute encore une preuve de mes tendances masochistes.

Je me retrouvais donc en route pour un salon de thé de la City, dans une tenue légèrement (beaucoup) plus décolletée que de coutume. Pourquoi ? Même aujourd'hui, je n'en suis pas tout à fait sûre. J'avais simplement envie de savoir ce qui s'était passé, de comprendre. J'avais besoin, si telle chose existait en dehors des émissions ringardes du câble américain, de clôturer l'histoire.

Il fut attentionné. On commanda du café, on parla de la pluie et du beau temps, puis de la meilleure marque de café, de l'anniversaire de ma sœur, des noces d'or de ses parents, tout sauf de l'éléphant qui se baladait dans la salle.

Peu à peu, la scène m'apparut de plus en plus comique : nous étions là, installés comme si rien d'anormal ne s'était passé. C'était surréaliste. J'étais lasse et perplexe, encore plus perplexe de mes émotions et de mon comportement que des siens.

Mais que faisais-je donc là ?

Toutefois, il semblait que je n'étais pas la seule à être incapable d'expliquer ce que j'avais dans la tête. James finit par dire quelque chose qui n'avait rien à voir avec la pluie et le beau temps : il était en train de tripoter sa cuiller à café et, d'une voix qui rappelait quand même le type qui vous dit qu'il va pleuvoir, il commença :

— Je ne sais pas si tu as remarqué que je m'étais éloigné de manière plutôt abrupte.

J'en fus bouche bée, avant d'éclater franchement de rire devant ce monument de litote. Mon rire avait l'air si moqueur que je vis James tressaillir, mais il n'en poursuivit pas moins son petit discours. Courage ou débilité chronique ?

À ce stade, je n'en étais pas sûre.

— Je suis conscient de m'être mal comporté. Mais je ne pouvais pas l'expliquer, je ne comprenais pas moi-même ce qui se passait. Je sais que cela paraît bancal comme excuse, mais je dirais qu'il y a eu un déclic. Et je ne l'avais pas réalisé avant le week-end.

Il enchaîna en m'expliquant que j'étais une femme merveilleuse, stupéfiante, et que, sur le plan intellectuel, j'étais beaucoup plus intelligente et plus intéressante que la plupart des gens qu'il avait rencontrés depuis des lustres, que je le faisais rire et qu'il adorait les moments que nous passions ensemble – bref, tout le répertoire des plus adorables compliments que j'avais rangés au fond de ma mémoire pour les retrouver lorsque je me sentirais au plus mal.

Pendant qu'il parlait, mon petit monologue intérieur se préparait au « mais » qui ne tarderait pas à suivre et qui expliquerait qu'en dépit de toutes ces merveilles, il s'était enfui comme si les chiens de l'enfer étaient à ses trousses. Puis, il dit quelque chose qui me fit lever les yeux en me demandant si j'avais bien entendu.

— Plus je passais de temps avec toi, Sophie, plus il m'était difficile de te dominer. De te blesser. Au début, lorsque nous jouions, l'appréhension que je lisais dans tes yeux, tes gémissements, me faisaient beaucoup d'effet, mais, par la suite, c'est devenu pénible. Je suis tellement désolé.

Il était désolé ? J'étais scandalisée ! D'ailleurs, il n'avait pas l'air si désolé que ça. Il allait voir ce qu'il allait voir.

— Tu es complètement idiot, tu le sais non ?

Surpris, il leva les yeux. Je ne pense pas que beaucoup de gens l'aient déjà traité d'idiot. Je me demandai si cela ne faisait pas partie du fichu problème.

— Pour quelqu'un d'aussi sensible, qui est capable de deviner mes réactions comme personne auparavant, qui se vante de comprendre ce qui m'excite, comment peux-tu être aussi stupide ? Comment pourrais-tu prétendre ne pas savoir ce que tu faisais, lorsque tu ne répondais plus à mes textos et à mes mails, ton silence, ton insouciance, ta lâcheté ? Tu n'imaginais pas que cela pouvait me blesser plus profondément que tous les coups que tu m'as donnés ?

Il secoua la tête.

— Je sais, j'en suis parfaitement conscient, c'est simplement que…

Quelle est la meilleure réaction dans une situation de ce

type ? Après mon explosion initiale, je n'ajoutais pas grand-chose, d'une part parce que si je m'étais lancée dans une liste des raisons pour lesquelles ce qui s'était passé entre nous avait eu lieu, j'aurais pu continuer pendant des années.

Cela me paraissait dément. Plus tard, je reconnaîtrais à contrecœur qu'il méritait un certain respect pour avoir trouvé cette explication aussi alambiquée que, malgré mon imagination débordante, je n'aurais pu imaginer. À ce moment-là, je restai coite.

Stupéfaite. Il continua à parler, à s'excuser encore et encore, avec un ton aussi embarrassé que s'il m'avouait qu'il souffrait d'éjaculation précoce, et mes premières pulsions de fureur et d'amertume cédèrent la place à la pitié. Il avait l'air d'avoir besoin d'un gros câlin et d'une maman qui lui dirait que tout irait bien.

Le silence dura ensuite quelques minutes, jusqu'à ce que mon cerveau reprenne assez de vigueur pour que je lui demande pourquoi il avait attendu ce dernier week-end.

En passant la main dans ses cheveux, il me confia qu'il n'avait jamais dominé personne aussi violemment que moi. Qu'il me respectait davantage que toute autre personne avec laquelle il avait eu ce genre de rapports dans le sens où j'étais plus compétente, plus son égale, et si, du point de vue théorique, le fait de me dominer l'excitait – d'où les échanges badins sur le Net – en pratique, il trouvait de plus en plus difficile d'affronter mes regards furieux ou mes larmes. Et il recommença à s'excuser, encore et encore, jusqu'à ce que je l'étreigne et que nous commandâmes une nouvelle tournée de café.

J'étais encore folle de rage, ne serait-ce que parce qu'il paraissait incapable de comprendre que son attitude au cours de ces dernières semaines m'avait blessée plus que tout ce qu'il aurait pu faire avec la cravache, la cuiller en bois ou n'importe quoi d'autre, et parce que, à cause de son comportement, les choses avaient changé entre nous d'une manière irréparable.

Mais, à présent, je savais et je pouvais commencer à comprendre.

Il fixait sa tasse depuis un moment lorsque j'eus mis suffisamment d'ordre dans mes pensées pour lui parler. Je n'étais même pas sûre que mes paroles allaient ou non faire la différence, mais je sentais qu'il fallait que je mette la dernière pièce du puzzle en place et que James avait peut-être besoin d'entendre ce que j'avais à dire, même si c'était difficile pour moi.

Soudain, c'était moi qui devais contrôler ma nervosité et qui hésitais. Cela semblait incroyable d'avoir ressenti toutes ces émotions, ces sentiments, et de n'en avoir jamais parlé face à face.

Franchement, à cet instant, je me suis sentie particulièrement vulnérable, plus que lorsque je sanglotais, impuissante, poussée dans mes retranchements. Je pris mon courage à deux mains et d'une voix qui me semblait trop faible, timide et ridicule, je déclarais :

— Quand tu me fais mal comme je l'aime, c'est parce que j'en ai besoin. Je ne sais pas si tu peux comprendre que lorsque je te jette des regards furieux, que mes yeux s'emplissent de larmes, que je rougis de honte et d'humiliation, même quand je n'arrive pas à dissimuler ma terreur à la pensée de ce que tu risques de me demander. D'être déstabilisée sans cesse, avilie, blessée, diminuée, tout cela marche pour moi. De sentir tes mains sur mes poignets, autour de ma gorge ou dans mes cheveux, quand tu veux me dresser, me maîtriser, me dominer, tout cela me coupe le souffle et m'excite. Il m'arrive souvent d'y penser le soir dans mon lit.

J'avalai une grande gorgée de café – c'était bien plus difficile que de supplier pour un orgasme et, d'une certaine manière, j'avais l'impression qu'il s'agissait de la conversation la plus importante que j'aurais de toute ma vie, quoi qu'il arrive. Je poursuivis en lui jetant un regard du coin de l'œil pour observer sa réaction.

— Oui, tu me fais mal, mais tu le fais avec mon consentement. Je te supplie de me faire mal, parfois littéralement. Dans ce contexte, le fait de me faire mal n'est pas une mauvaise chose. C'est toi, James, l'intelligent, poli, gentil James qui m'aide à me sentir plus sûre de moi et à avoir confiance, parce que je me sens suffisamment en sécurité avec toi pour tout. Tu sais, je ne donnerais pas ce pouvoir à n'importe qui. Je te l'ai donné. En fait, je n'avais jamais donné à personne autant de pouvoir sur moi, même à Thomas. Et je t'ai fait don de ce pouvoir à cause de tes qualités normales. Si tu étais aussi impitoyable et cruel dans ta vie quotidienne, je n'aurais jamais eu envie d'avoir des rapports avec toi.

« Ne t'y trompe pas : lorsque tu deviens dominant, que tu fronces les sourcils, que tu me fais geindre, c'est si excitant qu'il me suffit parfois d'y penser pour mouiller, mais j'aime le paradoxe. J'aime ces deux faces de toi.

« J'aime le fait que je puisse te faire confiance lorsque tu me fais mal, que tu aies du plaisir à me faire pleurer, mais, en même temps, je sais que tu es suffisamment attentionné et adorable ensuite pour me rassurer, veiller à ce que je me remette correctement, que tu m'offres un verre de vin ou de jus d'orange et que tu penses à me recouvrir d'un plaid pour cacher ma nudité. Ces deux faces de ta personnalité ne sont pas contradictoires. Elles se complètent au contraire, et toutes deux révèlent ta sensibilité par rapport aux besoins d'autrui, et ta considération. Le fait de faire souffrir quelqu'un qui a envie de souffrir n'est pas une mauvaise chose, et c'est aussi, d'une certaine manière, une preuve de compassion cathartique. »

À présent, il était aussi immobile qu'une statue. Je posai la main sur son bras pour mieux lui faire comprendre. Je craignais que mes mots ne suffisent pas, ce qui, tout bien considéré, est franchement ironique.

— Comme je l'ai dit, j'espère que tu savais déjà cela, poursuivis-je, et ne te méprends pas, je ne suis pas en train d'essayer de rattraper ma relation avec toi.

Je réalisai brusquement que mon ton était plutôt distant et je repris dans l'intention de clarifier les choses.

— Je ne suis pas en train de dire non plus que je refuserais de faire une nouvelle tentative. Ce n'est pas tous les jours que l'on rencontre quelqu'un comme toi. J'aime être avec toi, au lit et ailleurs, mais je ne sais pas si tu es vraiment dans l'état d'esprit favorable à une relation, avec moi ou avec quelqu'un d'autre. Et je ne pars pas du principe que tu veux continuer. Mais si nous ne devons partager rien d'autre que des plaintes à travers les e-mails ou de prendre un verre de temps en temps, je pense qu'il fallait que je te dise cela.

Je reposai ma tasse.

— Oui, tu es sadique, et tu as peut-être besoin de réfléchir à tes motivations, de décider si tu es heureux ou non d'être ce genre de personne. Mais pour moi, je suis heureuse d'être avec le genre d'homme que j'aimerais présenter à mes parents tout en étant aussi celui qu'ils me défendraient de fréquenter. Un ensemble complexe mais fascinant. Et je suis satisfaite de ce que je suis : souffrir, avoir envie de recevoir des coups, de relever des défis, d'être poussée dans mes retranchements, et, parfois, de réagir violemment. J'aime être comme ça.

Nous restâmes sans parler pendant un moment. Lorsqu'il fut apparent qu'il n'allait rien ajouter, je décidai qu'il était temps de braver la circulation pour rentrer chez moi. Je ramassai mon sac à main et mon manteau.

— Si tu décides que tu es satisfait de ce que tu es de la même manière que moi, n'hésite pas à m'appeler.

En partant, je me dis que, oui, c'était vraiment ça : même dans le contexte des émotions complexes, gâchées et confuses de ma relation avec James, il pouvait peut-être être mon âme sœur, l'homme de ma vie ou quelque chose comme ça, mon dominant et mon partenaire.

Et s'il n'était pas celui-là, j'aurais au moins été honnête avec lui et avec moi-même. Dans tous les cas, il fallait que je le lui dise et, pour ma part, je savais ce que je voulais.

Et je savais que cela valait la peine d'attendre.

Épilogue

C'était l'une de ces semaines de folie. Une semaine où je n'avais pas eu une minute pour souffler, où les défis et les tribulations de la vie quotidienne atteignent de tels sommets que le sexe est la dernière chose que vous avez en tête. La seule idée de parvenir au vendredi soir sans que votre cerveau explose est un accomplissement. J'avais passé de longues heures sous tension au journal et, tous les soirs, je m'attelais à la tâche pour finir mon bouquin dans les temps. L'échéance !

Au fil de la rédaction de mon témoignage, j'avais longuement réfléchi à ce qu'était ma nature, la soumise mais aussi le reste.

J'avais essayé de mettre des mots sur les sensations, les émotions et les sentiments, positifs ou négatifs que cette nature me procurait, sans fausse pudeur. Cette semaine-là, paradoxalement, mes seuls orgasmes ont été ceux que je me fournissais pour parvenir à m'endormir.

Par conséquent, lorsque je rentrai chez moi pour le découvrir assis à mon bureau en train de lire un chapitre que j'avais l'intention de laisser de côté, je ne considère pas cela comme le prélude à une soirée de baise.

Mais comme toute soumise le sait, ce n'est pas toujours vous qui décidez.

Il est plus facile de se mettre dans l'état d'esprit de la soumise à certains moments qu'à d'autres. Au bout de cette semaine, avec la myriade de problèmes que j'ai dû résoudre, je suis à des années-lumière d'obéir (d'ailleurs, il faut bien l'admettre, j'ai un problème avec l'obéissance dans tous les cas), mais il avait l'air sexy en diable.

La suite risque fort de paraître téléphonée.

— Tu as presque terminé ton livre, alors.

Je hoche la tête.

— Encore quelques trucs à régler çà et là. J'y arrive.

Il sourit.

— C'est intéressant.

Je rougis.

— Merci du compliment, mais cela doit être un peu étrange de lire ces trucs qui ne parlent pas de toi ?

Il esquisse un sourire et relève les sourcils avant de prendre mon air soucieux en pitié.

Il me fait signe de m'approcher et de me pencher avant de m'embrasser, d'abord légèrement sur le front, puis, plus fort, sur la bouche.

— Pas du tout. On peut dire que tu t'es documentée sur la question, mais, quand il s'agit de toi, je n'ai pas besoin de manuel.

Sa suffisance me fait rire. Il me fait rire et je suis plus heureuse que jamais. Cependant, alors que je le regarde, je vois quelque chose changer dans ses yeux, un éclair de concupiscence, et un zeste de menace, et sa voix adopte le ton qui me chamboule toujours le ventre.

— À genoux, femme.

Je ne réagis pas immédiatement. La semaine a été longue et, bien que ce moment soit agréable, je ne suis pas dans l'état d'esprit voulu. Paradoxal, je sais, mais non. Bien sûr, si je me mets à genoux sous la table alors qu'il est installé dans mon fauteuil, j'aurais certainement une meilleure vue de ses intentions.

Au diable ! Je plonge sur le sol.

Le problème, c'est que je n'ai toujours pas appris à dissimuler mes émotions, et je vous assure que c'est un vrai problème parce que cela vous conduit toujours directement dans les galères les plus compliquées.

— Tu as levé les yeux au ciel !

— Non, c'est faux.

Mais pourquoi suis-je encore en train de discuter ? Nouvelle erreur, Sophie. Tais-toi donc pour une fois.

— Mais si, et là, on aurait dit que tu étais insolente.

Je suis déjà en train de formuler la phrase qui va affirmer que non je n'ai pas été insolente, et c'est de justesse que je me rattrape. Je suis sûre qu'il le sait d'ailleurs, mais il a l'air plus amusé qu'agacé. En tout cas, cela ne lui fait pas oublier son objectif.

— Retire tes vêtements, sauf la culotte, et mets-toi à genoux.

Avec précision, je m'exécute. Je ne suis pas là pour faire un strip-tease. Je suis consciente de ne pas m'être montrée suffisamment soumise pour le moment, alors j'obéis aussitôt en gardant les yeux baissés vers le sol de manière à ne pas être accusée, à tort ou à raison, de rouler des yeux.

J'approche mon visage de son bas-ventre mais je serre les poings afin de ne pas bouger et de résister à l'envie de le toucher.

— Pince tes seins. Fort. Montre-moi tes seins, allez, dépêche un peu.

Je tire sur mes mamelons et je les pince tout en soulevant mes seins. Nue, me donnant en spectacle devant lui, alors qu'il est entièrement vêtu et qu'il a l'air aussi élégant que s'il allait dîner en ville, c'est le genre d'humiliation qu'il adore, même si, aujourd'hui encore, j'ai un peu de mal à accepter cet avilissement. Je ferme les yeux pour cacher ma gêne et je sens que je rougis déjà, même si ma culotte est humide entre mes cuisses.

D'une claque, il écarte ma main et il s'empare de mes mamelons pour les tordre. Les yeux écarquillés sous le choc, je ne peux réprimer un cri de douleur tandis qu'il soulève mes seins. Je me relève un peu pour soulager la tension.

— Ta manière de pincer est lamentable, voilà ce que je veux te montrer.

Il tord encore plus fort le bout de mes seins pour illustrer son propos et j'inspire profondément afin de supporter mieux la vague de douleur.

— À présent, recommence, mais correctement, et baisse les yeux devant moi !

Je ne sais pas si les personnes qui ont des tendances soumises seront d'accord, mais je n'ai pas vraiment de problème à supporter la douleur qu'un autre m'inflige. J'irais même jusqu'à dire que j'ai une bonne tolérance à la douleur.

Mais lorsqu'on me demande de me l'infliger moi-même ? Je ne sais pourquoi, mais c'est plus difficile. Mais il a l'air très fâché à présent, et je pince et tords mes seins déjà rouges et sensibles, les yeux vers le sol.

Je ne sais combien de temps cela dure. Il n'y a aucun mouvement dans la pièce, si ce n'est celui de sa main qui caresse son sexe et que j'aperçois du coin de l'œil. J'aimerais tant pouvoir le regarder, mais je sais qu'il vaut mieux que je fixe le nœud dans le plancher en bois, juste entre ses pieds nus.

— Beau spectacle. Je n'ai pas encore décidé où j'allais éjaculer cependant. Cela paraît dommage de gicler dans tes cheveux alors que tu viens de les laver. Peut-être sur tes seins ? Qu'en penses-tu ?

Que suis-je censée répondre ? Je croise son regard, ce qui me fait aussitôt baisser les yeux, avant qu'il ne hurle l'ordre de ne pas le regarder.

D'une voix hésitante, j'essaie de lui dire qu'il peut jouir dans ma bouche. J'adore le prendre dans la bouche, mais je me sens si déstabilisée que je ne suis pas sûre que je vais le lui dire comme il veut l'entendre. Pour finir, on dirait une question, ce qui semble l'amuser.

À genoux devant lui, les yeux rivés sur ses pieds, mes pensées s'envolent. La semaine a été dure, mais je me sens soulagée, et tout ce dont j'ai conscience en ce moment est à quel point cet homme magnifique souffre d'une frustration que je lui impose. Je veux lui plaire, lui donner du plaisir parce qu'ainsi, il me donnera lui aussi du plaisir (je sais, ce n'est pas la question, mais un peu d'indulgence ne nuit pas).

La pensée qu'il me touche, qu'il me laisse le toucher, est la chose que je désire tant à cet instant que tout le reste s'efface.

— Relève-toi !

Je suis à genoux depuis si longtemps qu'il me faut quelques secondes pour retrouver mon équilibre. Il me tire par les épaules pour que j'adopte la position qu'il préfère, puis glisse son doigt dans ma fente en poussant sur le coton de ma culotte pour vérifier que je mouille. Un gloussement de plaisir ponctue son examen. Je lutte pour ne pas bouger, les yeux fixés devant moi, tandis qu'il me caresse du bout des doigts pour s'arrêter ensuite et dessiner une ligne le long de ma colonne vertébrale, ce qui m'arrache un frisson. Tout à coup, il baisse ma culotte et je la repousse du pied. Enfin ! Mais il s'empare de ma queue-de-cheval que j'ai attachée bas sur la nuque et tire dessus en me forçant à descendre jusqu'au sol d'une manière bien peu gracieuse.

Tandis que je tâtonne à quatre pattes, il me tire en arrière, contre son aine, et me maintient en place.

— Tu continues à agir alors que je ne t'ai encore rien demandé. Je ne veux pas que tu fasses preuve d'initiative, tu le sais. Pour le moment, tu vas faire uniquement ce que je t'ordonne. Quand je pose une question, tu réponds rapidement et poliment. Tu es une fille intelligente et ce sont des ordres simples, non ? Tu as bien compris ?

Je lui jette un regard furieux pour le « fille » condescendant, mais, malgré ma gorge sèche, je réponds :

— Je suis désolée.

Le silence dure. Il me tient toujours contre lui par les cheveux, comme le héros victorieux au-dessus de son butin.

— OK. Que penses-tu qu'il va se passer à présent.

Je sais, oh oui, je le sais, mais je ne veux pas me montrer trop précise parce que, dans ce cas, je risque de lui mettre l'idée en tête. Porte-t-il sa ceinture aujourd'hui ? Se souvient-il de l'endroit où j'ai rangé mes jouets ?

— Alors ? insiste-t-il en tirant sur mes cheveux.

— Vous allez me punir.

— En effet.

Une fois de plus, il me déplace pour me pencher sur le bras du canapé. D'un coup de pied, il écarte mes jambes afin de regarder ma fente, puis mes fesses. Il caresse celles-ci doucement, dans un mouvement qui me donne des frissons pendant que je me prépare au premier coup.

Ses coups de ceinture et de canne m'ont déjà réduite en larmes, mais, lorsqu'il veut marquer la punition, il est capable de frapper aussi fort seulement avec la main. Lorsque le son de la première claque résonne dans la pièce et que j'aspire un grand coup entre les dents pour mieux supporter la vague de douleur, je réalise que la séance va être particulièrement pénible. Pas une petite fessée pour jouer.

Tandis que je veille à conserver la position, je sais que le fait de me préoccuper des coups permet d'effacer tout le reste de mon esprit. J'ai oublié ma semaine horrible, je ne me soucie plus du nombre de mots et des coupures de paragraphes.

Je me fiche de l'apparence que j'ai avec les fesses à l'air. Je ne pense même pas à savoir si je suis excitante ou pas – même si je sais que je suis très excitée. Je me contente de surmonter les vagues de douleur, et de supporter ses assauts, parce qu'à cet instant, je sais que cela suffit à lui plaire. Mon esprit est clair et je me sens libérée d'un poids, et tout cela grâce à une bonne fessée.

Lorsqu'il s'arrête pendant une seconde pour me demander combien de coups j'ai reçu, je ne peux que deviner en réprimant les tremblements lorsqu'il passe le bout des doigts sur ma peau cuisante. Il change de côté et m'ordonne de compter et de remercier à chaque coup. Soyez sûr que je ne vais pas lever les yeux au ciel à cet instant : je suis trop concentrée sur ma position malgré mes jambes flageolantes.

Lorsqu'il a terminé, il recule et, sans plus de cérémonie, plonge les doigts en moi. L'assaut surprise m'arrache une plainte et je me tords comme une bête en chaleur. Il bouge ses doigts en veillant toutefois à toucher de son pouce mes fesses sensibles à chaque poussée. La sensation est intense et le va-et-vient de ses doigts me mène vers l'orgasme.

Plus vite et plus fort, il me pilonne de ses doigts tout en pinçant mon clitoris dans un mélange de douleur et de plaisir irrationnel. Comme j'ai soigneusement gardé la pose pendant toute la punition, le plaisir est si intense que je jouis en torrent sur ses doigts avant de glisser sur le sol où je tente de reprendre mon souffle. Certes, il n'y a pas de mauvais orgasme par définition, mais celui-ci est le soulagement idéal pour ma fin de semaine. J'ai l'impression d'avoir été réduite en miettes et reconstruite.

Lorsque je reprends conscience, je me relève de ma position allongée pour le découvrir debout au-dessus de moi. Il se rapproche et je le prends dans ma bouche, mais il tire sur mes cheveux pour me repousser.

— Pas avant que je te la donne.

J'ouvre la bouche pour m'excuser, mais il empoigne ma nuque et me pénètre brutalement, au point qu'il me faut quelques secondes pour récupérer mon souffle. Je le lèche et le suce, la bouche avide autour de son sexe, heureuse de le sentir gonfler de plus en plus entre mes lèvres, l'oreille tendue pour repérer le changement de rythme de son souffle.

À cet instant, il n'y a que lui au monde, sa satisfaction ; rien d'autre ne compte que son plaisir, et la simplicité de ce sentiment me procure une véritable euphorie. Lorsqu'il jouit, je ne peux réprimer un sourire de satisfaction.

À cet instant, nous sommes en totale harmonie de paix.

La soumission n'est qu'un côté de ma personnalité, mais c'est aussi une facette qui fait ce que je suis, sans oublier les autres aspects, comme l'importance que j'accorde à l'amitié ou à la famille, le fait que j'aime mon travail, mon indépendance et mon obstination, et mon goût pour la crème Marmite.

Soudain, toutes les difficultés quotidiennes, mes polémiques au journal, l'angoisse de la page blanche, etc. tout ce qui paraissait si urgent et important vingt minutes plus tôt me paraît à des années-lumière. À l'instant présent, alors que mes fesses me brûlent et que j'ai encore le goût de son sperme sur la langue, il est le centre de mon univers.

Et j'adore ça.

Chez le même éditeur

Le Sanctuaire de la Soumission

Marina Anderson

Directrice d'un magazine féminin à succès, Natalie est une jeune femme à qui tout semble réussir. Pourtant, sa vie personnelle est au point mort. Sa réussite semble faire fuir les hommes et ne lui laisse pas vraiment de temps pour des relations épanouissantes.
Un jour, Natalie entend parler d'un lieu où l'on peut apprendre à se découvrir, une sorte de retraite exclusive dont on murmure le nom entre initiés : *le Sanctuaire*.
Un endroit où les novices découvrent des plaisirs qu'ils n'auraient jamais pu imaginer.
D'abord choquée, Natalie accepte finalement de mettre de côté ses préjugés et de céder à la tentation. Dans ce lieu unique, elle rencontre l'énigmatique Simon, un homme habitué à obtenir ce qu'il veut. Et Simon a décidé qu'il voulait Natalie...

« *Un superbe roman sur la volonté, l'amour et la soumission... très chaud !* » (Forum)

ISBN : 978-2-8246-0243-1

Chez le même éditeur

50 secrets de volupté

(le guide des plaisirs selon *50 nuances de Grey*)

Elsa Zimmerman

Vous avez vibré en lisant les aventures d'Anastasia Steele ? Vous êtes subjugué par le puissant et mystérieux Christian Grey ? Vous avez été bouleversé par cette histoire d'amour où une femme se soumet inconditionnellement au désir de l'homme qu'elle aime ?
Ces moments d'une rare intensité ne sont pas réservés aux héros de roman ! Tout le monde peut expérimenter les plaisirs interdits de *Cinquante nuances de Grey* avec beaucoup d'amour, de sensualité, aucun tabou et un peu de mystère
Ce guide vous donne toutes les clés permettant de s'initier à l'art de la soumission, de la domination et du plaisir. Il ouvre les portes d'un nouveau monde et permet de pimenter sa vie sensuelle, d'être à l'écoute de ses désirs… même les plus osés.

Le guide des plaisirs selon
Cinquante nuances de Grey.

ISBN : 978-2-8246-0244-8